AVERY FLYNN
Secret Royal

AVERY FLYNN

SECRET ROYAL

Roman

*Ins Deutsche übertragen
von Katrin Mrugalla*

LYX in der Bastei Lübbe AG
Dieser Titel ist auch als E-Book und als Hörbuch erschienen.

Die Bastei Lübbe AG verfolgt eine nachhaltige Buchproduktion. Wir verwenden Papiere aus nachhaltiger Forstwirtschaft und verzichten darauf, Bücher einzeln in Folie zu verpacken. Wir stellen unsere Bücher in Deutschland und Europa (EU) her und arbeiten mit den Druckereien kontinuierlich an einer positiven Ökobilanz.

Die Originalausgabe erschien 2020 unter dem Titel
»Royal Bastard (Instantly Royal Book 1)« bei Entangled: Amara
Copyright © 2020 by Avery Flynn
Published by Arrangement with ENTANGLED PUBLISHING, LLC
Dieses Werk wurde vermittelt durch die Literarische Agentur
Thomas Schlück, 30161 Hannover

Für die deutschsprachige Ausgabe:
Copyright © 2022 by Bastei Lübbe AG, Köln
Textredaktion: Mona Gabriel
Umschlaggestaltung: © Guter Punkt, München | www.guter-punkt.de
unter Verwendung von Motiven von © YelliJelli / Getty Images und
© Miguel Sobreira / Trevillion Images
Satz: Greiner & Reichel, Köln
Gesetzt aus der Adobe Caslon
Druck und Verarbeitung: GGP Media GmbH, Pößneck
Printed in Germany
ISBN 978-3-7363-1548-8

1 3 5 7 6 4 2

Sie finden uns im Internet unter lyx-verlag.de
Bitte beachten Sie auch: luebbe.de und lesejury.de

HINWEIS DER AUTORIN

Als ich beschloss, eine Geschichte über ein mir völlig fremdes Land zu schreiben, war mir klar, dass ich nach England reisen und dieser Fisch auf dem Trockenen sein musste. Nur so konnte ich herausfinden, wie sich das anfühlt. Auf meinen Fahrten durch die Landschaft North Yorks habe ich einige Kreisverkehre unsicher gemacht und so manche Ausfahrt verpasst, aber ich hatte auch das Privileg, mit ein paar großartigen Menschen zu reden, die nicht mit ihrer Zeit gegeizt haben. Kim, Nicola und der gesamte Mitarbeiterstab im Gisborough Hall Hotel, Lord Gisborough, Perry, Kate, Alma, Ken und Cecil, herzlichen Dank, dass ihr alle meine dummen Fragen beantwortet und dafür gesorgt habt, dass ich mich ganz wie zu Hause gefühlt habe. Danke an die Wildfremden, die mein Auto vor Parkkrallen gerettet haben, mit mir bei einem Pint über die Gegend gesprochen und meinen Besuch ganz allgemein zu einem Vergnügen gemacht haben. Während die Orte Bowhaven und Dallinger Park frei erfunden sind (genau wie der Earl of Englefield), stellten die Stadt Gisborough und Gisborough Hall die perfekten Vorlagen für mein fiktives Dorf und das Herrenhaus dar. Sollten Sie jemals im Norden Englands sein, kann ich Ihnen nur wärmstens empfehlen, sich diese Gegend zu gönnen. Sie werden es nicht bereuen. Etwaige Fehler auf den folgenden Seiten in Bezug auf Nordengland und das englische Landleben, das der Geschichte ein bisschen angepasst wurde, sind mir und nur mir anzulasten.

PROLOG

Dreißig Jahre zuvor …

Es war einmal ein Land weit, weit weg (okay, Yorkshire), in dem der charmante Erbe eines englischen Earls lebte, der auf Urlaub nach Amerika fuhr. William war jung und gut aussehend und zum ersten Mal in seinem Leben allen Erwartungen entronnen. Als er in einer Kleinstadt in Tennessee die schöne Charity kennenlernte, war es Liebe auf den ersten Blick. Innerhalb einer Woche waren sie verheiratet, und etwa ein Jahr lang war alles reine eheliche Glückseligkeit. Bis zu dem Zeitpunkt, als der aktuelle Earl schließlich seinen Erben ausfindig machte und ihm unmissverständlich zu verstehen gab, dass er enterbt würde, wenn er nicht nach England zurückkehrte. Der Erbe – der zwar charmant und gut aussehend, aber auch ein bisschen egoistisch und rückgratlos war – willigte ein.

Seine junge Frau flehte ihn an, an ihren vor kurzem geborenen Sohn zu denken. William entgegnete, er würde immer für das Kind sorgen, aber das Leben sei nun mal kein Wunschkonzert. Er habe woanders Verpflichtungen, die keinen Platz ließen für eine unpassende Ehefrau aus Amerika, die sich nicht die leiseste Hoffnung darauf machen konnte, eine wahre Gräfin zu werden.

Der Earl ließ seine Beziehungen spielen und die Ehe seines Erben nach bürgerlichem Recht annullieren. Auf der Geburtsurkunde blieb William als Vater eingetragen, sodass das Baby rechtlich als ehelich galt. Dann zahlte der Earl der künftigen Exfrau seines Sohns eine Abfindung, um die ganze Sache zu vertuschen. Er versprach ihr weitere Zahlungen, vorausgesetzt sie hielte den Mund über die kurzlebige Ehe und die Abstammung des Babys.

Natürlich wirkte das kalt und hart, aber der Earl war nun mal nicht der einfühlsame Typ. Deshalb bereitete ihm die brutale Effizienz seines Plans keinerlei Bauchschmerzen. Es war die einzig logische Vorgehensweise. Er konnte keinesfalls zulassen, dass jemals eine Amerikanerin den Titel trug, der seiner Familie vor fünfhundert Jahren verliehen worden war.

Er hatte keine Ahnung, was für epische Verwicklungen er damit auslösen sollte …

1. KAPITEL

Heute...

Die Welt geriet gerade aus den Fugen. Normalerweise versuchte Brooke Chapman-Powell der Typ Mensch zu sein, für den das Glas immer halb voll ist – nicht auf diese fröhliche, unerträglich dämliche Art, sondern eher nach dem Motto: Lieber Gott, lass das noch nicht alles gewesen sein. Sie war eine Realistin mit Hoffnung. Mit Letzterer war es allerdings jetzt, als sie im Arbeitszimmer des Earl of Englefield stand, nicht weit her.

Erst seit knapp zwei Monaten war sie die Privatsekretärin des gestrengen Siebzigjährigen, und da ihr Lebenslauf ein bisschen zu wünschen übrigließ, hatte sie sich glücklich geschätzt, den Job zu bekommen, auch wenn die Bezahlung eher armselig war. Aber in Anbetracht der Tatsache, dass sie ihr Leben in Manchester in die Tonne getreten hatte, weil ihr Freund sie betrog, war sie froh, dies hier zu haben. Natürlich war sie nicht unbedingt stolz darauf, sich in Bowhaven zu verstecken – dem Dorf, in dem sie aufgewachsen war und dessen Einwohner sich jeglicher Modernisierung und grundsätzlich allem Neuen verweigerten. Dennoch hatte sie weiterhin diesen Funken

Hoffnung, dass sich alles wieder einrenken würde, wenn man sich nur an die Regeln hielt.

Nun, normalerweise tat sie das. Doch jetzt gerade? Sie war völlig ratlos, weil der Earl sie anstarrte, als sei sie ein Häufchen Dreck, das er auf seinem Schuh entdeckt hatte. Dies war mehr so etwas wie ein »Das Glas ist leer«-Moment, und sie war nicht auf den Rausschmiss vorbereitet, der ihr mit Sicherheit bevorstand.

Sie hatte keinerlei Erfahrung mit Entlassungen. Dass ihr das jetzt höchstwahrscheinlich drohte, brachte sie aus der Fassung. Es gefiel ihr nicht. Ganz und gar nicht. Sie hatte leichtes Ohrensausen, und ihre Lungen brannten, aber sie konnte weder ein- noch ausatmen.

Dennoch versuchte sie, ihre undurchdringliche Miene beizubehalten – schließlich war es ihre Fähigkeit, auch im schlimmsten Chaos den Gesichtsausdruck einer Eiskönigin zu wahren, die ihr zu dem Job verholfen hatte. Doch ihre Gesichtszüge mussten ein wenig entgleist sein, denn der Earl stieß einen frustrierten Seufzer aus.

»Ms Chapman-Powell«, sagte er. Er stand hinter seinem Schreibtisch und musterte sie aus zusammengekniffenen Augen, nicht besorgt, sondern verärgert. »Für überzogenes Verhalten haben wir keine Zeit.«

Das »wir« bezog sie selbstverständlich nicht mit ein. Es war das königliche Wir und diente als Erinnerung, dass sie hier nicht als ansatzweise Gleichgestellte saß, sondern weil sie, die Tochter des örtlichen Gastwirts, die Sekretärin des Earls war. Irgendetwas an seinem Tonfall riss sie aus ihrem lungenblockierenden Elend, und die Luft, die sie angehalten hatte, strömte vernehmlich aus ihr heraus.

»Nein, Sir, natürlich nicht.« Sie verschränkte die eine Hand fest mit der anderen, um nicht den geringsten Anschein von Unsicherheit oder Anspannung durchschimmern zu lassen.

Es musste gereicht haben, denn der Earl senkte den Blick auf das Blatt Papier in seiner Hand.

»All Ihre Handlungen unterliegen der Vertraulichkeitsvereinbarung, die Sie bei Ihrer Einstellung unterzeichnet haben. Diskretion ist Voraussetzung.«

Sie nickte. »Ja, Sir.«

»Was ich Ihnen gleich erzählen werde, darf diesen Raum nicht verlassen.«

Vielleicht sollte sie doch nicht rausgeschmissen werden. In dem Fall würde er ihr doch nichts erzählen, was dem Vertraulichkeitsabkommen unterlag, oder? Unwahrscheinlich.

»Ich verstehe, Sir.«

Der Earl redete einen Moment lang nicht weiter. Stattdessen drehte er den Kopf und sah aus dem Fenster auf die North York Moors hinaus, deren ursprüngliches Grün durch das violette Heidekraut zusätzliche Farbe erhielt.

»Ich habe eine Diagnose bekommen – Demenz im Frühstadium«, sagte er mit gepresster Stimme.

Brooke war erst seit kurzer Zeit in Dallinger Park, aber ihr war aufgefallen, dass der Earl zunehmend aufgewühlt wirkte, Geschichten oft wiederholte und frustriert reagierte, wenn ihm Einzelheiten nicht mehr einfallen wollten. Sie öffnete den Mund, um ihm ihr Mitgefühl auszusprechen, aber der Earl unterband ihren Versuch mit einer brüsken Handbewegung.

»Ich sage Ihnen das nur, um die Bedeutung dessen herauszustreichen, was ich Ihnen als Nächstes erzählen werde, nicht weil ich meinen Zustand mit Ihnen diskutieren oder von Ihnen kommentiert haben möchte«, sagte er. »Mein Notar bereitet die Papiere für die Übernahme durch meinen Erben vor.«

»Ihr Erbe?« Seit der Sohn des Earls gestorben und dieser als Letzter der Familie übrig geblieben war, hatte es keinen weiteren Vane in Dallinger Park gegeben. Es hatte in Bowhaven nicht einmal Gerüchte über einen anderen gegeben – und da sie über dem Pub aufgewachsen war, dem zentralen Treffpunkt des Dorfs, hätte sie das mitbekommen.

»Er ist äußerst unpassend, aber es bleibt keine andere Wahl.« Der Earl redete weiter, als würden sie über das Wetter sprechen. »Dennoch, man muss seine Pflicht erfüllen. In meinem Fall bedeutet das, diesen Mann zu meinem Erben zu machen. In Ihrem Fall bedeutet es, Sie müssen dafür sorgen, dass er seine Pflicht erfüllt.«

In einem Gespräch voller Ungeheuerlichkeiten war dies der Punkt, an dem es sie aus der Kurve trug. »Ich?«

»Ja, Ms Chapman-Powell«, erwiderte der Earl und richtete seine Aufmerksamkeit mit zusammengekniffenen Augen voll auf sie, sodass sie sich festgenagelt wie einer der Schmetterlinge in den Schaukästen hinter ihm fühlte. »Und falls Sie versagen, werden die Folgen schrecklich sein. Ohne Erben stirbt der Titel Earl of Englefield mit mir, der Besitz wird an den Meistbietenden versteigert, und die McVie Universität für Gehörlose wird ihren einzigen Geldgeber verlieren, genau wie das

Dorf Bowhaven. Ich gehe davon aus, dass Sie der anstehenden Aufgabe gewachsen sind?«

Ihr Magen rebellierte, und ihre Schultern sackten nach vorn, als hätte man ihr ein Zwanzig-Kilo-Joch um den Hals gehängt. Das Letzte, was Bowhaven verkraften konnte, war ein weiterer Schlag für die örtliche Wirtschaft. Und McVie? Ohne die Mittel aus dem Besitz des Earls würde die Schule ihrer Schwester nicht weiterexistieren können. »Ich werde mein Bestes geben, Sir.«

»Das ist nur akzeptabel, wenn Sie erfolgreich sind. Es gibt keinen Spielraum für Fehlentscheidungen. Wir reden hier von meinem Enkel, und ich möchte ...«

Für einen kurzen Moment glomm in seinen Augen so etwas wie Hoffnung und Angst und Vielleicht-klappt-es-ja-wirklich auf. Er legte das Blatt Papier, das er in der Hand gehalten hatte, in eine Mappe und reichte sie ihr. »Der erste Bericht des Privatdetektivs.«

Brooke öffnete die Mappe und überflog die erste Seite. Ein Detail stach heraus und beschleunigte ihren Puls. »Er ist Amerikaner?«

Der Earl richtete den Blick wieder auf die Moors. »Eine der vielen unseligen Tatsachen Nicholas Vane betreffend. Er ist ehelich, aber nur so gerade eben. Er hat sich geweigert, mit dem Privatdetektiv zu reden. Er verdient seinen Lebensunterhalt als Erfinder, aber laut jenem Bericht liegt er die meiste Zeit auf der faulen Haut. Er hat kein Gespür für Anstand.«

Ihr sank der Mut. »Und wie wünschen Sie, dass ich auf ihn zugehe?«

»Das Wie ist nicht mein Problem.« Irgendwie gelang

es dem Earl mit seiner Oberschicht-Sprechweise, seine Worte gleichermaßen herablassend wie auch bedrohlich klingen zu lassen. »Sie haben lediglich dafür zu sorgen, dass mein Erbe innerhalb eines Monats nach Dallinger Park kommt und bereit ist, der nächste Earl of Englefield zu werden. Laut dem Notar müssen wir diesen ganzen unappetitlichen Prozess so schnell wie möglich abgeschlossen haben, um sicherzustellen, dass ich vor Gericht die Rechtmäßigkeit seiner Abstammung bestätigen kann, sollte diese rechtlich angefochten werden. Sollte das passieren, nachdem ich ...« Der Earl schwieg einen Moment und richtete den Blick wieder auf die Moors, als warte dort eine bessere Zukunft als in Dallinger Park.» ... zu dem Zeitpunkt in einem schlimmeren Zustand wäre, gäbe es keine Garantie, wie es mit Dallinger Park, Bowhaven oder McVie weitergeht.« Er wandte sich wieder zu ihr um, und sein Blick war so klar wie seine Absichten.

»Aber über meinen Zustand darf absolut niemand etwas erfahren – nicht einmal mein Enkel. Haben Sie verstanden, Ms Chapman-Powell?«

Sie nickte. Natürlich wollte er nicht, dass irgendjemand von seinem Gesundheitszustand erfuhr. Außerdem fürchtete sie, dass sein Vermögen und das Wohlergehen der Stadt in Gefahr waren, falls es jemand herausfände, und deshalb würde es ihr leichtfallen, dieses Geheimnis zu wahren. »Ja, Sir.«

»Gut.« Er setzte sich hinter seinen Schreibtisch. »Sie können jetzt gehen.«

Mit feuchten Händen griff Brooke nach dem Ordner und verließ das Arbeitszimmer. Sie wurde den Verdacht nicht ganz los, dass eine Kündigung vielleicht die einfachere Lösung gewesen wäre.

25. Mai

Sehr geehrter Mr Vane,

ich entschuldige mich dafür, dass Sie dieses Schreiben per Mail erhalten. Nachdem Sie die Ihnen vom Notar und vom Privatdetektiv des Earl of Englefield persönlich überbrachten Nachfragen jedoch zurückgewiesen haben, sehe ich mich gezwungen, Ihnen auf diesem Weg eine Einladung zum Stammsitz Ihrer Familie, Dallinger Park, zukommen zu lassen. Der Earl übernimmt selbstverständlich jegliche Reisekosten, falls das der Grund sein sollte, weshalb Sie auf unsere vielfachen Angebote nicht eingehen. Ihr Großvater wünscht sich sehnlichst, Sie als seinen Erben in die Gesellschaft einzuführen.

Mit freundlichen Grüßen
Brooke Chapman-Powell
Privatsekretärin des Earl of Englefield

Nick Vane, der nahe der Kleinstadt Salvation auf seiner Veranda saß, den See zu seiner Linken und Eichenwälder zu seiner Rechten, drückte etwas fester als nötig auf die Taste mit dem Papierkorbsymbol. Das elektronische Zerknüllen war laut genug, um die im Wind raschelnden Blätter und das Schimpfen der Vögel über die Eichhörnchen zu übertönen, aber es reichte nicht aus, um die Bitterkeit in seinem Inneren zu lindern.

Er richtete den Blick, wenn auch nicht die volle Aufmerksamkeit, wieder auf das Schachbrett, das auf einem geschliffenen und lackierten Baumstumpf stand, und schüttelte den Kopf über die missliche Lage, in die er sich gebracht hatte. Wenn er sich nicht allmählich konzentrierte, würde Mason ihn plattmachen – und das durfte nicht passieren. Schließlich würde es Monate dauern, bis er danach wieder auftrumpfen könnte. Nick schob einen Bauern nach vorn und merkte erst, dass es Selbstmord für die arme Figur bedeutete, als es bereits zu spät war.

Mace schnappte sich Nicks Bauern und stellte ihn neben seinem Bier auf den Boden. »Sag jetzt bloß nicht, dass dein neuestes Mädchen per E-Mail abgesagt und dich vom Spiel abgelenkt hat.«

Nick schnaubte. »Wir wissen doch beide, wie unwahrscheinlich das ist.«

»Ich weiß«, erwiderte sein Freund und verdrehte die Augen. »Du kannst ja nichts dafür, dass du so hübsch bist.«

»Vergiss nicht reich und lässig«, gab Nick zurück, machte seinen Zug, lehnte sich auf seinem Stuhl zurück und verbannte alle Gedanken an seinen Arschloch-Großvater in einen dunklen Winkel seines Gehirns.

»Nervensäge hast du ausgelassen.« Mace nahm einen seiner Läufer und schob ihn mit einem hämischen Grinsen auf einen von Nicks Türmen zu. »Aber ich dachte, wir wollten versuchen, nett zueinander zu sein.«

Verdammt. Wenn er diesen Zug nicht hatte kommen

sehen, war er wirklich nicht bei der Sache.»Wieso sollten wir?«

»Genau. Also lass dich nur weiter von dem ablenken, was dich so aufwühlt, und ich schlage dich wie üblich.«

Es hatte keinen Sinn, die Frage zu überhören, die Mace stellte, ohne sie zu stellen. Der Mann war so neugierig wie eine alte Tratschtante. Außerdem gab es niemanden sonst, der Nick so nahestand, fast wie ein Bruder. Sie waren kurz nacheinander als Teenager in die Jugendwohngruppe gekommen. Am Anfang war ihre Freundschaft eine Frage des Überlebens gewesen. Als sie sie mit achtzehn beide verließen, waren sie in allem, außer ihrer DNA, Brüder. Dem anderen etwas verheimlichen? Keine Chance.

»Es war wieder eine Nachricht von meinem Großvater – besser gesagt von seiner Sekretärin.«

Mace griff nach seinem Bier, holte ein ungeöffnetes aus der kleinen Kühlbox neben dem Baumstumpf und reichte es Nick.»Der alte Herr hat sich noch immer nicht selbst gemeldet?«

»Hat vermutlich was Besseres zu tun – nicht, dass mich das irgendwie interessieren würde.« Nick öffnete den Verschluss und trank einen Schluck.»Nach allem, was dieses Arschloch meiner Mom angetan hat, gibt es nichts auf Gottes grüner Erde, was mich dazu bringen könnte, diesem Mann auch nur im Geringsten entgegenzukommen.«

»Wieso jetzt?« Sein Freund schob seinen Springer ein Feld vor und zwei zur Seite.»Er war doch zu starrköpfig, dich anzuerkennen oder dich zu sich zu nehmen, um dir die Jugendpflege zu ersparen.«

Nick schüttelte den Kopf. Wäre Mace nicht so darauf konzentriert gewesen, Nick zum Reden über seine Gefühle zu bringen (als ob das jemals passieren würde), hätte er vielleicht gemerkt, dass sein König auf einmal ohne Schutz dastand.

»Er will, dass ich sein Erbe werde«, erwiderte Nick und bewegte seinen Springer so, dass sein Läufer freie Bahn hatte. »Schach.«

»Verdammt«, knurrte Mace. »Was ist der Alte? So was wie ein Ölbaron?«

»Ein englischer Earl.«

Mace riss den Kopf hoch und schaute ihn verblüfft an. »Willst du mich verarschen?« Es hätte niemanden überrascht, der Mason Thomas Pell – Spitzname Bulldogge wegen seiner Neigung zur Sturheit – jemals kennengelernt hatte, dass dieser weiterbohrte. »Und was wirst du machen?«

»Überhaupt nichts. Irgendwann werden der Alte und seine lästige Privatsekretärin den Wink schon verstehen und mich in Ruhe lassen.«

Mace sah Nick durchdringend an und schüttelte dann den Kopf. »Ja. Viel Glück dabei.«

»Erzähl mir nichts von Glück. Ich suche mir mein Glück selbst. Musste ich immer schon.«

Nicht zuletzt wegen dieses snobistischen englischen Earls, der alles getan hatte, um Nicks Leben noch vor seiner Geburt zu ruinieren, und dann tatenlos von der anderen Seite des Ozeans aus zugesehen hatte, als seine Mom einen langsamen und schmerzvollen Tod starb und ihn als Waise zurückließ. Und jetzt wollte dieser

Dreckskerl, dass Nick ihn beerbte? Da konnte er lange warten.

Ein verlorenes Schachspiel, zwei weitere Biere und mehrere Stunden später brach Mace auf, und Nick versuchte zu schlafen. Schlaflosigkeit war immer schon die eine Herausforderung gewesen, an der er sich die Zähne ausbiss. Er kannte jede Unebenheit an der Decke, jedes nächtliche Quaken der paarungsbereiten Frösche, das zwischen Mitternacht und drei Uhr morgens ertönte. Das leise Vibrieren seines Telefons auf dem Küchentresen stach heraus wie eine Gruppe betrunkener Studenten, die in einer Bücherei ein Football-Kampflied anstimmte.

Er brauchte gar nicht erst zu raten, wer das war. Er wusste es einfach. Es war wieder diese Frau: Brooke Chapman-Powell. Ohne zu überlegen, sprang er aus dem Bett und machte sich auf den Weg in die Küche.

Das war ein Fehler.

In der Eile stieß er mit dem kleinen Zeh gegen den Metallrahmen seines Betts. Der Schmerz schoss wie heißer Raketentreibstoff von seinem Fuß aus nach oben, entsprechend der Lautstärke seines Aufschreis. Er hüpfte auf die Tür zu, doch kurz davor landete er mit dem Fuß, der nicht pochte, auf einer liegen gelassenen Socke. Die Socke glitt auf dem glatten Holzboden davon, und Nick rutschte weg und wäre mit der Nase beinahe gegen den Rahmen der Schlafzimmertür geprallt. Er konnte sich gerade noch fangen, indem er sich mit einer Drehung durch die Tür katapultierte. Mit rasendem Puls, noch immer schmerzendem Zeh und voller Angst vor einem Rachegott setzte er vorsichtig einen Schritt in die Küche. Als er nach dem Telefon griff, stieß er mit dem Ellbogen an das metallene Gewürzregal auf dem Küchentresen. Laut fluchend schnappte er sich das Telefon von der Granitplatte und rief die neue E-Mail auf.

26. Mai

Sehr geehrter Mr Vane,

bitte verzeihen Sie, dass ich mich erneut melde, aber ich habe auf meine vorherige Mail keine Antwort erhalten. Diese Einladung ist von höchster Wichtigkeit, und für eine umgehende Reaktion wäre ich Ihnen sehr dankbar. Ich habe versucht, Sie anzurufen, aber meine Anrufe wurden auf die Voicemail weitergeleitet, die mir mitteilte, sie sei voll. Der Earl sieht Ihrer Antwort voller Erwartung entgegen, und ich habe meine Telefonnummer hinzugefügt, falls Sie lieber zu einer Ihnen genehmen Uhrzeit zurückrufen möchten.

Mit freundlichen Grüßen
Brooke Chapman-Powell
Privatsekretärin Earl of Englefield
0128 75 55 12 3

Er hatte die Nummer auf seinem Display eingetippt, bevor sein Gehirn seinem Tun hinterherkam. Sie hob beim vierten Klingeln ab.
»Brooke Chapman-Powell.«

Ihr unüberhörbar britischer Akzent bohrte sich unangenehm in seine Ohren. Er stieß gegen die empfindliche Stelle in seinem Gehirn, die etwa um die Zeit des Tods seiner Mutter beschlossen hatte, dass es auf dieser feuchten, nebligen, hochnäsigen Insel auf der anderen Seite des Atlantiks nichts Lohnendes oder Gutes gab.

»Lassen Sie mich in Ruhe«, sagte er und legte all die Jahre voller Groll in diese fünf Wörter.

Er konnte deutlich hören, wie sie nach Luft schnappte.

»Wer ist da?«

Guter Versuch. »Sie wissen genau, wer hier ist.«

»Mit Sicherheit nicht.«

Die Verbindung wurde unterbrochen.

Nick starrte verblüfft auf sein Telefon. Sie hatte einfach aufgelegt. Nachdem ihn die Frau, die dieses hochnäsige Englisch sprach, zwei Wochen lang mit Briefen und E-Mails bombardiert hatte, warf sie *ihn* jetzt einfach aus der Leitung!

Nicht dass er noch einen weiteren Grund gebraucht hätte, niemals nach England zu fahren, aber die Verachtung, die in Brooke Chapman-Powells Worten mitgeschwungen hatte, besiegelte seine Abneigung. Das ganze Land konnte gern im Atlantik versinken. Dennoch ging ihm auf dem Weg zurück ins Schlafzimmer ihre Stimme einfach nicht aus dem Kopf – und nicht wegen ihrer Aussprache. Irgendetwas in der Art, wie sie noch nicht ganz wach klang, obwohl sie bereits E-Mails verschickte, und wie sie ihren Namen gesagt hatte, ließ sich nicht verdrängen und weckte seine Neugier – so wie oft, wenn ihm die erste vage Idee für eine Erfindung kam. Er wusste, das würde nicht aufhören, bis er mehr in Erfahrung gebracht hatte. Er drehte sich um, ging zurück in die Küche und griff nach seinem Telefon, um ein bisschen bei Google nachzuforschen.

Er hatte gerade den Home Button gedrückt, als das blöde Ding in seiner Hand zu klingeln anfing. Die Nummer erkannte er sofort – Brooke Chapman-Powell rief ihn zurück. Die Frage war, sollte er rangehen?

Noch nie in ihrem ganzen Leben hatte Brooke sich so sehr gewünscht, dass jemand abhob und *nicht* abhob. Egal was von beiden passierte, das Ergebnis würde grauenvoll sein. Ihre verdammte Unfähigkeit, sich früh am Morgen zu konzentrieren!

Sie hatte die E-Mail nicht weniger als sechzehnmal gelesen, bevor sie sie abgeschickt hatte, weil sie genau wusste, wie fehlerhaft ihr Gehirn morgens um sechs Uhr arbeitete. Ein quasi sofortiger Rückruf vom Erben des Earls war das Letzte, womit sie gerechnet hatte. Nach seinem wochenlangen Schweigen hatte sie kaum mehr auf eine Antwort zu hoffen gewagt, schon gar nicht auf eine Stimme am anderen Ende der Leitung. Und so hatte sie es voll vergeigt.

Mit schweißnassen Händen packte sie das Telefon fester und lauschte dem transatlantischen Klingeln. Dann ging er dran. Nicht dass er irgendetwas sagte – aber er war da. Sie wusste es einfach.

Sie holte tief Luft und überlegte, was sie sagen sollte – etwas, das sie wirklich hätte tun sollen, bevor sie die Rückruftaste drückte. Das sah ihr so gar nicht ähnlich.

»Dahintergekommen, wie?« Nick Vanes verschlafene Stimme wirkte irgendwie beruhigend, obwohl er sie einsetzte, um sie für ihren Fehler zu quälen.

»Mr Vane«, erwiderte sie, während sie in ihrem kleinen Schlafzimmer auf und ab lief. »Ich möchte mich entschuldigen.«

Tausendmal. Vielleicht sogar eine Million Mal. Hiervon hing zu viel ab, als dass ihr morgendlich umnebelter Kopf Chaos anrichtete.

»Wie spät ist es bei Ihnen?«

Das war kein »Entschuldigung angenommen«, aber er hatte auch nicht aufgelegt, also konnte sie das auf der Plusseite verbuchen. »Zehn nach sechs.«

»Das ist früh.« Er klang fast schon mitfühlend.

Sie nickte zustimmend, doch dann begriff ihr Gehirn, worauf er offenbar hinauswollte. Es musste dort etwa Mitternacht sein. Das war kein Mitgefühl in seiner Stimme, es war subtiler Sarkasmus – die Muttersprache ihres Heimatlands.

Natürlich war *er* derjenige, der *sie* angerufen hatte, während sie ihm lediglich wie ein zivilisierter Mensch eine E-Mail geschickt hatte. Dass sie recht hatte, bedeutete aber nicht, dass sie sich nicht zu entschuldigen brauchte. Nicholas Vane war der Enkel und zukünftige Earl, und das hieß, dass sie sich vermutlich die nächsten zwanzig Jahre entschuldigen würde, wenn sie nicht vorher rausflog. *Wie nett.*

»Ich freue mich darauf, mich persönlich bei Ihnen entschuldigen zu können.« Ihr wurde erst bewusst, dass sie das Kinn trotzig vorgereckt hatte, als ihr Blick in den

Spiegel über der Kommode fiel.ȃWünschen Sie mit einem bestimmten Flug zu kommen?«
»Ich komme nicht.«
Mist. Mist. Mist. Angst und Schrecken führten einen Tango in ihrem Magen auf. Sie schaute aus dem Fenster und sah, wie Bowhaven trotz der frühen Stunde zum Leben erwachte. Die Mitglieder des Blumenkomitees hängten Körbe mit Blumenarrangements an die Pfosten entlang des Bürgersteigs der oberen Straße. Ein paar Häuser weiter öffnete Abigail Posten die Tür zur Bäckerei. Es war nur eine Frage der Zeit, bis der Duft nach frischem Brot hinauf in ihr Zimmer über dem Pub der Familie gelangen würde.

»Sir«, sagte sie und gab ihr Bestes, damit er ihr ihre Sorge nicht anmerkte. *Lass niemals zu, dass man dich zusammenklappen sieht, Brooke, nicht einmal eine Minute lang, oder es wird wieder wie in Manchester.* Totale öffentliche Demütigung. Sie rang ihre Panik nieder, straffte die Schultern und richtete sich gerade auf. »Ich bitte respektvoll darum, dass Sie zu einer anderen Antwort gelangen.«

»Sie können bitten, so viel Sie wollen, meine Antwort wird sich nicht ändern.« Er schwieg einen Moment, dann stieß er einen genervten Grunzlaut aus. »Und hören Sie auf, mich ›Sir‹ zu nennen.«

Sie konnte den Mund gerade noch schließen, bevor ihr ein weiteres »Sir« rausrutschte. Sie holte tief Luft und sagte: »Ich verstehe, dass dies alles etwas plötzlich kommt, da Sie nicht auf Ihrem Familienbesitz geboren und aufgewachsen sind, aber Sie werden hier gebraucht, Sir.«

Oh je. Jetzt war es ihr doch rausgerutscht.

»So wie Sie das sagen, klingt es, als wäre es die Entscheidung meiner Mom gewesen, alleinerziehend zu sein, und meine, mal abgesehen vom rechtlichen Status, als uneheliches Kind aufzuwachsen.« Seine Stimme klang schroff. »Und hören Sie mit diesem ›Sir‹-Blödsinn auf. Ich heiße Nick. Das ist alles. Mehr nicht.«

Draußen schlenderte Robert McClung gerade auf den Gebrauchtwarenladen zu, den er leitete und der leider einer der meist frequentierten im Dorf war. Seit die Pepson Factory ihre Tore dichtgemacht hatte und die Arbeitslosigkeit in Schwindel erregende Höhen gestiegen war, hatte Bowhaven ein wirtschaftlicher Tiefschlag nach dem anderen ereilt. Dass Nick Vane nicht kam, war keine Option. Jeder Einzelne, der im oder um das Dorf herum wohnte, brauchte ihn hier, auch wenn er – und Nick selbst – das nicht wusste.

»Aber Sie sind mehr als nur Mr Vane, und wenn Sie die Einladung des Earls annehmen würden, würden Sie das verstehen.«

Laut und deutlich tönte ein verächtliches Schnauben den ganzen Weg von Amerika zu ihr herüber. »Mir ist egal, wieso er meine Eltern gezwungen hat, ihre Ehe zu annullieren, oder wieso er jetzt beschlossen hat, mich anzuerkennen. Ich brauche ihn nicht. Reden will ich mit ihm schon gar nicht. Und es gibt etwa eine Million Dinge, die ich lieber täte – einschließlich nackt die Main Street entlanggehen und ›Jingle Bells‹ singen –, als über den Atlantik zu fliegen und ihn zu besuchen.«

Brooke ließ sich auf ihr Bett sinken. Ihre Beine waren nicht mehr in der Lage, sie zu tragen.

»Bitte, Sir.« Sie versuchte, nicht so zu klingen, als ob sie bettelte, obwohl sie genau das tat. »Betrachten Sie es einfach als Kurzurlaub. Sie werden wirklich gebraucht, und nicht nur vom Earl, der ...« Sie konnte sich gerade noch rechtzeitig bremsen. »Der der Earl ist.«

Ja, sechs Uhr morgens – die Uhrzeit, wo ihre Kompetenz im Tiefschlaf lag.

Dass sie ihm nicht mehr erzählen konnte, ohne das Vertrauen des Earls zu missbrauchen oder sich seinem Befehl zu widersetzen, machte ihr zu schaffen. Trotz der Entfremdung sollte der Erbe über die Gesundheit seines Großvaters Bescheid wissen. Egal, was geschah, die Familie lag einem immer am Herzen.

»Sir, für das Dorf hätte das weitreichende Folgen. Viele hier könnten, wenn Sie sich weigern, also wir – *sie* – könnten ihre Arbeit verlieren, wenn Sie sich weiterhin weigern.«

»Und wieso genau sollte mir das etwas ausmachen?«

Leise seufzend rieb sie sich den Magen. »Sir ...«

»Mein Name ist Nick«, schnitt er ihr das Wort ab. Seine tiefe Stimme klang unnachgiebig. »Sagen Sie es.«

Was zum Teufel spielte die Etikette unter diesen Umständen für eine Rolle? Sie würde ihn auch schnellste Taube im Taubenschlag ihres Vaters nennen, falls er das wünschte. »Nick.«

Sie wusste nicht, was sie sonst noch sagen sollte, also lauschten sie beide nur eine gefühlte Ewigkeit lang dem Atmen des anderen.

»Ich werde darüber nachdenken.« Ohne auf eine Antwort zu warten, legte er auf.

Brooke stieß einen fast unhörbaren Freudenschrei aus und tanzte ein wenig in ihrem Zimmer umher. Sie würde ihn in den nächstmöglichen Flieger befördern, koste es, was es wolle. Alles würde sich finden. Das musste es einfach.

Sie brauchte ihn nur zu überzeugen, dass er seine Pflichten akzeptieren musste. Wie schwierig konnte das schon sein?

2. KAPITEL

Es war gerade Seezeit, als sein Handy zum dritten Mal während der letzten Stunde summte. Nick überlegte, es in das kristallklare Wasser zu pfeffern, aber seine Neugier gewann die Oberhand.

Brooke: Guten Morgen, Mr Vane. Während Sie mit sich zu Rate gehen, wollte ich Ihnen ein paar Fotos vom Dallinger-Park-Anwesen schicken, die Ihnen vielleicht helfen, sich das Haus Ihrer Ahnen besser vorstellen zu können. Danke. Brooke Chapman-Powell.

Er scrollte durch die Bilder der ersten Nachricht. Grüne Hügel ohne Ende? Genau. Bewölkter Himmel? Ebenfalls. Riesiger Steinhaufen, der aussah wie ein Hollywoodschloss, in dem es vielleicht spukte? Auch das. Selbst ohne dieses Arschloch von einem Earl gab es auf diesen Fotos nichts, was ihn von Salvation, Virginia, weggelockt hätte, der Heimat des besten Pekannusskuchens im Kitchen Sink Diner.

Sein Magen knurrte. Verdammt, jetzt hatte er Bock auf Kuchen. Er steuerte sein Boot in den See hinaus, auf dessen Oberfläche sich die frühmorgendliche Sonne spiegelte, und klickte die nächste Mail an.

Brooke: Ebenfalls als Entscheidungshilfe hier ein Link zu einer kurzen Geschichte der Familie Vane. Sie ist tatsächlich recht faszinierend. Gruß Brooke Chapman-Powell.

Er klickte den Link an. Ihre Vorstellung von kurz entsprach mit Sicherheit nicht seiner. Es war ein in den Sechzigern entstandenes Buch, das bestimmt dreihundert eng bedruckte Seiten hatte. Nein, das würde er mit Sicherheit niemals lesen, nicht einmal, wenn es nicht von seiner angeblichen Familie handeln würde, deren Mitglieder eigentlich eher DNA-Spender waren. Sobald er an seinem Lieblingsplatz angekommen war, stellte er den Motor ab, setzte den Anker und fing an zu angeln – dann gab er auf und klickte die dritte Nachricht an.

Brooke: Und falls Ihr Zögern in irgendeiner Weise mit meinem vorherigen bedauerlichen Verhalten zusammenhängen sollte, möchte ich Ihnen versichern, dass es ein Fehler meinerseits war, der nicht wieder vorkommen wird. Mit herzlichsten Grüßen, Brooke Chapman-Powell.

Die Frau war hartnäckig, das musste man ihr lassen. Er riss eine Coladose auf und trank einen großen Schluck. Es gab keinen schöneren Ort als diesen hier, wo die Sommersonne einen versengte. Für Nick war er, seit seine Mutter gestorben war, am ehesten so etwas wie Heimat. Er hielt sich selten woanders auf. Wozu auch? Hier hatte er alles, was er wollte. Und dennoch ... diese englische Bulldogge hatte ihn ins Grübeln gebracht. Ohne groß nachzudenken, ließ er die Daumen über die Tastatur huschen.

Nick: Was gefällt Ihnen daran?

Umgehend erschienen die kleinen drei Punkte.

Brooke: Hier bin ich aufgewachsen. Meine Familie lebt hier. Die North York Moors sind unglaublich schön.

Familie. Das eine Wort reichte, dass Nick das Herz schwer wurde. Abgesehen von Mace war er ein Einzelgänger ohne enge Freunde, und statt Familie hatte er eigentlich nur DNA-Spender. Und genau so gefiel es ihm. Er hatte nicht die geringste Lust, daran jemals etwas zu ändern.

Jemandem den Freiraum zu lassen, in seinem eigenen Tempo zu einer Entscheidung zu kommen, war so ziemlich genau das Gegenteil von dem, wie Brooke Dinge handhabte. Und da der Earl quasi jede Viertelstunde fragte, was es Neues gab, würde sie ihre Vorgehensweise auch nicht mehr ändern. Um dem Erben des Earls Beine zu machen, schickte sie ihm eine weitere Nachricht. Die meisten ihrer Nachrichten blieben unbeantwortet, aber sie musste dies einfach hinbekommen. Das Dorf hing, auch wenn es das nicht ahnte, von der Antwort eines Amerikaners ab.

Brooke: Haben Sie noch weitere Fragen, oder darf ich mich um Ihren Flug kümmern?

Nick: Wieso ist Ihnen das so wichtig?

Brooke: Das ist mein Job.

Nicht die ganze Wahrheit, aber auch keine Lüge. Er brauchte ja nicht alles zu wissen.

Nick: Nennen Sie mir drei Dinge, die nichts mit Dallinger Park zu tun haben und eine Reise nach England erträglich machen könnten.

Was für eine Unverschämtheit von diesem Kerl! Ihr Gesicht lief vor Empörung rot an, und sie hämmerte heftiger als nötig auf die Tasten ein.

Brooke: Englische Schokolade schmeckt köstlich. Nichts geht über ein Pint im Stammpub. Sie werden niemals etwas Schöneres zu sehen bekommen als die Moors, wenn die Heide blüht.

Nick: Besser als das hier?

Das Foto war eine Nahaufnahme einer verbeulten Bierdose, die auf einem sehr muskulösen Unterarm balanciert wurde. Okay, sie würde es niemals zugeben, aber das war kein unangenehmer Anblick.

Nick: Verkehrtes Foto!

Das nächste Foto zeigte den Sonnenuntergang an einem See. Es war eine Farbenpracht aus Rosa-, Orange- und Dunkelblautönen. So wollte er das Spiel also spielen?

Herausforderung angenommen. Sie eilte Dallinger Parks Haupttreppe zu einem der Gästezimmer hinauf und riss das abgeschrägte Fenster auf. Die Heide stand noch nicht in voller Blüte, der Anblick war dennoch umwerfend. Sie machte ein Foto und drückte auf Senden.

Nick konnte nicht widersprechen, dass die Moors postkartenmotivwürdig waren, aber das war nicht der Grund, wieso er das Foto am nächsten Tag immer noch anschaute, während er am Tresen des Kitchen Sink Diner den besten Pekannusskuchen der Welt genoss. Es war das Spiegelbild der Frau, die einfach kein Nein akzeptieren wollte. Wegen des Winkels konnte er nicht genau erkennen, wie sie aussah, aber es reichte, dass er mehr wissen wollte. Brooke Chapman-Powell machte ihn neugierig.

Wieso wollte sie ihn so unbedingt nach England locken? Gut, es war ihr Job, aber man konnte den Job auch machen, ohne gleich die gesamte Hofberichterstattung zu übernehmen. Bezahlt wurde sie so oder so, was also sollte der Quatsch?

»Stimmt was nicht mit dem Kuchen?«, fragte Ruby Sue, die auf der anderen Seite des Tresens die Kuchentheke abwischte.

Ruby Sue, garantiert schon Mitte siebzig, rüstig und clever, kannte jeden in Salvation und wusste genau, was die Leute beschäftigte. Sie war das Tratschzentrum dieser Kleinstadt, und ihr Pekannusskuchen war die Seele, die das Herz der Stadt schlagen ließ.

»Nein, Ma'am.« Mit dem Kuchen stimmte immer alles.

»Wirklich?« Sie hängte das feuchte Spültuch an einen Haken und sah ihn durchdringend an. »Weil du ihn normalerweise so schnell runterschlingst, dass ich rasch ein Gebet für dein Verdauungssystem spreche.«

»Ich arbeite an einem Rätsel.« Ein Rätsel um eine Frau, die ihn auf Teufel komm raus dazu bringen wollte, das Eine zu tun, was er niemals hatte tun wollen. Und das Rätsel, wieso er derart in Versuchung war.

Ruby Sue schenkte sich gesüßten Tee ein, fügte viel zu viel zusätzlichen Zucker hinzu, als dass man ihn auch nur ansatzweise hätte gesund nennen können, und setzte sich auf den Stuhl neben ihm. »Spuck's aus.«

Also tat er es, wenn auch nicht nur, weil die Tratschtante der Stadt das Geheimnis des Nusskuchenrezepts hütete, den er – erfolglos – nachzubacken versucht hatte, seit er nach Salvation gezogen war, obwohl auch das ein wenig hineinspielte.

Als er geendet hatte, schüttelte Ruby Sue den Kopf und sah ihn mit einem Blick an, der eindeutig »Du meine Güte!« besagte. »Dann lehnst du also einen kostenlosen Urlaub in England ab, weil du zu stolz bist, Ja zu sagen.«

»So stimmt das nun auch wieder nicht.« Hatte sie den Teil mit den familiären Pflichten und dem verhassten alten Mann überhört?

»Das scheint mir aber doch so.« Sie trank einen Schluck von ihrem Tee, der ein normales menschliches Wesen in einen diabetischen Schock versetzt hätte. »Du fährst hin, triffst diesen Earl, sagst ›Nein danke, ich bleibe in Salvation‹, kommst nach Hause. Problem gelöst.«

Sollte es wirklich so einfach sein? Seit Tagen drehte und wendete er das Problem hin und her, und Ruby Sue löste es in einer Minute. Wenn er hinfuhr, konnte er dem Earl sagen, dass er niemals sein Erbe sein würde, konnte seine Neugier bezüglich einer gewissen Brooke Chapman-Powell befriedigen und sich diese Moors mal selbst anschauen. Dann würde er wieder nach Hause kommen. Er war praktisch schon zurück auf dem See.

3. KAPITEL

Yorkshire, England

Brooke musste herausfinden, wie sie den Teufel in Versuchung führen konnte. Okay, vielleicht nicht *der* Teufel, aber, so man dem Bericht des Notars vom Vortag Glauben schenken konnte, definitiv einer der Lakaien des Fürsten der Dunkelheit. Sie saß auf dem Rücksitz des Mercedes des Earls, auf dem Weg zum Flughafen, und versuchte, das Flattern in ihrer Brust zur Ruhe zu bringen. Sie zitterte, als hätte sie in einer Viertelstunde sechzehn Tassen Tee getrunken.

»Das wird schon«, sagte Mr Harleson, der Fahrer, der sie im Rückspiegel beobachtete.

Ihre Nervosität zu leugnen wäre lächerlich gewesen. »Wieso sind Sie da so sicher?«

Der Fahrer richtete die Aufmerksamkeit wieder auf die Straße und zuckte mit den Schultern. »Wie könnte es schlimmer sein?«

Brooke lächelte trotz ihrer Aufregung. Nur ein Einheimischer konnte solch eine Yorkshire-typische Antwort geben. Man hatte den Menschen hier den Boden unter den Füßen weggezogen, als überall in der Gegend die Fabriken geschlossen wurden, aber sie standen auf, wieder und wieder. So war es, solange irgendjemand zurückdenken konnte. Entschlossen und stolz, ein Volk, das es sich zur Gewohnheit gemacht hatte, nichts für selbstverständlich zu nehmen. Einige im Süden würden das vielleicht unter dem Sprichwort abheften, dass die Menschen aus Yorkshire nichts anderes waren als Schotten ohne jegliche Großzügigkeit, aber da ging es um mehr als den hartherzigen Umgang mit ihren Pfundnoten. Es war diese gnadenlose Sturheit, die die Leute in schwierigen Zeiten weitermachen ließ und sie davor bewahrte, zu übermütig zu werden, wenn sie flüssig waren.

Vielleicht sollte sie ein bisschen von diesem Optimismus des halb vollen Glases aufgeben, zu ihren kulturellen Wurzeln zurückkehren und selbst ein wenig sturer werden. All die Hoffnung, die sie nach dem frühmorgendlichen Telefonat mit Mr Vane vor zwei Tagen verspürt hatte, war wie Kohlenstaub davongeweht. Wieso? Weil der zukünftige Earl wieder dazu übergegangen war, sie zu ignorieren. Auf ihre Nachrichten hatte er nur noch ein einziges Mal reagiert, nachdem sie ihm eine Mail mit seinen Flugzeiten und einen Link zu seiner Bordkarte geschickt hatte.

Er hatte mit einem Daumen-hoch-Emoji geantwortet.

Sonst nichts.

Kein »Danke«.

Kein »Geht klar«.

Und schon gar kein »Ich freue mich auf Sie«.

Nur ein hellgelber hochgereckter Daumen. Wie amerikanisch.

Sie sollte sich nicht ärgern. Es sollte ihr nicht einmal etwas ausmachen. Aber Tatsache war, es machte ihr etwas aus. Seit der Earl sie über seine Demenz-Diagnose unterrichtet hatte, waren ihr mehr vergessliche Momente aufgefallen – vor allem abends –, und er war sogar noch knurriger geworden. Nicht dass er jemals als sonderlich zuvorkommend gegolten hätte, fast jeder im Dorf hätte zugestimmt, dass er absolut unerträglich war. Und dennoch tat es ihr leid, dass sie ihm früher oft gegrollt hatte. Es tat ihr weh mitzuerleben, wie der Mann plötzlich merkte, dass er eine kurz zuvor erzählte Geschichte erneut erzählt hatte oder dass er sich nicht an den Namen des Kolumnisten der *Financial Times* erinnern konnte, dessen Artikel er seit Jahren las. Er senkte dann den Blick, spannte die Kiefermuskulatur an und entließ sie für den Abend. Dazu kamen die Schuldgefühle, weil sie etwas wusste, das Auswirkungen auf so viele Menschen haben würde, worüber zu reden ihr aber nicht gestattet war. Kein Wunder, dass ihr Verbrauch an Magensäureblockern dramatisch gestiegen war.

Dabei brauchte es nur so wenig, damit alles für alle exponentiell besser wurde. Mr Vane brauchte nur seine Pflichten zu akzeptieren und in Dallinger Park zu bleiben, auch wenn er – zumindest laut Unterlagen – außerordentlich ungeeignet für diese Aufgabe war.

Brooke klappte die Aktenmappe auf und las erneut den Bericht, in dem so viel Inakzeptables über ihn stand. Sie blätterte die Seite um und betrachtete das Foto, auf dem er nichts trug außer einer Badehose und einem sexy Grinsen. Im Licht der goldenen Sonne trat jeder einzelne seiner Bauchmuskeln deutlich hervor. Es waren acht. Sie hatte gezählt. Zweimal. Aber nur weil sie als Privatsekretärin des Earls wusste, wie bedeutsam Gründlichkeit war. Nein, sie begaffte nicht den Erben ihres Arbeitgebers. Das tat man einfach nicht.

Ihr Herz schlug ein wenig schneller. Abrupt klappte sie die Mappe mit dem Bericht des Privatdetektivs zu, in der sich noch weitere Fotos von Nick befanden – schlafend in einem Fischerboot, faul auf etwas herumlümmelnd, das wie ein schwimmender Liegestuhl aussah, oder hingefläzt auf eine Hollywoodschaukel mit einer Bierflasche und einer Blondine.

Ihr Handy summte.

Daisy: Ist er so fit, wie er auf den Fotos aussieht?

Himmel, hoffentlich nicht. Sie musste hier einen Job über die Bühne bringen.

Brooke: Solltest du nicht im Unterricht sein?

Bevor die McVie Universität für Gehörlose ihre Pforten schließen muss, fügte sie in Gedanken hinzu, sprach es aber nicht aus. Alltagsverantwortlichkeiten waren Brookes Aufgabe. Daisys Rolle bestand darin, optimistisch an die Zukunft zu glauben. Diese Rollenverteilung hatte sich seit ihrer Kindheit bewährt, und Brooke hielt nichts davon, ein etabliertes und erfolgreiches System infrage zu stellen. Sie blieb auf dem Boden und überließ Daisy die Höhenflüge.

Daisy: Ich bin an der Uni. Reg dich ab. Treibst du es schon mit ihm?

Brooke: Nicht angemessen.

Sie rutschte ein wenig auf der Rückbank des alten, aber tadellos gepflegten Mercedes herum und warf einen Blick auf die Mappe mit den Fotos.

Daisy: Ich verarsche dich doch nur. Aber im Ernst, wie ist er angezogen?

Brooke: Ich habe ihn noch nicht gesehen. Wir sind kurz vorm Flughafen.

Daisy: Ohne T-Shirt = Fotos an mich.

Brooke kicherte.

Brooke: Nein.

Daisy: Leb ein bisschen.

Das tat sie. Nur dass sie es gerade in einer bis zum Hals zugeknöpften Bluse, einem marineblauen Blazer, passender Hose und vernünftigen Schuhen tat.

Brooke: Geh wieder in den Unterricht.

Daisy: Ja, Mum.

Brooke konnte sich das Lachen nicht verkneifen. Als Mr Harleson, Butler, Chauffeur und Mädchen für alles, auf den Flughafenparkplatz einbog, ließ sie ihr Handy in die Handtasche gleiten. Jetzt war alles so weit erledigt, und ihr blieb nur noch, in die Ankunftshalle zu eilen. Natürlich erkannte sie Nick sofort. Der amerikanische Erbe des Earls of Englefield sah aus, als wäre er auf der A1 von einem Bus überfahren worden, hätte den Unfallort aber, obwohl er dringend ins Krankenhaus hätte transportiert werden müssen, Arm in Arm mit einer langbeinigen Flugbegleiterin verlassen.

Weder sein Erscheinungsbild noch die Tatsache, dass er tatsächlich mit einer Flugbegleiterin/einem noch zu entdeckenden Model am Arm auf sie zukam, hatte irgendeinen Einfluss auf seine so typisch amerikanisch selbstbewusste Ausstrahlung. Sein hellbraunes Haar stand nach allen Seiten ab, seine Kleidung saß schief, als wäre er eiligst hineingeschlüpft, und beim Blick auf die wartende Menge blieben seine Augenlider auf halbmast. Trotzdem strahlte er Kraft und Selbstvertrauen aus, gepaart mit entspannter Lässigkeit. Beinahe hätte sie ihn beneidet, nur dass er sie total an ihren Ex erinnerte. Und dieser kurze Vergleich reichte aus, dass sie auf der Stelle sechs dieser acht Bauchmuskeln vergaß, die sich unter Mr Vanes T-Shirt verbargen.

Na gut. Seinem Aussehen nach zu urteilen ist er also ein echter Blödmann.

Nur gut, dass sie in Manchester auf die harte Tour gelernt hatte, wie man mit jemandem wie Nick Vane umgehen musste.

In Nicks Kopf tobte ein Affe auf einem Sixpack Red Bull und prügelte gegen seine Schädeldecke. Irgendwo über dem Atlantik hatte er seine Migränetabletten genommen, einen grässlichen Flugzeugkaffee hinterhergegossen und versucht zu schlafen. Als er die Augen öffnete, sah er vor sich das hübsche Gesicht der Flugbegleiterin der ersten Klasse mit den ewig langen Beinen. Seine Migräne war auf das Niveau von ätzenden Kopfschmerzen herabgesunken, als sie ihn in dem praktisch leeren Flugzeug in England willkommen hieß. Sich seine Begeisterung über ihre Ankunft nicht anmerken zu lassen war ihm ein Leichtes gewesen.

Diese öde kleine Insel war der vorletzte Ort, an dem er jemals sein wollte – Harbor City verteidigte mühelos den Spitzenplatz –, und dennoch war er hier und würde gleich seinen Großvater kennenlernen, der zufällig ein adeliges Arschloch war.

Wieso also bist du dann hier, Nickyboy?
Drei Gründe.

Erstens hatte ihn der Nachrichtenaustausch mit Brooke Chapman-Powell neugierig gemacht. Und vielleicht hatte er auch ein bisschen Sorge, sein Großvater könne sie wegen dieses ganzen Schwachsinns feuern. Außerdem brauchte er einfach ein Gesicht zu diesem Namen. Sie hatte es geschafft, dass im Internet kein Foto von ihr zu finden war, mal abgesehen von solchen, wo sie weit im Hintergrund stand. Ohne die Unterschriften unter den Fotos hätte er gar nicht geahnt, dass sie darauf zu sehen war.

Es *hatte* Fotos gegeben, aber die mussten von einer anderen Brooke Chapman-Powell sein. Es konnte nicht sein, dass die Frau, die mit vors Gesicht gehaltener Zeitung vor einer Gruppe Reporter davoneilte, dieselbe Brooke Chapman-Powell war. Es konnte einfach nicht sein, dass diese verklemmte Frau am Telefon dieselbe Frau war, die mit einem Fußballspieler liiert gewesen war, der seinen Schwanz nicht in der Hose behalten konnte. Absolut unmöglich.

Der zweite Grund, weshalb er hier war? Weil – seine Neugier hatte ihm zwar zu 386 Patenten und genügend Geld aus seinen Erfindungen verholfen, um sich irgendwo, wo es deutlich wärmer und sonniger war als in England, seine eigene Insel kaufen zu können, aber diese Neugier war auch eine riesige Nervensäge, die seinem Gehirn keine Ruhe ließ, bis sie befriedigt wurde. Und ein kleiner Teil von ihm, dessen Existenz er niemals zugeben würde, wollte gern wissen, warum der Alte seine Familie so mies behandelt hatte. Nicht dass ihm diese Information seine Mom zurückgebracht oder die Jahre in der Jugendeinrichtung ungeschehen gemacht hätte, aber irgendwie wurde er die Vorstellung nicht los, dass das Wissen um die wahren Gründe alles irgendwie erträglicher machen würde.

Und dann war er auch noch deshalb hier, weil es deutlich weniger Spaß machen würde, seinem Großvater »Leck mich am Arsch« durch irgendwelche Mittelsleute übermitteln zu lassen, als es ihm direkt ins Gesicht zu sagen. Grausam? Barbarisch? Nicht anzuraten?

Vor einer Geschworenenbank mit seinen Kumpels würde er das sofort zugeben. Es war ihm scheißegal.

Also war Nick in den Flieger gestiegen, obwohl Fliegen immer Migräne bei ihm auslöste, hatte sich allerdings ein

Upgrade für die erste Klasse gekauft. Sein Großvater, ein blöder Earl, der genügend Geld für ein protziges echtes Herrenhaus hatte, hatte ihm bloß ein Ticket für die zweite Klasse geschickt. Mit seinen fast 1,90 würde sich Nick nicht zusammengefaltet wie eine Brezel auf einen Langstreckenflug in die Economyclass pferchen lassen. Vielleicht hatte er Glück, und das Arschloch, dessen DNA er geerbt hatte, war am Flughafen, sodass er das ganze Du-kannst-mich-mal gleich dort erledigen, sich umdrehen und ein Rückflugticket kaufen konnte; dann würde er in der Flughafenbar einen Toast auf Mom ausbringen, die wegen des Manns durch die Hölle gegangen war, und – wenn sein Glück anhielt – den gesamten Rückflug verschlafen.

So lautete sein Plan, aber wie das stimmaktivierbare Hundehalsband, das er trotz all seines Erfindungsreichtums nicht hinbekam, sollte es nicht so kommen.

In dem Moment, als er die Frau mit dem Schild MR N. VANE bei der Gepäckabholung stehen sah, war ihm klar, dass heute nicht sein Glückstag war. Immerhin konnte er zum ersten Mal einen richtigen Blick auf die Frau werfen, die Brooke Chapman-Powell sein musste. Ihr blondes Haar war so straff zu einem Pferdeschwanz nach hinten gekämmt, dass es einem billigen Facelifting gleichkam, wäre sie alt genug gewesen, eins zu brauchen. Ihr marineblauer Hosenanzug sah wie eine Mischung aus Schuluniform und Juniorbuchhalter aus, der gerade für ein geselliges Geschäftsessen mit Anwesenheitspflicht bei *Dave and Buster's* seine Krawatte abgelegt hatte. Und ihr Gesicht? Nun, es wäre sicherlich unter »hübsch« gelaufen, hätte es nicht ausgesehen, als würde sie jeden einzelnen Tag der Woche morgens, mittags und abends Zitronen essen.

»Süße«, sagte er und versuchte, sich aus dem festen Griff der Flugbegleiterin zu befreien. »Du hast mir vorhin das Leben gerettet, hast dafür gesorgt, dass ich es aus dem Flieger schaffe, bevor er wieder abhebt, aber wie es aussieht, werde ich abgeholt.«

Die Frau musterte Brooke von oben bis unten, tat sie als uninteressant ab und richtete die Aufmerksamkeit wieder auf ihn. »Ich sitze die nächsten achtundvierzig Stunden hier fest«, sagte sie und bedachte ihn mit einem derart feurigen Blick aus ihren grünen Augen, dass völlig eindeutig war, wie viel Vergnügen sie in den nächsten beiden Tagen haben könnten. »Ich bin garantiert unterhaltsamer als sie. Wie wäre es, wenn du stattdessen mit mir mitfährst?«

Und ja, wie jeder echte amerikanische Mann liebte er Sex. Aber er war mit einer starken, alleinerziehenden Mutter aufgewachsen, die ihm von Geburt an eingebläut hatte, dass man sich nicht wie ein arrogantes Arschloch aufführte, nur weil man sich fälschlicherweise für was Besseres hielt. Die Herablassung, mit der die Flugbegleiterin Brooke abtat, führte nur dazu, ihn abzutörnen. Er war schließlich noch immer ein Südstaatler, und das bedeutete, dass eine Zurückweisung in einer bestimmten Form zu geschehen hatte.

Er trat weit genug von ihr weg, dass das Sonnenlicht – so es etwas Derartiges in diesem Land gab – zwischen ihnen hindurchfallen konnte. »Du ahnst gar nicht, wie gern ich Ja sagen würde, aber da wartet ein Mann auf mich.«

Sie sah ihn herausfordernd an. »Ich habe nichts gegen teilen.«

»Nicht der richtige Mann für so was.« »Konnte das Ganze noch merkwürdiger werden? »Er ist mein Großvater.«

»Ein Mädchen darf ja mal träumen.« Sie zuckte mit den Schultern. »Glaub mir, ich werde die ganze Nacht von dir träumen.« Jedenfalls wenn man »träumen« in »Alpträume haben« übersetzte. Oder wie seine Mom zu sagen pflegte: »Wenn du sie nicht mit Nettigkeit töten kannst, dann kleistere sie mit zuckrigem Sarkasmus zu.«

»Tu das.« Sie holte eine Visitenkarte aus ihrer Handtasche, steckte sie ihm in die vordere Tasche seiner Jeans und ließ die Finger dabei gleich mit hineingleiten. »Nur für den Fall, dass du deine Meinung änderst.«

Das würde nicht passieren, aber eine entsprechende Erwiderung würde ihren Abgang nur verzögern, deshalb hielt er den Mund. Sie ging an den Gepäckbändern vorbei zum Ausgang, während Nick vor der Frau stehen blieb, die das Schild mit seinem Namen hochhielt.

»Ich bin Nick Vane«, sagte er und gab ihr die Hand.

»Ja, Sir.« Sie schüttelte ihm fest, aber nicht knochenzermalmend die Hand. »Brooke Chapman-Powell. Die Privatsekretärin des Earls.«

Himmel, wie er es liebte, recht zu haben, und diesen genervten Gesichtsausdruck hätte er garantiert ebenfalls, wenn er für Earl Arschloch arbeiten müsste. »Das erklärt einiges.«

»Was?«, fragte sie und faltete das Schild präzise dreimal, bis es die Größe einer Videospielhülle hatte.
»Ihr Gesichtsausdruck. Für ihn zu arbeiten ist echt eine Strafe, nicht wahr?«
Sie sah ihn durchdringend an und schaffte es dabei irgendwie, auf ihn hinabzusehen, obwohl sie zu ihm hochschauen musste. »Ich habe keine Ahnung, wovon Sie reden.«
»Mein Fehler.«
Vielleicht waren der Earl und sie wie füreinander gemacht.
»Nun dann, sollen wir Ihre Koffer holen, Sir?«
Bei dem »Sir« stellten sich ihm die Zehennägel auf.
»Hab ich schon.« Er hob den Handgepäck-Matchbeutel leicht in die Höhe. »Und machen Sie sich keinen Stress mit diesem ›Sir‹-Getue. Ich heiße Nick. Schon vergessen?«
Sie schüttelte den Kopf. Ihr blonder Pferdeschwanz bewegte sich mit und glänzte im Licht. »Das geht leider nicht.«
Normalerweise waren es die lässigen Frauen, die ihn anzogen. Die, die wussten, was sie wollten, und zu allem bereit waren. Niemand musste sich sonderlich ins Zeug legen, und jeder war hinterher zufrieden. Doch obwohl Brooke Chapman-Powell so zugeknöpft war, sah sie aus, als könnte sie Kohle in Diamanten verwandeln. Vorstellungen von ihrem um seine Faust gewickelten Pferdeschwanz riefen seinen Schwanz auf den Plan. Musste eine Nebenwirkung der Migränetabletten sein.
»Wieso können Sie mich nicht mit meinem Namen

anreden?« Er trat näher auf sie zu und nahm ihre geschwungenen blassrosa Lippen und die silbrigen Flecken in ihren kornblumenblauen Augen näher unter die Lupe. »Das haben Sie doch schon mal gemacht.« Der Pulsschlag unten an ihrer Kehle wurde sichtbar schneller. »Es wäre nicht angemessen. Sie sind der zukünftige Earl, und er ist mein Arbeitgeber.«
»Und Sie verhalten sich immer angemessen?« Er konnte nicht aufhören, sich zu fragen, was sich wohl unter dieser spießigen Kleidung verbarg.
»Ja, Mr Vane.« Ihre Stimme klang so eisig, dass selbst ein süßer Tee im Juli eingefroren wäre. »Das tue ich.«
»Wie schade.« Er blinzelte ihr zu, um zu testen, ob er ihr nicht doch noch eine Reaktion entlocken konnte.

Sie riss ihre blauen Augen auf, aber statt ihm, wie er fast erwartet hatte, die Leviten zu lesen, schürzte sie die Lippen, ohne auch nur für den Bruchteil einer Sekunde den Blickkontakt zu unterbrechen. »Hier entlang, *Sir*.«

Dann machte die Zitronenlady – wie er sie für sich getauft hatte – auf dem Absatz kehrt und ging ihm voran zu einem Mercedes, dessen Chauffeur ihm die hintere Tür aufhielt. Okay, dann würde er sich eben ein Uber zurück zum Flughafen nehmen müssen. Dass ihn der Chauffeur seines Großvaters zurückfahren würde, konnte er sich mit Sicherheit abschminken.

Denn Nick Vane hatte vor, dem alten Herrn zu sagen, er könne ihn mal am Arsch lecken, und dann so schnell wie möglich nach Virginia zurückzufliegen. Auch die Zitronenlady würde ihn nicht aufhalten können.

4. KAPITEL

»*Zu blöd aber auch.*«

Nicht sehr wahrscheinlich … zumal wenn der zukünftige Earl leise neben Brooke auf der Rückbank vor sich hin schnarchte. Zumindest lag sein Kopf nicht an ihrer Schulter. Das war während der halbstündigen Fahrt zurück nach Dallinger Park bereits einmal geschehen, und sie hatte ihn weggeschoben, natürlich mit dem entsprechenden Respekt. Er hatte etwas von Tabletten gemurmelt und wieder zu schnarchen begonnen.

In dem Bericht des Privatdetektivs hatte sich kein Hinweis auf Probleme mit Alkohol oder Drogen befunden, aber man konnte nie vorsichtig genug sein. Sie würde den Angestellten – den letzten noch verbliebenen – raten, den Weinkeller im Auge zu behalten, denn der gehörte zu dem wenigen noch vorhandenen Vermögen des Anwesens.

»Gleich sind wir da.« Mr Harleson bog auf die Privatstraße in der Nähe der North York Moors ein. »Er entspricht nicht ganz unseren Erwartungen, nicht wahr?«

Brooke verkniff es sich, Nicks kantiges Kinn oder seine sich mit jedem tiefen Atemzug hebenden und senkenden Schultern zu betrachten. Sie schaute lieber nach vorn, das

Kinn vorgereckt, den Blick auf die markante Halbkegelform des Roseberry Topping gerichtet. »Das tut das Leben eher selten.«

»Er erinnert mich ein bisschen an seinen Vater« erwiderte Harleson. »Aber dem alten Earl sieht er auch irgendwie ähnlich.«

»Finden Sie?« Endlich gab es einen Grund – keinen Vorwand, einen *Grund* –, das Profil des Amerikaners genauer zu betrachten. »Das kann ich nicht sehen.«

»Das liegt daran, dass der Earl aus Ihrem Blickwinkel als junge Frau, deren Leben gerade erst begonnen hat, schon alt war, als Sie ihn kennengelernt haben. Ich bin schon viel länger hier.« Er lachte trocken und bog in die Auffahrt ein. »Wecken Sie ihn lieber auf.«

Sie Glückliche.

Sie tippte dem Amerikaner auf die Schulter. Er rührte sich nicht.

»Mr Vane«, flüsterte sie.

Wieder versuchte sie es, diesmal etwas kraftvoller. »Sir?«

Nichts. Als der von Efeu überwucherte Familiensitz vor ihnen auftauchte, seufzte sie genervt auf.

»Ich öffne die Augen nicht eher, als bis Sie mich Nick nennen.« Er klang nicht die Spur schläfrig.

Ihre Wangen liefen rot an. »Waren Sie etwa die ganze Zeit wach?«

»Immer mal wieder.« Nach wie vor hielt er die Augen geschlossen, und seine ungerecht langen dunklen Wimpern ruhten auf seinen Wangen. »Sagen Sie jetzt Nick zu mir oder nicht?«

Die Versuchung, seine Widerborstigkeit seinem Herkunftsland zuzuschreiben, war groß, aber selbst wenn sie nicht so lange in Dallinger Park war wie Mr Harleson, erkannte sie die legendäre Vane-Sturheit, wenn sie ihr begegnete.»Nick.«

»Na also, war doch gar nicht so schwer.« Er öffnete die haselnussbraunen Augen, die, wenn sie es sich recht überlegte, denselben Farbton wie die des Earls hatten, und zwinkerte ihr zu. Dann richtete er seine Aufmerksamkeit auf das dreigeschossige, im Stil der Zeit Jakobs des Ersten gebaute Haus, das ihr Ziel darstellte. Er starrte es einen Moment lang an. Die Ader an seiner Schläfe pulsierte.
»Das ist also das alte Anwesen.«

»Ja. Dallinger Park wurde 1856 erbaut. Es ist seit Generationen Wohnsitz der Familie Vane. Vor dieser Version von Dallinger Park gab es ein anderes Herrenhaus. Es wurde 1682 erbaut, brannte 1841 aber nieder. Das Überleben des nahe gelegenen Dorfs Bowhaven und der örtlichen McVie-Universität hängt vom Earl und dem Anwesen ab, seit die Firma Pepson vor drei Jahren ihre Tore geschlossen hat.«

Seine Kiefermuskulatur spannte sich an. »Was tut Gramps für sie?«

Oh, dieser Spitzname würde dem Earl nicht gefallen. Nicht im Geringsten. »So viel, wie er kann, da bin ich mir sicher.« Was bedeutete, er gab so viel, wie sie ihm angesichts seiner eigenen prekären finanziellen Lage abschwatzen konnte. Der Earl war zu wütend gewesen, um sich mit der jeweiligen Situation zu beschäftigen. Er hatte ein paar Befehle erteilt und auf die Moors hinausgestarrt.

Jetzt, wo sie von seiner Demenzdiagnose wusste, konnte sie sich einiges erklären. Auch Stress konnte ein Auslöser für einen Schub sein. Natürlich war der Earl immer knapp bei Kasse gewesen, wie sie bei ihrer Durchsicht der Finanzen des Anwesens festgestellt hatte. Aber es war bereits seit Generationen nicht genügend Geld da gewesen, um Dallinger Park so in Schuss zu halten, wie es nötig gewesen wäre.

»Ja.« Nick schnaubte. »Er ist echt ein spendabler Mann.« Was hätte sie dazu sagen können, ohne zu viel zu verraten? Nichts. Also konzentrierte sie sich darauf, die bereits ordentlich auf ihrem Schoß liegenden Mappen noch einmal gerade zu rücken. Schweigend warteten sie, bis Mr Harleson den Wagen vor der massiven Eingangstür anhielt, die seit Jahrhunderten fremde Invasoren hatte aufhalten können und sich jetzt weit für einen Amerikaner öffnete.

Wieder warf sie einen Blick auf den Mann zu ihrer Linken und fragte sich zum ersten Mal, ob ihr Glas nicht tatsächlich eher halb leer war.

Nick trabte die Treppe zu Dallinger Park hinauf, einem Herrenhaus inmitten von genügend Grün, um als Stadtpark durchgehen zu können. Von außen war es der Inbegriff von Privilegien und Geld. Das Innere dagegen erzählte eine ganz andere Geschichte.

Der Teppich im Eingangsbereich, von dem man in den Flur gelangte, war glanzlos und abgewetzt. Das Parkett hatte die typischen Abnutzungserscheinungen jahrelangen Gebrauchs ohne entsprechende Pflege. Sein Blick wanderte die Wände hinauf zu den Porträts von Vanes, die vor ihm gelebt hatten, und blieb an einem unübersehbaren bräunlichen Fleck hängen, der eindeutig auf leckende Rohre hinwies. Wie es aussah, war das Haus genau wie die Familie Vane innerlich verrottet. Kopfschüttelnd folgte er der Zitronenlady den Flur entlang.

Ihre Schritte hallten von der gewölbten Decke wider und lenkten seine Aufmerksamkeit weg von Brooke und nach oben. Das Haus hatte eine gute Substanz, die den Konstrukteur und Bastler in ihm begeisterte, der immer an Dingen herumwerkelte und sie zu optimieren versuchte, bis sie runder liefen, besser funktionierten und einem das Leben erleichterten. So hatte er in der Highschool für seine Mom in dem Haus, in dem er aufgewachsen war, eine Art motorisierten Lastenaufzug installiert. Sie war gestolpert, als sie mit der Wäsche die Treppe hinunterging, also hatte er sich an die Arbeit gemacht.

Hätte er bloß genauso viel Zeit darauf verwandt, nach den Gründen für ihre plötzliche Ungeschicktheit zu suchen, vielleicht wäre dann alles anders gekommen.

Wäre es nur nicht sie gegen den Rest der Welt gewesen, dank des Arschlochs in dem Zimmer, das die Zitronenlady und er gerade betraten, vielleicht hätte seine Mom dann jemanden gehabt, der auf sie aufpasste, statt eines vierzehnjährigen Jungen, der sie viel eher zu einem Arztbesuch hätte überreden sollen.

Wäre, hätte … Es war eine Liste, die sich ewig fortsetzen ließ und nichts wiedergutmachte. Dem alten Mann, der ihr den ersten Schlag versetzt hatte, zu sagen, dass er ihn am Arsch lecken konnte, war alles, was er als Happy End für seine Hätte-wäre-Liste bekommen würde.

Das Zimmer war riesig. Dominiert wurde es von einem gigantischen Gemälde eines Manns mit weißer Perücke, das über einem großen Kamin mit abgeplatzter Einfassung hing. Der Perückenmann schaute an seiner kleinen Nase entlang auf Nick hinunter.

Na, dir auch einen schönen Tag, Kumpel.

An den anderen Wänden standen Bücherregale, die vom Boden bis zur Decke reichten und seine Mutter in Freudenschreie hätten ausbrechen lassen, unterbrochen von Fenstern, aus denen man auf grüne Hügel sah, übersät mit violetter Heide und weißen Rosenbüschen, die einen verdammt hübschen Hintergrund bildeten – vor allem jetzt, da die Sonne allmählich unterging und die ganze Aussicht in weiches, wie mit einem Instagram-Filter bearbeitetes Licht tauchte. Es war nicht das glitzernde Blau des Sees direkt vor der Hintertür seines Hauses in Salvation, aber selbst er musste zugeben, dass es gar nicht schlecht war.

»Mylord, darf ich Ihnen Ihren Enkel vorstellen, Nicholas Vane«, sagte Ms Chapman-Powell ehrerbietig.

Nick gefiel dieser Ton nicht. Mit scharfer Zunge und dahinter schimmernder Nervosität, die seine Neugier weckten, gefiel sie ihm besser. Davon würde er mit Sicherheit eine Ladung abbekommen, sobald er dem alten Mann sein Sprüchlein aufgesagt und dieses Haus unwiderruflich verlassen hatte. Hätte es eine Möglichkeit gegeben, es nicht so weit kommen zu lassen, hätte er sie ergriffen. Aber das war er seiner Mom schuldig, und wie Mama immer zu sagen pflegte: Manchmal, wenn man zwischen zwei Übeln wählen muss, gewinnt das kleinere Übel, indem es einen einfach plattmacht.

Voller Vorfreude, den »Leck mich am Arsch«-Gruß seiner Mutter endlich loswerden zu können, richtete er seine Aufmerksamkeit schließlich auf den Mann, wegen dem er in erster Linie hier war: Charles Vane, Earl of Englefield, stand mit gestrafften Schultern hinter einem ausladenden Mahagonischreibtisch. Er war groß, etwa so groß wie Nick, und hatte eine blasse Haut, die aussah, als würde sie es nicht wagen, Falten zu werfen, sowie volles, leuchtend weißes Haar, das er fast so kurz hielt wie seine Gefühle für seine Familie. Allerdings hätte er dann eigentlich schon eine Glatze haben müssen.

»He, Chuck, das ist ja echt ein heißer Kasten hier«, spielte Nick den schnodderigen Amerikaner, um den anderen aus der Fassung zu bringen. Er schlenderte durch das Zimmer zum Fenster. »Geile Aussicht.«

Wie erwartet waren seine Worte ein voller K.o.-Schlag. Im Fenster spiegelte sich die Reaktion seines Großvaters, der die Augen zusammenkniff und das Kinn vorschob. Gut. Nick setzte wieder sein Netter-Junge-Grinsen auf, das ihm zu Hause sowohl zu Sex verhalf, als ihn auch aus schwierigen Situationen rettete, dann drehte er sich um. Er konnte es sich jedoch nicht verkneifen, dabei rasch zur Zitronenlady hinüberzusehen.

Aus Brookes Gesicht war jegliche Farbe gewichen und dann durch hellrote Flecken auf beiden Wangen ersetzt worden, die das Blau ihrer Augen betonten. Seltsam, dass ihm das gerade zu diesem Zeitpunkt auffiel, aber so war es eben.

»Du kannst mich Großvater nennen«, sagte der alte Mann. Seine Stimme war eine gealterte Version mit englischem Akzent desselben tiefen Baritons, der aus Nicks Mund kam.

Es jagte ihm einen Schauder über den Rücken. Irgendetwas mit diesem Mann gemeinsam zu haben, war das Letzte, was er wollte. Nicht dass er sich das anmerken lassen würde. Er behielt seine lässige Haltung bei, zuckte mit den Schultern und bahnte sich einen Weg zwischen den durchgesessenen Zweisitzer-Sofas und Sesseln hindurch. »Ich bleibe nicht so lange, dass ich mir Gedanken machen müsste, wie ich dich anrede.«

»Wenn du mal einen Moment aufhören könntest, dich so amerikanisch zu gebärden«, erwiderte Charles, »wärest du in der Lage, den gesamten Umfang der Verantwortung zu begreifen, die demnächst auf dich übergehen wird.«

»Wie zum Beispiel ein zerfallendes Anwesen?«, gab Nick zurück.

Der alte Mann sah ihn verblüfft an. Auf seiner Nase bildeten sich rote Flecken. »Wer hat denn einen solchen Unsinn behauptet?«

Aus dem Augenwinkel sah Nick, wie Brooke erneut blass wurde und die Hände rang. Wenn die gute Frau nicht aufpasste, würde sie vom schnellen Auf und Ab ihres Blutdrucks noch ohnmächtig werden. Dass sie das nicht tat, sprach für sie. Zitronenlady war aus hartem Holz geschnitzt. Das wusste er zu schätzen.

»Ich habe selbst ein bisschen nachgeforscht«, erwiderte er. »Und ich bin nicht blind. Dieses Haus ist der feuchte Traum jedes Bauunternehmers.«

Der Earl starrte Nick drohend an, offenbar gekränkt von seiner Wortwahl – zu blöd aber auch.

Als Nick sich unter Charles' Blick nicht in ein Häufchen Elend verwandelte, fuhr der alte Mann fort: »Als mein Erbe wird von dir erwartet, dass du die in Dallinger Park und in der Familie üblichen Traditionen beibehältst.«

Nick ließ die Fingerspitzen über den dekorativen Beschlag auf der Rückseite des Sessels gleiten, der eine Reparatur dringend nötig hatte. Er schüttelte den Kopf ob dieses schlechten Zustands. Nicht einmal Möbel hatten es verdient, so böswillig vernachlässigt zu werden. »Du meinst wohl, dieses Haus verfallen zu lassen?«

»Wenn ich nicht längst überzeugt gewesen wäre, dass du nicht der Richtige für diese Aufgabe bist, hätte mich dieser Spruch endgültig davon überzeugt«, erwiderte Charles. »Wie auch immer, mein Sohn ist tot, und du bist auf diesem Planeten der einzige noch lebende Vane, wenn ich meinen Notaren Glauben schenken darf. Auch wenn du keine Vorstellung hast, was es heißt, einen Besitz wie Dallinger Park zu leiten oder das Dorf oder die McVie-Universität für Gehörlose zu unterstützen – entweder nimmst du den Titel an und akzeptierst deine Pflicht gegenüber denjenigen, die von unserer Familie abhängig sind, oder das Familienerbe zerfällt, und der Titel stirbt mit mir.«

Den Rest der Ansprache nach »du bist nicht der Richtige für die Aufgabe« hörte Nick gar nicht mehr, da er schon auf dem Weg zur Tür war, raus aus dieser Horrorshow, aber das war ihm auch völlig egal, denn nur dieser Satz spielte eine Rolle.

»Endlich etwas, worüber wir uns einig sind. Da hast du völlig recht«, sagte er, als er an der Tür stehen blieb, sich umdrehte und dem Earl in die Augen starrte. Keiner der beiden blinzelte. »Ich bin nicht der Richtige für diese Aufgabe.«

»Das mag so sein, aber das ändert nichts daran, dass du der einzige mögliche Erbe bist.« Charles setzte sich auf den Stuhl hinter seinem Schreibtisch, griff nach einem der vielen darauf herumliegenden Papiere und sagte mehr schon zu sich selbst: »Hätten die Dorfbewohner doch bloß ein bisschen härter gearbeitet und weniger gejammert, dann hätte die Pepson-Fabrik nicht geschlossen und es gäbe nicht so viele Arbeitslose, die auf meine Hilfe hoffen.«

Brooke, die in der Nähe des Kamins stand, gab etwas von sich, das wie ein halb verschluckter Widerspruch klang. Aber als Nick sich zu ihr hindrehte, war sie bereits wieder ruhig und hatte diesen stoischen Gesichtsausdruck, sodass er sich fragte, ob er sich verhört hatte. Die Blondine sah genauso kalt und neutral aus wie die Schweiz im Zweiten Weltkrieg. Dennoch war da etwas in der Steifheit ihrer üppigen Lippen, das ihn mitten ins Herz traf.

Sie mochte zwar schweigen, aber das bedeutete nicht, dass sie zustimmte. Da er herausfinden wollte, ob seine Einschätzung stimmte, lehnte er sich gegen den Türrahmen und betrachtete den Earl abschätzig von oben bis unten.

»Echt?«, fragte er, nachdem sich die Stille dehnte wie Kaugummi. »Das ist die Begründung, die du dir einredest? Dass es die Schuld der Leute war, und nicht Missmanagement, veränderte Nachfrage oder Ähnliches?«

»Die Vanes sind eine große und stolze Familie«, fuhr der Earl fort, unbeirrt von der Tatsache – oder ohne sich darum zu scheren –, dass man ihm gerade vorgeworfen hatte, er habe die Leute beleidigt, die die Not nach der Schließung der Fabrik mit voller Wucht getroffen hatte. »Ich werde nicht zulassen, dass du meinen Familiennamen ruinierst. Bevor ich also in dreißig Tagen öffentlich mache, dass du mein Erbe bist, wirst du lernen müssen, dich wie ein englischer Earl zu benehmen, auch wenn es wohl kaum jemanden gibt, der dazu weniger geeignet wäre.«

Nick hätte darauf gewettet, dass den alten Mann nichts interessierte außer dem Ruf seiner Familie. Zweifellos war er als verwöhnter Aristokrat aufgewachsen, dem alle Wünsche von den Augen abgelesen und dessen Bedürfnisse sämtlich befriedigt worden waren. Vermutlich hatte er die Menschen um sich herum sein ganzes Leben lang schikaniert, bedroht und in Angst und Schrecken versetzt ... jedenfalls bis jetzt. Nick hatte Tyrannen immer gehasst.

»Du bist dir *so* sicher, dass ich dein Erbe sein will?«, fragte er und lockte den alten Mann in seine Falle.

Der Earl reckte das Kinn noch ein Stück weiter vor. »Du hast keine Wahl.«

Keine Wahl? Netter Versuch.

»Da liegst du falsch, Chuckie.« Er richtete sich zu seiner vollen Größe auf und warf seinem Großvater einen »Du kannst mich mal«-Blick zu, der selbst dem alten Perückenfritzen in dem Gemälde die Schamesröte ins Gesicht getrieben hätte. »Ich berufe mich hier nämlich auf meine guten alten amerikanischen Freiheitsrechte und verkündige dir und dem Rest Englands, dass ihr mich am Arsch lecken könnt.«

Nick warf sich den Matchbeutel über die Schulter und salutierte sarkastisch vor dem Scheißkerl, der ein Viertel seiner DNA beigesteuert hatte, und der Frau, die nach dessen Pfeife tanzte. Dann verließ er das Herrenhaus, ging an dem Chauffeur vorbei, der am Mercedes lehnte, und machte sich auf den Weg die Straße hinunter, die laut Hinweisschild nach Bowhaven führte. Wenn es dort kein Uber gab, würde er sich ein Taxi nehmen oder jemanden finden, der sich gern ein bisschen Kohle verdiente, indem er ihn zum Flughafen brachte. Und dann würde er dieses feuchte, trostlose Land hinter sich in der Vergangenheit lassen, wo es hingehörte.

Es kam selten vor, dass Brooke sprachlos war, aber jetzt, wo sie auf die Stelle starrte, wo Nick – es war sein Vorname, mit dem sie jetzt an ihn dachte, aber wie hätte das nach diesem Abgang auch anders möglich sein sollen – noch Sekunden vorher gestanden und den Earl – *den Earl!* – zur Schnecke gemacht hatte. So etwas hatte sie noch nie erlebt. Jemand wie er war ihr noch nie über den Weg gelaufen. Sie hätte angewidert sein sollen. War sie auch – überwiegend. Sie war aber auch ein kleines bisschen fasziniert und ein wenig aufgewühlt, etwas, das sie keinem menschlichen Wesen jemals eingestehen würde.

»Und das«, verkündete der Earl, »passiert, wenn man in Amerika groß wird.«

»Nun ja, er ist Amerikaner.« Sie hätte die Worte am liebsten zurückgenommen, kaum dass sie ihr herausgerutscht waren – offenbar hatte der jüngere Vane selbst in geringen Dosen einen schlechten Einfluss auf sie –, aber der Earl schien nicht gekränkt zu sein.

»Nicht mehr lange«, erwiderte er mit einer Stimme, die kraftvoller klang, als sie sie in den letzten Monaten gehört hatte. »Nun, so Sie nicht wollen, dass dieses Dorf zu Ruinen zerfällt, würde ich vorschlagen, dass Sie dieses Gehirn, für das ich Sie bezahle, einsetzen und eine Möglichkeit finden, wie wir meinen infernalischen amerikanischen Enkel in einen richtigen englischen Earl verwandeln.«

Wie um Himmels willen sollte sie das bewerkstelligen? Vor allem wenn er sich weigerte, überhaupt ein Earl zu werden – ungehobelt oder anständig? Hatte der Earl kein Wort von dem gehört, was sein Enkel gesagt hatte?

»Ich bin mir nicht sicher ...«

»Es ist mir nicht wichtig, ob Sie sich sicher sind. Mir ist wichtig, dass Sie die Aufgabe erledigen, und wenn Sie das nicht können, suche ich mir eine Privatsekretärin, die es kann, und zwar ohne all die hilfreichen Vorschläge, wie man Dallinger Park modernisieren könnte.« Das »modernisieren« sprach er aus wie einen besonders beleidigenden Fluch.

»Ja, Sir.« Was hätte sie auch sonst sagen sollen? Bowhaven war ihre Heimat, und die Leute, die dort lebten, waren ihre Familie – selbst der Earl mit seiner knurrigen Art gehörte zum Gefüge des Dorfs.

Jeder und jedes hing hier miteinander zusammen. Im Guten wie im Schlechten.

Sie musste Nick einfach überzeugen, sein Erbe anzunehmen. Sie musste ihn nur finden. Auf einem riesigen Anwesen. Ein Klacks.

»Äußerst unwahrscheinlich«, murmelte sie vor sich hin.

5. KAPITEL

Charles Vane musste sich das selbst ankreiden. Er hätte William daran hindern müssen, nach Amerika zu reisen. Er war seinem Sohn gegenüber zu nachgiebig gewesen. Dies war die Wahrheit, die er sich seit Jahren immer wieder vorbetete – und ja, das war nun einmal die Wahrheit. Er hatte sich für den schweren Weg entschieden, aber aus den richtigen Gründen. Das bissige Verhalten würde er akzeptieren, auch wenn er es nicht verdient hatte. Womit er allerdings nicht gerechnet hatte, war, wie sehr Nicholas seinem Vater ähnelte.

Als sein Enkel voller Selbstbewusstsein mit diesem angedeuteten Lächeln ins Zimmer trat, hatte Charles sich in der Zeit an jenen Tag zurückgesetzt gefühlt, als William dort stand, aus dem gleichen Fenster schaute und ihm eröffnete, er lasse sich kein Leben aufzwingen, das er nie gewollt habe, nur wegen eines »Geburtsfehlers«. Sie hatten gestritten. William war gegangen. Es hatte länger als ein Jahr gedauert, bis er ihn in diesem winzigen Haus am anderen Ende der Welt aufgespürt hatte. Noch dazu mit einer Frau und einem Baby. Vollkommen inakzeptabel. So etwas gehörte sich einfach nicht.

Ganze Generationen von Vanes waren ins Internat und auf die Universität gegangen. Nur während der Ferien waren sie nach Hause gekommen. Sie hatten die Sache durchgestanden, in angemessener Weise Haltung und Anstand gewahrt und sich zuvorderst um Dallinger Park – das Wahrzeichen der Familie – gekümmert. William hatte sich dem widersetzt. Er war vor der schweren Bürde der Pflicht davongelaufen – zumindest eine Zeit lang. Doch letztlich lief alles immer auf Pflichterfüllung hinaus. Das hatte er seinem Sohn zu verstehen gegeben, bevor er Amerika verließ. Dass William glaubte, er müsse eher zu seiner Frau und seinem Sohn stehen als zu Dallinger Park, spielte keine Rolle. Sein Sohn war nach Hause gekommen, und nun auch sein Enkel.

Charles nahm den Hörer vom Telefon auf seinem Schreibtisch und rief seinen Anwalt an.

»War er einverstanden?«, fragte Ansel Cahill.

»Das kommt noch.« Dafür würde Charles schon sorgen.

»Es gibt schon Gerede über deine Gesundheit und die Rechtmäßigkeit seiner Geburt.«

War ja klar. »Sollen sie reden.«

»Sie müssen das nicht tun.« Der Anwalt senkte die Stimme. »Kein Mensch außer Ihnen weiß von der Bedingung, die William in seinem Testament hinterlegt hat.«

Bedingung! Den Ausdruck würde er nicht verwenden. William war nicht minder manipulativ und schlau gewesen als die Vanes seit jeher. Der Adelstitel mochte ja von Charles' Seite stammen, doch das Geld stammte von der Familie seiner verstorbenen Frau. Die Bedingungen in Williams Testament waren klar und rechtlich unangreifbar festgelegt. Der Trust ging an Nicholas an seinem dreißigsten Geburtstag. Sollte der seiner Pflicht als nächster Earl of Englefield nicht nachkommen, würden Dallinger Park, der Titel und alles andere verfallen. Die Vanes würden vergessen, ausgelöscht werden.

»Nicholas Vane wird der nächste Earl of Englefield«, sagte Charles.

»Er muss zustimmen, bevor sich Ihr Zustand verschlechtert.«

»Für mich ist noch lange nicht Feierabend, und ich brauche von Ihnen keine Belehrung, wie ich meine Pflicht zu erfüllen habe.« Er hatte, seit er den Kindergarten verlassen hatte, nichts anderes zu hören bekommen.

»Jawohl, Sir«, sagte Cahill und klang nun deutlich kleinlauter.

»Machen Sie die nötigen Papiere fertig, um Williams Trust zu transferieren. In ein paar Tagen komme ich nach London, dann werde ich alles unterzeichnen.«

»Hat er überhaupt eine Ahnung von all dem?«

»Das braucht Sie nicht zu kümmern, Cahill.« Allein die Frage war reichlich impertinent.

Charles beendete das Gespräch, rührte sich aber nicht von seinem Schreibtisch weg. Im Raum befanden sich zu viele alte Gespenster, um aufstehen zu können. So saß er da und schaute aus demselben Fenster, aus dem sein Sohn vor all den Jahren geblickt hatte, und betrachtete das Heidekraut in der Landschaft, das sich wie eine violette Woge im Wind bewegte. Der Anwalt brauchte lediglich zu wissen, dass es um die finanzielle Absicherung von Dallinger Park ging, nachdem jahrelang jeder Penny umgedreht werden musste, um die horrenden Rechnungen bezahlen zu können. Doch das war nicht der einzige – nicht einmal der wichtigste – Grund, warum Nicholas der nächste Earl werden musste.

Charles war William und seinem Familiennamen nicht gerecht geworden. Und deswegen musste er nun zu extremen Maßnahmen greifen, um beides zu retten. Es gab noch eine Menge zu erledigen, und ihm blieb nicht mehr beliebig viel Zeit. Er musste korrigieren, was er in den Graben gefahren hatte. Er musste seinen Enkel nach Hause holen. Er musste sich mit William versöhnen.

Er musste sichergehen, dass William wusste – nein, nicht William. Charles kniff die Augen zusammen und zwang den Nebel aus seinem Kopf. William war tot. Nicholas – den hatte er gemeint.

Er musste sichergehen, dass Nicholas den wahren Grund verstand, warum sein Vater fortgegangen war und dass er niemals geplant hatte, für immer fort zu bleiben. Er musste begreifen, dass er diese Familie nicht hassen durfte, nur weil ein Mann einen schrecklichen Fehler begangen hatte.

6. KAPITEL

Der Fußmarsch nach Bowhaven war ganz schön frostig. Wieso es hier mitten im August nur 15 Grad haben konnte, war ihm schleierhaft. Zu Hause in Virginia würde er jetzt in T-Shirt und Shorts auf seinem Boot sitzen und so tun, als würde er angeln, während er über die Macken seines jüngsten Projekts nachgrübelte: ein Hundehalsband, das reagierte, sobald der Hund Nervosität zeigte – sprich einen beschleunigten Puls aufwies –, und ihm zuvor aufgezeichnete beruhigende Worte seines Besitzers vorspielte. Es war eine Art Audio-Version der nach der Hundemutter riechenden Decke im Welpenkorb. Der Nachteil war, dass der Hund schier durchdrehte auf der Suche nach seinem Herrchen, dessen Stimme er ja vernahm, was zu noch größerer Unruhe führte, weshalb das Halsband mehr Aufnahmen abspielte und so weiter, bis der arme Fido schließlich am Rand eines Hunde-Nervenzusammenbruchs stand. In all diesem Wahnsinn steckte der Hauch einer guten Idee. Nick musste lediglich herausfinden, wo, das Ganze entsprechend umsetzen und die Massenproduktion starten.

Wie gut, dass sein vor Energie nur so strotzendes Gehirn genau dafür geschaffen war, derartige Rätsel zu lösen. Das war keine Prahlerei, sondern eine Tatsache. Er hatte begonnen, zu Hause Dinge auseinanderzunehmen, kaum dass er einen Schraubenzieher hatte halten können. Statt bei ihrer Rückkehr entsetzt aufzuschreien, weil der Geschirrspüler in alle Teile zerlegt worden war, hatte seine Mutter sich zu ihm gesetzt, und gemeinsam hatten sie sich überlegt, wie sich das Spültempo des Wassers beschleunigen ließe und das Geschirr so in der Hälfte der Zeit sauber würde. So war Charity August (ehemalige Vane) gewesen. Sie drehte nicht durch. Sie verlor nicht die Nerven. Nicht einmal, als der Arzt mit der tödlichen Diagnose ankam. Sie überlegte, was als Nächstes zu tun war, und tat es.

Nachdem sie die Diagnose erhalten hatte, nahm sie Kontakt zu dem Mann auf, der sie geschwängert hatte, und klärte ihn über die Situation auf. Nicks Samenspender hatte Mamas Nummer blockiert und einen Lakaien mit einem Scheck zu ihr geschickt. Ein rasender Nick, der bereits trauerte, hätte den Scheck am liebsten verbrannt, aber seine Mutter hatte eine praktischere Ader. Sie hatte das Geld auf ein Sparkonto mit seinem Namen hinterlegt und ihm gesagt, wenn die Zeit reif sei, wisse er schon, was er damit anfangen solle. Der rechte Zeitpunkt war gekommen, als er Geld für die Verwirklichung seiner ersten Erfindung brauchte, was zu Millionen weiteren führte – sowohl Dollar als auch Ideen.

Und da wollte dieser alte Arsch in seiner baufälligen Bruchbude ihn als Erben einsetzen? Nach all dem? Nach allem, was die Vanes seiner Mutter angetan hatten? Und auch ihm? Ja, er hatte eine ganz andere Vorstellung, wie er ihnen ihre Großzügigkeit heimzahlen würde – mit einem gewaltigen »Leck mich« für den Earl von Arschlochhausen.

So in Gedanken versunken – und weil er zugegebenermaßen auf die verkehrte Seite nach herankommendem Verkehr schaute –, sah Nick den kleinen roten Peugeot erst, als er langsam rechts neben ihm ausrollte. Das Fenster wurde heruntergelassen, und hinter dem Steuer kam ein hübscher Blondschopf zum Vorschein – hatten sie irgendwo in der Heidelandschaft eine Fabrik für die? – mit den größten blauen Augen, die er in seinem ganzen Leben gesehen hatte.

»Wollen Sie ins Dorf?«, fragte sie ein wenig lauter als notwendig.

Er stützte sich mit der Hand auf das Autodach und beugte sich hinab, um besser in den Wagen sehen zu können. »Ja.«

»Soll ich Sie mitnehmen?«

Okay, in den USA ging das gar nicht. Einen Tramper mitnehmen? Das war der schnellste Weg, um als Opfer eines Sexualverbrechens mit abgezogener Haut im Schrank eines Psychopathen zu landen. Vielleicht nahmen sich die Mordbuben hierzulande weniger Buffalo Bill als Vorbild als jenseits des großen Teichs. Dennoch hatte er das Gefühl, sie wegen des riesigen Größenunterschieds warnen zu müssen.

»Sind Sie sich sicher?«, fragte er und trat einen Schritt zurück, damit sie sehen konnte, dass er kein magersüchtiger Hänfling war.

»Steigen Sie schon ein, künftiger Earl of Englefield.« Sie beugte sich hinüber und öffnete die Beifahrertür.

»Ich bin kein Earl von irgendwas.« Reflexartig packte er die aufschwingende Tür. »Woher wissen Sie, wer ich bin?«

»In unserem Dorf?« Sie lachte, was in seinen Ohren etwas zu bemüht klang. »Wenn man in Bowhaven in den Pub geht und nicht innerhalb von Sekunden alle wissen, wie viel Bier man getrunken hat, braucht man schon viel Glück.«

Ja, das klang ganz nach Salvation. Offenbar war ein Teil des Kleinstadtlebens universell. Er schob seine Bedenken beiseite und setzte sich links auf den Beifahrersitz. Die Warnung seiner inneren Stimme, dass er auf der falschen Seite saß, ignorierte er und zog die Tür zu. Rasch legte sie den ersten Gang ein, und schon ging es los.

Die Blondine schaute auf die Straße, ohne ihm einen Blick zuzuwerfen, obwohl ihre Augen ständig von der Straße zum Rückspiegel und wieder nach vorne schauten.

»Ich heiße übrigens Nick. Kein ›Sir‹, kein ›Earl‹ oder sonst irgendwas.« Ihm reichte es mit dem künftigen Earl- und Sir-Getue bis in alle Ewigkeit.

Seine gute Samariterin konzentrierte sich auf die Fahrbahn und reagierte nicht weiter. Na gut, das war merkwürdig. »Und Sie sind?«, drängte er.

Die Frage hing zwischen ihnen in der Luft, doch sie zeigte immer noch keine Reaktion.

Auch recht. Brächte er nicht rund zwanzig Kilo mehr auf die Waage und wäre er nicht etwa fünfzehn Zentimeter größer als die Fahrerin, dann würde er sich jetzt vielleicht fragen, wie sie wohl in einem Anzug aus seiner Haut aussehen würde. So aber fügte er ihre Unhöflichkeit nur der Liste mit den Dingen hinzu, die er an England hasste, und betrachtete aus dem Seitenfenster die Landschaft.

Die Gegend bestand fast ausschließlich aus hügeligem Weideland, und die Straßen waren so schmal, dass er sich jedes Mal, wenn ihnen ein Wagen entgegenkam, ängstlich an den Türgriff klammerte. Nach einigen Minuten auf der Landstraße und einem Kreisverkehr kamen sie an Reihenhäusern mit kleinen Vorgärten und umgeben von Steinmauern vorbei. Trotz des altmodischen Eindrucks, den die Geschäfte und die Parkplätze mit ihrem Kopfsteinpflaster auf ihn machten, fühlte er sich an Salvation erinnert. Tante-Emma-Läden säumten die Straße, und weit und breit war kein Supermarkt in Sicht. Seine Fahrerin lenkte das Auto in eine so winzige Parkbucht, dass er automatisch die Arschbacken zusammenkniff. Allerdings manövrierte sie ihr Fahrzeug mit einer Lockerheit in die schmale Lücke, die große Selbstsicherheit verriet.

Sie schaltete den Motor aus und drehte sich freundlich lächelnd zu ihm hin. »So, ich bin am Ziel.« Sie nickte zu dem Gebäude vor ihnen. »Der Familien-Pub. Sie sollten auf ein Pint reinschauen, bevor Sie zu meiner Schwester zurückkehren.«

»Ihre Schwester?« Normalerweise hatte er eine schnelle Auffassungsgabe, aber jetzt stand er völlig auf dem Schlauch.

Sie streckte ihm die Hand entgegen. »Daisy Chapman-Powell. Unsere Familie betreibt den Quick Fox Pub.«

Er schüttelte ihr die Hand und versuchte mühsam zu verstehen, wie die Zitronenlady und diese blonde Fee mit den irren Einparkfähigkeiten Schwestern sein konnten. Klar, jetzt entdeckte er eine gewisse Ähnlichkeit, aber ihre Persönlichkeiten hätten nicht unterschiedlicher sein können.

»Entschuldigung, dass ich Sie auf dem Weg hierher so angeschwiegen habe«, fuhr sie fort. »Aber wenn ich fahre, muss ich mich höllisch konzentrieren, da ich überhaupt nichts höre.«

Endlich ging ihm ein Licht auf. Die ein wenig zu laute Stimme, das gekünstelt wirkende Lachen. »Sie sind taub?«

Sie nickte. »Seit sieben Jahren.«

»Sie können Lippen lesen.« Das war keine Frage, nur seine Art durchzudenken, wie das funktionierte.

Daisy prustete los. »Also, diese Unterhaltung denke ich mir bestimmt nicht aus, oder?«

Und in diesem Moment erkannte er die Verbindung zwischen den beiden Frauen. Was beißenden Sarkasmus betraf, waren Daisy und Brooke eindeutig Schwestern, ganz abgesehen von allen familiären Gemeinsamkeiten. »Ja, Sie sind Brookes Schwester. Ganz klar.«

Nick stieg aus und schaute sich um. In einem Second-Hand-Laden die Straße runter schien allerhand Kommen und Gehen zu herrschen. Außerdem befand sich hier eine Bäckerei, was vermutlich seinen Heißhunger auf ein Croissant erklärte, den er hatte, seit er ausgestiegen war und den Duft nach frischem Gebäck einatmete. Im Fenster eines Ladens mit einem Fish & Chips-Schild über der Tür stand ein tatteriger Corgi. Das war sicher gegen sämtliche Hygiene-Vorschriften, aber wenn sich sonst niemand beschwerte und er kein Fischstäbchen mit Hundehaaren bekäme, würde auch er sich nicht beschweren – nicht dass er sich dafür überhaupt lange genug hier aufhalten würde. Niemals. In Bälde würde er auf dem Rückweg zum Flughafen sein, und Bowhaven wäre lediglich eine weitere unerfreuliche Erinnerung.

Nick wartete, bis Daisy um den Peugeot herumgekommen war, dann standen sie eine Weile nebeneinander vor dem Pub und schauten sich an, ehe sie die Unterhaltung fortsetzten. »Ich brauche einen Mietwagen oder ein Uber zum Flughafen.«

»Wann soll's denn losgehen?«, fragte sie, schirmte die Augen gegen die Sonne ab und wandte den Blick nicht eine Sekunde von ihm ab.

Gestern. Jetzt. »So bald wie möglich.«

Der Wind zerzauste ihre kurzen Haare. Sie schüttelte den Kopf. »Daraus wird nichts, fürchte ich.«

Der nicht allzu sanfte Marsch der Ameisen mit zu Stecknadelspitzen geschärften Stahlstollen in seinem Hinterkopf bereitete ihm Schmerzen. »Und warum nicht?«

»Na ja, unser großmächtiger Herrscher in seinem Riesenhaus ist nicht der Einzige, der großes Interesse daran hat, dass Sie der nächste Earl of Englefield werden«, antwortete sie. »Warum schauen Sie sich nicht ein wenig im Dorf um und reden mit ein paar Leuten, bevor Sie sich ein Auto mieten?« Sie grinste ihn übermütig an. »Aber ich muss Sie warnen – kein Mensch wird Sie zum Flughafen bringen.«

Er blickte umher, während die Ameisen im Laufschritt durch seinen Schädel jagten. Der Bürgersteig war nicht gerade überfüllt, aber er war belebt, und alle starrten ihn im Vorübergehen an. Manche tippten an ihre Hüte, andere lächelten ihn nervös an und senkten den Blick, wenn sie an ihm vorbeikamen. Auch wenn er niemanden hier kannte, die Leute in Bowhaven wussten sehr genau, wer er war. Und wenn Daisy die Wahrheit sprach, dann ...

»Soll das heißen, ich sitze hier fest? Wie im Gefängnis?« Von allen lächerlichen Dingen, die passiert waren, seit dieser britische Privatdetektiv vor ein paar Monaten an seiner Haustür aufgetaucht war und ihm mitgeteilt hatte, sein Großvater, der Earl, wünsche ihn zu sehen, war dies der Gipfel.

»Ja.« Sie deutete ein Schulterzucken an. »So könnte man sagen.«

Nick ließ sich die Lage durch den Kopf gehen, nicht ohne dabei seine Backenzähne zu feinem Pulver zu zermalmen. Eine alte Frau, die eine Katze Gassi führte – an einer Leine, ohne Witz –, kam lächelnd auf ihn und Daisy zu. Südstaaten-Manieren, die ihm seit frühester Kindheit eingehämmert worden waren, meldeten sich zu Wort, und er erwiderte das Lächeln und trat einen Schritt zurück, um der Frau mehr Platz zu lassen.

»Wie weit ist es zum Flughafen?«

Daisy kaute auf ihrer Unterlippe herum und warf einen Blick in den wolkenlosen blauen Himmel, ehe sie antwortete. »Vierzig Kilometer.«

Da hätte sie als Längenangabe genauso gut hundertfünfzig Bowlerhüte sagen können. »Und das sind wie viele Meilen?«

Sie zwinkerte ihm zu. »Zum Gehen zu viele.«

Die Chapman-Powell-Frauen waren das personifizierte Böse. Schlicht und einfach. Aber ihn würden sie nicht unterkriegen. »Ich kann dort einen Wagen mieten und mich hier abholen lassen.«

»Versuchen können Sie es.« Sie nickte und winkte jemandem in einem vorbeifahrenden Auto zu. »Aber die Straßen hierher können ganz schön verwirrend sein, wenn die Wegweiser verdreht werden. Und GPS kann in der Gegend ganz schön launisch sein.«

Das passiert, wenn man sich von Fremden mitnehmen lässt. »Das hat die Zitronenlady eingefädelt, oder?«

»Wer?«

»Ihre Schwester«, quetschte er zwischen zusammengebissenen Zähnen hervor.

Sie lachte. »Mann, das ist der beste Spitzname aller Zeiten für sie. Aber nein, sie hat damit nichts zu tun.«

Dann war dies also nur eine von Daisy Chapman-Powell geschaffene Hölle. Gut zu wissen. »Wenn Sie beide zusammenarbeiten, gibt es dann irgendwelche Hindernisse, die Sie nicht überwinden können?«

»Nichts, was wir bis jetzt gefunden hätten.« Sie musterte ihn von oben bis unten, was weniger sexuelle Neugier verriet als vielmehr als Entscheidungshilfe diente, ob es der Mühe wert war, sich mit ihm anzufreunden. »Nun gehen Sie schon und schauen Sie sich die Geschäfte die Hauptstraße entlang an. Irgendwer bringt Sie bestimmt gern nach Dallinger Park zurück, wenn Sie wieder nach Hause möchten.«

Er schaute zum Straßenschild hoch, auf dem eindeutig Yardley Road stand. »Wo ist denn die Hauptstraße?«

Daisy deutete zu den Läden an der Straße, an der sie standen. »Na hier.«

Er schaute wieder auf das Straßenschild. »Aber da steht doch Yardley.«

»Stimmt.« Sie nickte, als würden sie nicht einen Abbott-und-Costello-Sketch nachspielen.

»Aber das ist gleichzeitig die Hauptstraße?«

Wieder nickte sie. »Genau.«

»Könnten Sie mir das erklären?«, fragte er. Sich selbst fragte er, ob der Jetlag wohl daran schuld war, dass er Stimmen hörte.

»Die Hauptstraße ist einfach da, wo die meisten Geschäfte liegen.«

Dann war dies also das Ortszentrum. Herr im Himmel. Nick brauchte Aspirin. Offenbar hatte er das laut ausgesprochen, denn Daisy antwortete.

»Beim Apotheker.« Sie deutete auf die andere Straßenseite auf etwas, das er als Drogerie bezeichnet hätte, dann winkte sie ihm zum Abschied zu und verschwand im Pub.

Nick rieb sich die Schläfen. Es war schon eine Weile her, seit er ein Auto kurzgeschlossen hatte, aber um hier herauszukommen, würde er sich notfalls damit behelfen. Allerdings brauchte er dafür eine gewisse Ungestörtheit, und angesichts der vielen Leute, die ihn aus den Geschäften heraus beobachteten, würde er wohl vor Einbruch der Nacht nichts unternehmen können.

Bis dahin musste er sich wohl oder übel irgendwie die Zeit vertreiben. Er verbannte seine aufgekratzte Gefängnisoberwärterin aus seinen Gedanken und betrat die »Bits and Bobs«-Buchhandlung direkt neben dem Pub. Vielleicht hatten sie da ja einige neue Biografien oder Urban-Fantasy-Romane – darauf hatte ihn Mace angespitzt, nachdem er wegen einer Buchverfilmung als Locationscout gearbeitet hatte. Als Mace ihm ein von der Autorin signiertes Exemplar zugeschickt hatte, hatte er erst gelacht. Dann hatte er die erste Seite gelesen und das verdammte Ding nicht mehr weggelegt, bis er damit fertig gewesen war. Ja, so eine Weltuntergangsschwarte mit Super-Tussis, die Dämonen aufmischten, wäre jetzt genau das Richtige.

Nick öffnete die Ladentür, trat aber sofort wieder einen Schritt zurück, als ein kleiner Hund oder eine große Ratte – so genau ließ sich das nicht sagen – direkt auf ihn zustürmte.

»Mr Darcy«, brüllte eine Frauenstimme. »Nicht!«

Nick fing den Rächer mit dem Fell mitten im Flug ab und hielt ihn – wie sich herausstellte, einen Jack Russell Terrier – mit ausgestrecktem Arm vor sich, während die weiß-braun-gescheckte Fellkugel knurrte und nach ihm schnappte wie eine Fünfzehn-Pfund-Furie auf PCP.

»Du böser Junge, du, willst du dich wohl benehmen!« Den Blick starr auf den Hund gerichtet kam eine Frau mit Brille und einem grünen T-Shirt mit V-Ausschnitt herbeigeeilt, auf dem stand: *Das Buch war besser*, und packte den Terrier. »Das tut mir sehr leid. Er hat heute seinen Schmolltag.«

Erst als sie den immer noch fauchenden Hund fest unter den Arm geklemmt hatte, schaute die Frau ihn an. Ihr klappte die Kinnlade hinunter, und sie riss kurz die

Augen auf, doch rasch hatte sie sich wieder im Griff. »Sie sind das.«

Gab es hier in diesem als Dorf getarnten Irrenhaus auch nur einen Menschen, der nicht wusste, wer er war? Der könnte es dann ja gleich zugeben.

»Stimmt.« Er hielt dem Hund die offene Handfläche hin, damit der sie beschnuppern und feststellen konnte, dass er nichts Böses im Schilde führte. »Nick Vane.«

Mr Darcy starrte ihn zwar weiterhin feindselig an, hörte aber gerade so lange auf zu knurren, dass er kurz zum Schnüffeln kam.

»Megan Page«, stellte sich die Frau vor und deutete mit der freien Hand auf die Regale. »Und das ist meine Buchhandlung.«

Er schaute auf den Terrier, der jetzt mit wachsendem Interesse an seinen Fingern herumschnupperte. »Gehört Mr Darcy auch Ihnen?«

»Ja, der kleine Kerl ist ein wahrer Ausbrecherkönig.« Sie ging hinter den Tresen, wobei der Hund verzweifelt versuchte, sich aus ihrer Umklammerung herauszuwinden. »Bitte entschuldigen Sie. Er hat die Gewohnheit, erst anzugreifen und dann zu fragen.«

Jetzt war sein Interesse geweckt. Er schaute sich in der Buch-/Ansichtskarten-/Nippeshandlung um. Nirgendwo war ein Zwinger zu entdecken. »Von wo ist er denn ausgebrochen?«

»Aus dem Houdini 3000.«

Na, das war mal ein echt cleverer Markenname. »Kann ich ihn sehen?«

Ohne den Hund loszulassen, hob Megan einen Verschlag vom Boden auf und reichte ihn ihm. Der Houdini 3000 entpuppte sich als kleiner Drahtkäfig, in den ein Jack Russell perfekt hineinpasste. Neben der Tür befand sich ein automatischer Leckerli-Spender, und in einer Ecke hockte ein praktischerweise stark verkleinerter ausgestopfter Hase. Nachdem sie den Käfig auf den Tresen gestellt hatte, prüfte er ihn von allen Seiten. Die Idee dahinter war wohl, dass sich der Hund damit beschäftigte, sich kleine Leckerlis zu verschaffen, statt Gedanken an Ausbruchsversuche zu verschwenden. Wie das beruhigende Stimmenhalsband war das eine gute Idee, in der Theorie. Nur machte ihr die Praxis einen Strich durch die Rechnung.

Zweifellos empfand Mr Darcy die Vorstellung, er könnte darin gefangen gehalten werden, als Beleidigung – und das völlig zu Recht. Deshalb hatte er die Leckerli-Möglichkeit umgangen und *Die Verurteilten* kopiert. Nick bewunderte die Zähigkeit des Tiers. Er hasste es beinahe, ihm die Zukunft zu versauen.

»Ich kann ihn reparieren«, bot er Megan an.

Und das tat er auch, während Megan ihm einen allgemeinen Überblick über Bowhaven und seine Einwohner verschaffte. Als die Pepson-Fabrik die Tore schloss, hatte das das Dorf schwer getroffen. Viele Leute waren auf der Suche nach Arbeit weggezogen, was den verbliebenen Einzelhändlern das Überleben auch nicht gerade einfacher gemacht hatte.

»Und niemand hat Ideen, wie es mit der wirtschaftlichen Lage wieder aufwärtsgehen könnte?« Es musste doch einen Stadtrat geben, eine Behörde, dich sich mit

Unternehmensentwicklung befasste oder etwas Ähnliches, das helfen konnte.

Megan strich über Mr Darcys Kopf und nagte an ihrer Unterlippe, als müsse sie ihre nächsten Worte sorgfältig abwägen. »Es hat natürlich Vorschläge gegeben, aber sagen wir mal so: Sie kamen von jemandem, der für sein aggressives Auftreten bekannt ist.«

Angesichts ihrer vagen Wortwahl brauchte Nick nicht lange zu überlegen, um wen es sich handelte. Er sah seinen Großvater vor sich, wie er versuchte, die Gegend zu regieren, als wäre er noch immer ein Feudalherrscher. Bevor er aber einen Kommentar abgeben konnte, war Megan schon beim nächsten Thema, dem bevorstehenden Markttag. Er hörte nur mit halbem Ohr zu, während er letzte Änderungen am Käfig vornahm.

Dreißig Minuten später stand Mr Darcy im umgestalteten Houdini 3000. Der Hund steckte eine Pfote durch die Drahtmaschen und versuchte, den Hebel an der Tür zu erwischen, aber nichts geschah, weil nun jemand den Hebel an der Vorderseite und den oben gleichzeitig drücken musste. Nach ein paar vergeblichen Versuchen setzte sich der Jack Russell hin, suchte Blickkontakt mit Nick und fletschte die Zähne.

»Tut mir leid, Kumpel, aber daran lässt sich nun mal nichts ändern.«

Hinter ihm zeigte Megan Mitgefühl. »Armer Mr Darcy. Es ist schon eine Schande, wenn das Leben nicht so will wie man selbst.«

»Das kann man wohl sagen«, stimmte Nick zu und stand auf.

»Jetzt schulde ich Ihnen aber ein richtiges Dankeschön. Sind Sie schon beim Fuchs gewesen?«

Er schluckte. »Haben Sie noch mehr Tiere?«

»Nein. Ich rede vom Pub«, lachte sie und drehte das Schild an der Tür von *Geöffnet* auf *Geschlossen.* »The Quick Fox. Haben Sie Phillip und Angela schon kennengelernt?«

»Nein, aber ihre Töchter.«

»Alle beide?« Sie öffnete die Ladentür.

Er nickte und ging auf die Straße hinaus, obwohl die Stimme seiner Mutter in seinem Kopf ihm zurief, er solle anderen immer die Tür aufhalten. Megan kam ihm hinterher, zog einen Schlüsselbund heraus und schloss ab.

»Tja«, sagte sie. »Dann kennen Sie ja schon Yin und Yang der Chapman-Powells.«

»Was meinen Sie damit?«

»Die nette Schwester, mit der man Spaß haben kann und …« Sie hielt inne und verstaute die Schlüssel in der Tasche. »… die andere.«

Ihm war durchaus klar, was sie damit meinte – immerhin hatte er Brooke den Spitznamen Zitronenlady verpasst –, aber in ihren Nachrichten hatte sich auch ein anderer Charakterzug angedeutet. »Ich finde Daisy nett.«

»Ist sie auch.« Megan nickte und schwieg vielsagend.

»Dann ist Brooke wohl die andere.«

»Ach, sie ist eigentlich auch ganz nett … aber … sie hat so ein Talent, bei den Leuten anzuecken.«

Und herauszufinden, warum das so war, machte sie für ihn interessanter, als ihm lieb war. Mit schnippischen Frauen hatte er schon so seine Erfahrungen gemacht.

Er mochte hitzige Frauen mit einem frechen Mundwerk, aber er wurde den Gedanken nicht los, dass Brooke Chapman-Powell nicht annähernd so zickig war, wie sie sich gab, oder wenn doch, dann hatte sie dafür ihre Gründe. Welche das waren, wusste er nicht, aber wenn er dahinterkäme, würde er vermutlich schneller aus dem Kaff rauskommen, als die Dörfler und sein guter alter Großvater das geplant hatten.

»Was ist jetzt mit dem Pint?«, fragte Megan und deutete auf das nächste Gebäude mit dem Schild über der Tür, auf dem ein Fuchs aufgemalt war.

Er nickte. »Einverstanden.«

Nach dem harten Tag und dem Jetlag, der dafür sorgte, dass ihm langsam die Augen zufielen, obwohl es erst kurz nach fünf Uhr war, kam ihm ein Bier gerade recht. Und falls ihm zufällig im Pub die Zitronenlady über den Weg laufen sollte, wo er sie in ihrer natürlichen Umgebung beobachten und ihre Beweggründe besser verstehen und somit ihre Pläne leichter durchkreuzen konnte – umso besser.

7. KAPITEL

Wenn sie mit ihrem Latein am Ende war, ging Brooke immer an den Ort, wo sich die Dinge ins rechte Licht rücken ließen: das Quick Fox. Sie wohnte in dem Pub, genauer gesagt, im Stock darüber, aber für sie bedeutete es mehr. Sie hatte dort bei ihrem ersten Job den aufwendig geschnitzten Holztresen poliert und Pints gezapft, ehe sie ins Hinterzimmer gewechselt war, um bei der Buchhaltung mit anzupacken.

Wenn es draußen kühler wurde, knisterte im Kamin an der Rückwand ein Feuer. Der Geruch von brennenden Holzscheiten, dazu der neueste Dorfklatsch – das waren ihr die liebsten Tage.

Ihre verspannten Schultern entkrampften sich, sie bekam das Gefühl, alles sei möglich. Und das hatte sie im Moment bitter nötig, denn sie hatte nicht nur einen unmöglichen Auftrag angenommen, der ihr den Magen umdrehte, – nämlich einen sturen Amerikaner zum Earl zu machen –, sie konnte den nervigen Kerl noch nicht einmal finden.

Auf dem Weg ins Dorf war ihr kein großer, breitschultriger Mann mit mehr Muskeln als Hirn begegnet. Gleiches galt für den Waldweg und die paar Läden, in die sie auf ihrer Suche kurz hineingeschaut hatte. Ja, jeder hatte den verschwundenen Earl in spe gesehen, aber niemand wusste, wo er sich jetzt aufhielt.

Dann kannst du dir wenigstens in Ruhe ausmalen, was du mit ihm alles anstellen wirst. Schlagartig blieb sie vor der Pubtür stehen. Nein, *so* hatte sie das nicht gemeint. So etwas würde sie garantiert nicht mit Nennen-Sie-mich-Nick-Vane anstellen. Das versprach sie sich selbst, bevor sie weiterging. Natürlich hätte sie gern gewusst, ob seine Bauchmuskeln tatsächlich so ausgeprägt waren, wie sie auf den Bildern gewirkt hatten, oder ob der Privatdetektiv, den der Earl angeheuert hatte, nur gern mit Photoshop herumspielte.

Sie zog die massive Holztür des Quick Fox auf. Ihr Vater stand hinter dem Tresen und wischte mit dem ewig gleichen schäbigen Tuch die Spritzer auf, obwohl die neuen Mikrofaser-Dinger, die sie ihm besorgt hatte, viel saugfähiger waren. Ihre Mutter war nirgends zu sehen, was wohl bedeutete, sie war bei einer Sitzung des Village Heritage Comitees. Daisy stand am Ende des Tresens, ohne vom unverhohlen schmachtenden Blick des neben ihr sitzenden Riley McCann Kenntnis zu nehmen. Wie üblich. Egal, wie oft sie ihrer Schwester sagte, dass der kräftige Förster in sie verknallt war, Daisy bestand darauf, dass sie lediglich Freunde seien.

Eine Handvoll Einheimischer hatte es sich, an diversen Tischen verteilt, gemütlich gemacht. Ein paar hoben den Kopf, als sie eintrat, aber abgesehen von dem ein oder anderen Kinn, das sich zur Begrüßung leicht hob, sagte niemand Hallo. Für sie war das allerdings kein Problem. Sie ignorierten sie ja nicht demonstrativ. Aber diese Leute hatten ihr einmal geholfen, und jetzt würde sie ihnen helfen. So oder so, sie würde einen Weg finden, damit das klappte.

Vom Biergarten hinter dem Pub, der immer die letzten Sonnenstrahlen des Tages erwischte, drang Licht durch die offene Tür ins Innere. Fröhliche Rufe waren zu hören. Offensichtlich war draußen ein Spiel im Gange, und jeder ließ sich ein Pint oder auch zwei schmecken.

Brookes Schultern entspannten sich nicht zentimeterweise, die ganze Last fiel schlagartig von ihr ab. Das waren ihre Leute. Hier war ihr Zuhause.

»Wenn das nicht meine Kleine ist«, begrüßte sie ihr Vater mit seinem üblichen Spruch.

»Ich bin fast so groß wie du, Dad«, antwortete sie, ebenfalls mit dem üblichen Spruch, blieb neben Daisy auf der nicht von Riley besetzten Seite stehen und nickte ihrer Schwester zur Begrüßung zu, was diese mit einem »Hallo« erwiderte.

Ihr Dad schob sich die Brille die lange Nase hinauf und grinste sie an. »Egal – du wirst immer meine Kleine bleiben.«

»Und wie läuft's heute so?« Seit die Fabrik dichtgemacht hatte und die Einheimischen fünfzehn Kilometer in die nächste Stadt zum Arbeiten pendeln mussten, hatte das Geschäft stark nachgelassen.

Er nahm die Brille ab und putzte sie mit der zerrissenen Ecke des Wischtuchs. Ein sicheres Zeichen, dass sich nichts gebessert hatte.

»Das Leben ist kein Ponyhof«, sagte er, zwinkerte ihr zu und setzte die Brille wieder auf.

»Hast du ein paar von den Veränderungen versucht, die ich dir letzte Woche vorgeschlagen habe? Ich weiß, dass du an bestimmte Abläufe gewöhnt bist, aber wenn du nur ein paar kleine Verbesserungen vornehmen würdest ...«

»Willst du immer noch, dass ich mehr Weinsorten anschaffe und Verkostungen anbiete?«

»Das ist eine wachsende Branche.« Sie hatte ihm die Studien gezeigt, die das bestätigten.

Ihr Dad knüllte das Wischtuch zusammen und senkte den Blick. »Vielleicht in Manchester, aber wir sind hier in Bowhaven.«

Sie schaute sich um, und jeder hatte ein Glas Bier in der Hand. Insofern ließ sich das Argument nur schwer widerlegen. »Und wenn du eine Kellnerin einstellst? Dann könnte Mom die Speisekarte erweitern und so vielleicht neue Kundschaft anlocken.«

»Das wäre eine Investition, und wir sind die letzten fünf Jahre ganz gut zurechtgekommen.« Was ungesagt blieb: Kein Mann, der aus Yorkshire stammte, würde sich freiwillig von einer Handvoll Pfundnoten trennen – und niemand konnte Dad zu irgendetwas zwingen, auch wenn er so ziemlich der liebenswürdigste Mensch auf der ganzen Welt war.

Trotz der Frustration, die sich in ihr breitmachte und ihr langsam die Kehle zuschnürte, ließ sie nicht locker. »Und die Idee, dass du dir neue Märkte suchst, dass du als Sponsor bei verschiedenen Veranstaltungen auftrittst und den Namen des Pubs in weiteren Kreisen bekannt machst?«

Er fummelte am Drahtgestell seiner Brille herum. »Für sowas habe ich keine Zeit, Schätzchen.«

Die Verärgerung trieb ihr die Röte ins Gesicht, ihre Wangen brannten. Keine Zeit oder keine Lust? Wenn sie ihre Eltern schon nicht überzeugen konnte, auf sie zu hören, wie sollte sie da jemals den Gemeinderat dazu bringen, ein paar Pfund zur Ankurbelung des Tourismus lockerzumachen?

»Dad, ich habe dir doch erklärt ...«

»Er weiß Bescheid, Zitronenlady«, mischte sich Daisy ein. »Lass ihm Zeit, in Ruhe über deine Vorschläge nachzudenken und sich was Eigenes dazu zu überlegen, statt ihn jedes Mal so unter Druck zu setzen.«

Ihr Rücken versteifte sich. Nicht nur, weil man sie unterbrochen hatte, sondern vor allem wegen dieses verflixten Spitznamens. Der Amerikaner hatte offenbar mit ihrer Schwester geredet, die wegen einer bösen bakteriellen Hirnhautentzündung ihr Gehör verloren hatte. Aber dank ihrer Fähigkeit, von den Lippen zu lesen, sowie dem Spiegel, der über die volle Länge des Tresens ging, bekam das Mädchen – besser gesagt: die Frau – trotzdem fremde Unterhaltungen problemlos mit.

Brooke drehte sich zu Daisy um. »Zitronenlady?«

»Ja.« Ihre Schwester nickte. »Nick hat dich so genannt.«

»Nick?« Diese Vertrautheit konnte nur Ärger bedeuten. »Du meinst Mr Vane?«

»Die Anrede hat er nicht so gern.«

Mit finsterer Miene tippte Riley Daisy auf die Schulter, wartete, bis sie sich ihm zuwandte, und fragte dann: »Und woher weißt du das so genau?«

Daisys Wangen röteten sich leicht rosa. »Ich habe ihn im Auto mitgenommen.«

Was erklärte, wie er so schnell von der Straße ins Dorf hatte verschwinden können. »Und wo ist er jetzt?«, fragte Brooke.

»Hinten im Biergarten. Er spielt mit Megan und den anderen Jenga«, antwortete Daisy.

Megan Page? Die Frau mit dem psychotischen Hund? Na toll. Das war genau der Eindruck von Bowhaven, den der künftige Earl of Englefield brauchte. Verflixt und zugenäht. Konnte der Tag noch schlimmer werden?

»Ein heißer Typ«, sagte Daisy mit schelmischem Funkeln in den Augen, die genauso blau waren wie Brookes. »Ich würde ihn nicht von der Bettkante stoßen, nur weil er alles durcheinanderbringt.«

Riley, der den Mund unnatürlich fest zusammenpresste, schien plötzlich großes Interesse an den dunklen Tiefen seines Pints zu entwickeln.

»Daisy!«, rief Brooke, obwohl das Bild von einem hemdlosen Nick Vane in zerwühlten Laken in ihrem ansonsten so ausschließlich geschäftsmäßig orientierten Gehirn aufblitzte. »So etwas kannst du nicht über ihn sagen.«

»Und warum nicht?«

»Weil er der nächste Earl wird«, erwiderte sie in scharfem, aber leisem Tonfall. Es sollte ja nicht der ganze Pub diesen Wortwechsel mitbekommen.

Ein rascher Blick rundum bestätigte ihre Befürchtungen. Ihr Dad am anderen Ende des Tresens schien als Einziger nicht jedes Wort mitzuverfolgen.

»Er ist auch ein Mann«, sagte Daisy laut genug, um das Geplapper vom Biergarten her zu übertönen. »Ein sehr gut aussehender.«

»Er ist nicht nur ein Mann, er macht mir auch jede Menge Scherereien«, grummelte Brooke.

»Wieso das?«, fragte Riley, nachdem er Daisy auf die Hand getippt hatte, damit sie seine Frage auch mitbekam. Fragend sahen die beiden Brooke an. Verdammter Mist, warum hatte sie bloß nicht ihren Mund halten können! Für einen Rückzieher war es jetzt zu spät. Daisy war unschlagbar darin, jede Information zu bekommen, die sie haben wollte. Seufzend fuhr Brooke mit dem Finger über das in den Tresen geschnitzte Logo des Quick Fox, ehe sie sich in ihr Schicksal fügte.

»Weil ich die Aufgabe bekommen habe, ihm beizubringen, wie man ein richtiger Earl wird.«

Aber erst musste sie den sturen Kerl überzeugen, hierzubleiben. Doch das brauchte niemand zu wissen. Weshalb sollte man die Sorgen der Einheimischen unnötig vergrößern?

»Was weißt denn du davon, wie man ein Earl wird?«, platzte Riley lachend heraus. »Du bist die Tochter eines Wirts.«

»Genau«, sagte Daisy, nachdem Riley seine Worte wiederholt hatte, als sie ihn anschaute. »Aber sie ist genauso steif wie diese feinen Pinkel.«

»Und rechthaberisch«, fügte ein Stammgast von einem Tisch in der Nähe hinzu.

Auch der Kumpel des Kerls meldete sich nun zu Wort: »Und besserwisserisch.«

An manchen Tagen fragte sie sich, warum sie nicht einfach dem Dorf den Rücken kehrte und die ganze Sache abhakte. Na gut, sie hatte viele Ideen, wie man Bowhaven verbessern könnte, und keine Hemmungen, diese auch unter die Leute zu bringen. Mehrmals, falls nötig. Lag sie deshalb falsch? Nein. Sie legte es nicht darauf an, den Menschen auf die Nerven zu gehen, es passierte einfach. Schon immer. Irgendwann würden sie ihren Standpunkt verstehen, und dann würden sie sie auch anders ansehen, wenn sie in den Pub kam. Sie würden sie ähnlich wie Megan »Alle lieben mich und meinen psychotischen Hund«-Page mit einem warmen Lächeln und einem herzlichen Hallo begrüßen. Bis es so weit war, würde sie weiterhin alles verdrängen. Letztendlich würde sie alle mit ihrer Brillanz niedermähen, dann müssten sie einsehen, dass sie mehr war als nur die anstrengende Chapman-Powell-Schwester.

»Ich habe einige gute Ideen«, sagte sie, als ihr Dad, der immer zu wissen schien, wann seine Älteste Aufmunterung brauchte, wieder an ihr Ende des Tresens herüberkam.

»Die du uns ständig unter die Nase reibst«, fügte Daisy hinzu.

Riley strich über Daisys Hand, damit diese ihn ansah. »Wie der Vorschlag, regionale Taubenrennen zu organisieren.«

Ärger blubberte in ihr hoch wie Brause. »Was übrigens eine brillante Idee war.«

»Aber natürlich, Schätzchen«, sagte ihr Dad. »Nur wollte niemand mitmachen.«

Sie betrachtete die Menschen, die sie am meisten auf der Welt liebte und die jetzt alle woanders hinschauten. Offenbar hatte niemand der netten Feststellung ihres Dads etwas hinzuzufügen. Na schön. Auch gut. Sie musste sich ohnehin um ein neues Projekt kümmern. Eines, das lieber draußen im Biergarten mit Holzklötzchen spielte, statt mit seinen kräftigen Händen sein Schicksal anzupacken – und das von Bowhaven.

Nick hatte die Unterhaltung mitangehört, nun rieb er sich den Nacken und fragte sich, was das alles zu bedeuten hatte. Das waren die Leute, die der Zitronenlady so am Herzen lagen, dass sie sich so schwer ins Zeug legte, damit er den alten Earl ablöste? Das war doch nicht logisch.

Sollte ihn jemand auch nur halbwegs schräg anschauen, wäre er weg, noch ehe der andere auch nur blinzeln konnte. Das passierte eben, wenn jemand jahrelang beschissene persönliche Erfahrungen gemacht hatte, die jetzt alle wieder hochkamen.

Und was tat sie? Stellte sich einer Gruppe von Leuten entgegen, die sie vielleicht mochten, aber bestimmt nicht an sie glaubten. Statt ihnen zu sagen, ihr könnt mich alle mal kreuzweise, rümpfte sie die Nase und versuchte, sie niederzustarren.

Sein Plan war gewesen, so viel Zeit wie möglich im Biergarten zuzubringen, jemanden auszumachen, der ihn zum Flughafen fahren würde, und dann so schnell wie möglich aus Bowhaven zu verschwinden. Seine Beine hatten sich jedoch spontan umentschieden, und so war er auf dem Weg zum Tresen, bevor sein Gehirn eine Chance bekam zu reagieren.

»Was zum Teufel ist dieses Taubenrennen, von dem ihr gerade gesprochen habt? Ist das ein Euphemismus? Ein merkwürdiger britischer Slang-Ausdruck für ein Autorennen?«, fragte er und stellte sich neben Brooke an den Tresen, noch ehe jemand auch nur einen Pieps von sich geben konnte.

Sie schreckte zusammen wie eine getigerte Katze, die sich plötzlich einem von Dämonen besessenen Rasenmäher gegenübersah. Ihre Hand fuhr zu dem Grübchen unten an ihrem Hals. Wie hieß das doch gleich? Keine Ahnung, aber er wollte es herausfinden, Hauptsache, er konnte das aus nächster Nähe überprüfen.

»Wie kann sich jemand von Ihrer Größe so schnell bewegen?«, fragte sie.

»Jahrelange Erfahrung als internationaler Spion. Ich kann einen Mann nur mit dem Daumen töten.« Zur Demonstration knickte er den Finger ab.

Sie verdrehte die Augen. »Sie schauen zu viele Filme.«

»Sie haben mir noch immer nicht verraten, was Taubenrennen sind.«

Wieder zuckten ihre Lippen so seltsam. »Die Idee dahinter ist nicht einfach zu verstehen, ich weiß, aber ich werde nur kurze Wörter verwenden. Es sind Tauben. Und die tragen ein Rennen aus.«

Kaum waren die Sätze gesagt, schloss sie die Augen und presste die Lippen aufeinander, als könnte sie gar nicht glauben, dass sie etwas so Bissiges von sich gegeben hatte. Tja, wenn sie beide zusammen waren, schmolz der

Filter zwischen ihrem scharfsinnigen Gehirn und dem schlagfertigen Mundwerk auf beinahe nichts zusammen. Und das gefiel ihm auf dieser gottverlassenen Insel bisher am besten. *Ach, Zitronenlady, ich liebe es, wenn du so aus der Rolle fällst.* Sie öffnete den Mund und wollte bestimmt wieder irgendetwas von wegen Sir loswerden, aber da war er schneller.

»Wissen Sie, wo ich herkomme, bezeichnet man die als fliegende Ratten.«

»Lassen Sie das ja nicht Phillip hören«, sagte der stämmige Mann neben Daisy und nickte grüßend zu Nick. »Riley McCann, hiesiger Förster.«

Die Männer schüttelten sich die Hand. Riley presste Nicks Knöchel zusammen, als wären sie in einen Schraubstock geraten. Fragend blickte Nick zu Daisy. Wieder dieser Händedruck. Dann schaute er Brooke an. Nichts. Aha. Ohne etwas zu sagen, nickte er dem Burschen mit dem Revieranspruch kurz zu, was sich übersetzen ließ mit: *Alles klar. Keine Bange.*

»Nick Vane. Freischaffender Faulpelz.« Er legte die Unterarme auf den Tresen und richtete den Blick auf Brooke. Die Gelegenheit, einen Kommentar beizusteuern, würde sie sich nicht entgehen lassen. Die Zitronenlady war drauf und dran, etwas zu sagen. Die Art, wie sie die Schultern straffte und ihre Unterlippe zwischen den Zähnen zermalmte, verriet sie.

»Ich hätte das nicht sagen dürfen, schon gar nicht in diesem Ton«, sagte sie kleinlaut und voller Schuldbewusstsein. »Es tut mir leid, Mr Vane.«

»Was hätten Sie nicht sagen dürfen?« Echt wahr, bei ihr

hätte sich das auf Millionen Sachen beziehen können. Ihr Mundwerk schien immer mit ihrem Gehirn im Clinch zu liegen.

»Das über die Taubenrennen.« Sie schaute den Barkeeper an, der auf dem Weg zu ihnen war.

Okay, vielleicht machte ihn der Jetlag immer noch begriffsstutzig, jedenfalls konnte er ihr nicht ganz folgen. »Ist ein Taubenrennen doch was anderes?«

Zwei rosa Punkte tauchten auf ihren Wangen auf. »Nein, das nicht, aber ...«

»Ach, Sie interessieren sich für Taubenrennen?«, unterbrach sie der Barkeeper und rieb sich die Hände mit kaum verhohlener Schadenfreude. »Phillip Chapman-Powell, Daisys und Brookes Dad. Willkommen in Bowhaven. Wenn Sie Lust haben, kann ich Ihnen meine Renntauben zeigen.«

Ja, die Familienähnlichkeit war nicht zu übersehen. Alle drei Chapman-Powells hatten die gleichen hellblauen Augen und blondes Haar, das von der Farbe her an Butter auf selbst gemachten Plätzchen erinnerte.

»Ich weiß nicht, ob ich noch so lange hier bin. Ich versuche nämlich, so schnell wie möglich nach Hause zu kommen.« Mit ein bisschen Glück würde er von den Tauben verschont bleiben.

»Nicht schon wieder das Thema«, sagte Daisy, die offenbar im Spiegel hinter dem Tresen von den Lippen abgelesen hatte. »Sie sind unser Gefangener. Schon vergessen?«

»Wie bitte?« Brookes Augen wurden noch größer als Daisys.

Riley grummelte etwas, das Nicks Virginia-Ohren nicht verstehen konnten, und Phillip schüttelte den Kopf, nahm seine makellos saubere Brille ab und putzte sie dennoch mit dem Wischtuch. Daisy, frech wie Oskar, reckte lediglich das Kinn hoch.

»Ihrer kleinen Schwester zufolge«, sagte Nick, »käme ich hier nicht weg, selbst wenn ich wollte. Und ich will.«

»So habe ich das nicht gesagt«, widersprach Daisy.

»Aber so ähnlich«, erwiderte er glucksend.

Sie zuckte mit den Schultern. »Ich bin Engländerin. Wir sind exzentrisch.«

»Nein, das sind wir nicht«, protestierte Brooke. »Wir sind tüchtig und zuverlässig.«

Ja, diese kleine Meinungsverschiedenheit erklärte wahrscheinlich die bei aller Zuneigung bestehende gegensätzliche Persönlichkeit der beiden Schwestern, jedenfalls wenn man nach dem »Ach, du lieber Himmel« ging, das ihr Vater andeutete.

»Können Sie nicht beides sein – Monty Python und vernünftig?«, fragte Nick.

»Das verstehen Sie nicht. Sie sind Amerikaner«, fauchte ihn Brooke an, schlug sich aber gleich erneut die Hand vor den Mund, seufzte und nahm sie schließlich wieder weg. »Entschuldigung. Wieder einmal.«

»Wieso entschuldigen Sie sich dauernd für Dinge, die wahr sind? Ich *bin* Amerikaner, aber wenn Sie langsam sprechen, kapiere ich vielleicht, warum alle wollen, dass ich hierbleibe.«

Brooke verschränkte die Hände ineinander und drückte so fest zu, dass ihre Knöchel weiß wurden. »Sie sind der zukünftige Earl, ob Ihnen das nun passt oder nicht, und ich bin damit beauftragt, Ihnen beizubringen, wie man sich als richtiger Earl verhält. Und das kann ich nicht, wenn ich mich selbst unangemessen benehme.«

Wie es ihm gelang, nicht vor Lachen loszuprusten, blieb ihm ein Rätsel. »Das können Sie vergessen. Ich werde bestimmt nicht der nächste Earl.«

Binnen achtundvierzig Stunden würde er wieder an seinem See sitzen, sich Gedanken machen, wie er das Halsband für nervöse Hunde verbessern konnte, und einen ausbruchsicheren Käfig entwickeln, der den Houdini 3000 uralt aussehen ließ. Was sollte er machen – jedes Mal, wenn er schlampige Arbeit sah, ging ihm das dermaßen gegen den Strich. Er konnte nicht anders. Er war in mancherlei Hinsicht faul, in dem Punkt aber nicht.

»Warum nicht?«, fragte Brooke und riss ihn aus seinen Gedanken an zuhause und seine Arbeit, seine liebsten Dinge überhaupt.

»Weil, wie Sie schon sagten ...« Er zählte an den Fingern ab. »Erstens, ich bin Amerikaner. Und zweitens sind wir uns darin einig, dass ich nicht zum Earl geschaffen bin.«

»Was ich denke, spielt keine Rolle.«

»Aber es stimmt doch, oder, Zitronenlady?«

Bei ihrem Spitznamen kniff sie die Augen zusammen, aber von dem leichten Spott schien sie sich nicht ablenken zu lassen, auch wenn Daisy kicherte und Phillip ihm einen besorgten Blick zuwarf. »Das stimmt nicht. Sie sind zum Earl geeignet.«

»Wirklich?« Er beugte sich vor und drang so in ihre persönliche Zone ein, die duftete wie Flieder im Frühling.

»Jedenfalls werden Sie es sein.« Eine unausgesprochene Herausforderung leuchtete in ihren Augen auf und ließ sie ein dunkleres Blau annehmen. Sie weigerte sich, nachzugeben oder auch nur vor seinem Vorpreschen zurückzuweichen. »Es steht zu viel auf dem Spiel. Ich muss bei Ihnen erfolgreich sein und kann Ihnen nicht gestatten zu scheitern.«

Ihm nicht *gestatten* zu scheitern? Als könnte sie ihm ihren Willen aufzwingen. Das hatten schon viele versucht, alle vergeblich.

»Nur weil es der Earl sagt?«, fragte er möglichst unbeteiligt, um zu verbergen, wie sehr es ihn juckte, allen das Gegenteil zu beweisen. »Haben Sie mich deshalb zu Ihrem Spezialprojekt gemacht?«

Er wollte es eigentlich nicht, aber langsam – vor allem wenn er der Stimme seiner Mom in seinem Kopf Folge leistete – erwärmte er sich für diese Herausforderung, dem Dorf zu helfen, was offensichtlich notwendig war, mochte es den Einwohnern nun klar sein oder nicht. Warum die Zitronenlady nicht einfach mit der ganzen Wahrheit herausrückte, kapierte er nicht, aber das war nur ein weiteres Rätsel, das sie umgab und das er entwirren musste. Vielleicht lag es auch nur daran, dass er der Frau, die ihn während des ewigen Hin und Hers per E-Mail und der zahlreichen Telefonate so viele Nächte beschäftigt hatte, nun plötzlich so nahe war. Sie gab nicht so schnell auf, und das bewunderte er an ihr. Damit konnte er sich identifizieren.

»Der Grund spielt keine Rolle«, zierte sie sich.

»Süße, der Grund spielt immer eine Rolle.« Es juckte ihn in den Fingern, sie am Hals zu berühren, wo ihr Puls plötzlich sichtbar ausschlug. Nur zu gern hätte er herausgefunden, ob das an ihrer Verärgerung lag oder eine andere Ursache haben mochte. Das Gefühl kam aus so heiterem Himmel, dass er versucht war, auf seine Hände hinunterzuschauen, um zu sehen, ob sie zitterten, doch er konnte den Blick nicht von Brooke abwenden. Sie hatte etwas so Energiegeladenes an sich, und er fragte sich, wie sie wohl sein mochte, wenn sie unter anderen Umständen ebenso sehr auf etwas brannte – beispielsweise in Situationen, die keinerlei Kleidung erforderten, sondern wo sie sich sogar ausgesprochen nachteilig auswirkten. Verdammt sei seine Neugier, aber sie musste befriedigt werden. Das war die einzige Erklärung für das, was als Nächstes aus seinem Mund kam: »Ich sage Ihnen was – ich werde es Ihnen beweisen.«

Jetzt hatte sie Verständnisprobleme. »Was meinen Sie damit?«

»Sie geben Ihr Bestes, mich zu unterweisen, wie man ein richtiger Earl wird, und ich tue mein Bestes, Ihnen zu beweisen, dass ich für diesen Beruf ungeeignet bin. Ich werde Ihre Bemühungen nicht torpedieren, aber auch nicht alles mitmachen, nur weil Sie es sagen.« Es war eine Wette, die ihm genug Spielraum ließ. Nicht dass er den gebraucht hätte, denn verlieren würde er auf keinen Fall.

»Sie müssen mit mir in dem zugigen Steinhaufen bleiben. Allein will ich dem Mann nicht ausgeliefert sein.« Dallinger Park war riesig, das schon, aber bei Charles Vane, dem Earl of Englefield, und seinen verdrehten Vorstellungen von Familienpflichten wollte er nicht festsitzen. Nick hielt Brooke die Hand hin. »Und? Gilt die Wette?«

Mit einer Mischung aus Erregung und Unglauben starrte sie seine Hand an. »Das ist lächerlich. Der Earl begrenzt derzeit die Anzahl der Zimmer, die zugänglich sind, weil die Kosten für den Unterhalt eines Anwesens dieser Größe immens sind«, sagte sie so leise, dass nur er sie hören konnte. »Das einzig mögliche Schlafquartier wäre das Zimmer direkt neben dem, das das verbliebene Personal für Sie hergerichtet hat.«

Als er das hörte, beschleunigte sich sein Puls. Darauf war er nicht stolz, aber er war sich selbst gegenüber ehrlich. Dass er sich in dem Punkt im Zaum halten musste, stand außer Frage.

»Na jedenfalls«, flüsterte sie wütend weiter, »ich bin die Privatsekretärin des Earls. Ich vollbringe keine Wunder und stehe auch nicht als Prellbock zwischen Ihnen beiden zur Verfügung.«

»Für mich klingt das nach Ausreden, Zitronenlady.« Erst jetzt fiel ihm auf, dass sie so nah beieinander standen, dass sie sich berührt hätten, hätten sie tief eingeatmet. Überdeutlich nahm er wahr, wie sie errötete, sah das Blau ihrer Augen und die sinnliche Kurve ihrer Unterlippe, auf der sie permanent herumkaute. »Was ist jetzt? Wetten wir oder nicht?«

In den paar Sekunden, in denen sie ihn anschaute und über sein Angebot nachdachte, hätte er schwören können, dass alle im Pub – einschließlich der zwei alten Knaben am Tisch unweit von ihnen – gespannt auf ihre Antwort warteten. Und da waren sie nicht die Einzigen. Seine Lungen waren zum Zerreißen gespannt. Was zum Teufel hatte er sich bloß dabei gedacht? Er hatte doch ganz andere Pläne. Er wollte dem Earl of Arschfield den Stinkefinger zeigen und dann nach Hause fliegen. Dies war offenbar Jetlag-bedingter Wahnsinn, garniert mit einem Schuss Wollust.

Schließlich packte Brooke seine Hand und schüttelte sie. Ihre langen Finger jagten einen Hitzestoß direkt in seinen nur allzu bereiten Schwanz. »Die Wette gilt.«

Eine Wette, die er gewinnen würde. »Sie haben eine Woche.«

Länger würde er nicht brauchen, um ihr und der übrigen Bevölkerung von Bowhaven zu beweisen, dass er nicht der Earl war, nach dem sie suchten. Auf die eine oder andere Art würde er mit Jedi-Kräften diese Tatsache so deutlich herauskehren, dass weder das Dorf noch Brooke dies ignorieren konnten.

8. KAPITEL

Eine Stunde später, nachdem die Zitronenlady eine Tasche gepackt und sie einem Dorfbewohner mitgegeben hatte, der zum Haus des Earls unterwegs war, fand sich Nick erneut eingezwängt in ein winziges Auto, das die kurze Strecke auf der falschen Seite fuhr. Er kämpfte gegen seine Müdigkeit, die ein trauriger Beleg dafür war, dass sein Versuch, im Flugzeug zu schlafen, um den Jetlag abzumildern, kläglich gescheitert war. Er hatte schon gewaltige Kater gehabt, bei denen er sich lebendiger gefühlt hatte als im Moment. Selbst als Brooke in einen belebten Kreisverkehr schoss, ohne groß zu bremsen, beschleunigte sich sein Puls kaum.

»Wieder zu Hause«, sagte Brooke und fuhr zwischen den schmiedeeisernen Torflügeln hindurch, dem Hintereingang von Dallinger Park.

»Zuhause schon, aber nicht meins«, knurrte er.

Sie parkte auf dem Kiesweg neben einem verwahrlosten Rosengarten, stellte den Motor ab, drehte sich zu ihm hin und sah ihn genervt an. »Ich will einem alten Fuchs keine neuen Tricks beibringen, aber dafür, dass Sie freiwillig die Wette angenommen haben, lässt Ihre Einstellung doch sehr zu wünschen übrig.«

»Neue Tricks?« Er verstand nur Bahnhof.

Sie schnaubte verdrossen. »Das bedeutet, dass ich Ihnen was sage, was Sie schon wissen.«

»Mit ein wenig mehr Kontext hätte ich mir das schon selbst zusammengereimt.«

Von wegen. Diese Redewendung warf zu viele Fragen auf, gegen die sich sein unter Schlafentzug leidendes Gehirn nicht wehren konnte. Seit wann brachte man Füchsen Tricks bei? Gab es überhaupt zahme Füchse? Wie alt durften sie höchstens sein für neue Tricks? Er bekam Kopfschmerzen, hinter seinen Augäpfeln stand eine Migräne in den Startlöchern.

Brooke musste aufgefallen sein, wie verdrießlich er dreinschaute, denn statt ihm weiter Vorträge zu halten, zog sie die Handbremse an und öffnete die Tür. »Na kommen Sie – Sie sehen todmüde aus. Sehen wir zu, dass Sie ins Bett kommen.«

Auch wenn das Bett in der zerrütteten Heimstatt dieser Familie sein sollte, er würde sich nicht lange bitten lassen. Er stieg aus und folgte Brooke in den muffigen Steinhaufen, den sein Großvater Zuhause nannte.

Zum Glück war Alter-Fuchs-Earl nirgends zu sehen, das erste Mal, dass er seit der Landung in diesem düsteren Land Glück hatte. Nick war zu müde, um sich noch mehr Familienscheiß anzuhören. Er wollte nur noch ins Bett. Als Brooke vor ihm die Stufen hinaufging, fiel sein Blick auf ihren süßen Hintern. Wenn er in einer weiten Hose schon so gut aussah, musste er ohne selbige phänomenal aussehen. Was würde er nicht darum geben … Er schüttelte den Kopf. In die Richtung durfte er nicht weiterdenken. Sie war der Feind. Na ja, vielleicht nicht gerade der

Feind, aber jedenfalls seine Gegenspielerin und eine verbotene Zone.

Oben auf der Treppe – dekoriert mit einem von Motten zerfressenen ausgestopften Hirschkopf, der bessere Zeiten zuletzt wahrscheinlich vor einem halben Jahrhundert gesehen hatte – ging es weiter nach rechts. Am Ende des Gangs kamen sie an eine Tür mit einem Knopf, der so weit unten saß, dass er sich tatsächlich bücken musste, um ihn zu drehen.

Quietschend öffnete sich die Tür und offenbarte ein sehr großes Schlafzimmer. Vielleicht lag es daran, dass die letzten Sonnenstrahlen durch das Erkerfenster mit sechs Scheiben, jede anders abgeschrägt, hereinfielen, vielleicht auch daran, dass er aus dem letzten Loch pfiff, aber das Schlafzimmer war das erste in diesem labyrinthischen Gebäude, das er nicht sogleich mit einem Hammer bearbeiten wollte. Ein Himmelbett aus Walnussholz mit Baldachin belegte die Wand rechts der Fenster, auf der gegenüberliegenden Seite befand sich ein Kamin mit einem Zweiersofa, einem Beistelltisch und zwei Stühlen davor. Direkt vor dem Fenster, wo sich an einigen Scheiben Efeu emporrankte, stand ein großer, massiver Schreibtisch.

»Das Bad ist da drüben«, sagte Brooke und deutete auf eine Tür neben der Sitzgruppe.

Trotz seiner Müdigkeit war er so neugierig, dass er die Tür aufmachte und hineinlinste. Es gab eine Dusche, eine Badewanne auf Füßen und das Übliche, was man hier erwarten konnte, dazu noch einen an die Wand montierten Handtuchtrockner mit zwei flauschigen weißen Handtüchern. Seine erste Assoziation war: Brandgefahr, aber Brookes Miene zufolge war alles so, wie es sein sollte.

»Im Bad gibt es keine Steckdosen«, erklärte Brooke. »Falls Sie einen elektrischen Rasierapparat dabeihaben, müssen Sie ihn hier draußen benutzen.«

Nick schaute sich im Schlafzimmer um. Neben dem Kamin stand ein schmaler Ankleidespiegel, aber sich außerhalb des Badezimmers zu rasieren, kam ihm merkwürdig vor. »Warum sind da keine Steckdosen drin?«

Ein Lehrer hatte ihm einmal beigebracht, dass es keine dummen Fragen gab. Der Miene der Zitronenlady nach zu urteilen, teilte sie diese Einschätzung eher nicht.

»Das ist gegen die Vorschriften, weil es ein Risiko darstellen würde«, antwortete sie.

Das war völlig unlogisch. »Einen Moment. An der Wand hängt ein elektrischer Handtuchtrockner, auf den man Baumwollhandtücher hängt, aber eine Steckdose ist zu viel?«

Sie nickte. »Ja.«

Sein Kopf schmerzte. Nicht nur von der Migräne, die Anlauf nahm, um ihn niederzustrecken, sondern auch von der verqueren Logik, die er beim besten Willen nicht nachvollziehen konnte. In seinem momentanen Zustand würde er keine Diskussion gewinnen, schon gar nicht, wenn er Brookes »Glauben Sie es einfach«-Gesichtsausdruck richtig deutete. An manchen Tagen konnte man eben nicht siegreich aus einer Schlacht hervorgehen.

»Ist das der Schrank?«, fragte er und schlenderte auf eine Tür neben dem Bett zu.

»Nein, für Ihre Kleidung ist der Schrank da drüben gedacht.« Sie klang jetzt angespannter als zuvor. »Mr Harleson hat Ihre Tasche bereits hineingestellt.« Ohne näher darauf einzugehen, packte er den Türknauf. »Und was ist da drin?«
»Da müsste abgeschlossen sein.« Kurz und knapp. Typisch Zitronenlady.
Hundemüde, wie er war, und trotz der Kopfschmerzen konnte er das Thema nicht auf sich beruhen lassen. Er drehte den Knauf. »Nicht abgeschlossen.«
»Verdammter Mist«, stöhnte Brooke auf. »Sie kennen aber schon den Spruch ›Neugier ist der Katze Tod‹, oder?«
»Kann sein«, erwiderte er, »aber Befriedigung der Neugier erweckt sie wieder zum Leben.«
Er öffnete die Tür. Der Geruch von abgestandener Luft, Staub und Verlassenheit stieg ihm vom benachbarten Schlafzimmer her in die Nase. Zwar drangen auch hier helle Sonnenstrahlen durch das baugleiche Erkerfenster, aber damit endete auch schon jede Ähnlichkeit. Von der Lampe hingen Spinnweben, das Himmelbett war ungemacht, auf der nackten Matratze lagen ein Stapel Laken, eine Decke und ein mittelgroßer Koffer. Er ging ein paar Schritte in den Raum. Der Eindruck wurde davon allerdings nicht besser.
»Wessen Zimmer ist das?« Sein Geld würde er auf den hiesigen Hausgeist setzen.
»Meins«, antwortete sie mit einer Begeisterung, als stünden ihr sechs Zahnwurzelbehandlungen ohne Betäubung bevor.

Es war nicht sauber, aber nett. Irgendwie die weiblichere Version seines Schlafzimmers mit einer blassrosa Farbzusammenstellung im Gegensatz zur marineblauen bei ihm.

»Gibt es irgendwas, das Sie mir gern erzählen würden, Zitronenlady?«

»Ja.« Sie riss den Mund auf und kniff die Augen zusammen. »Hören Sie auf, mich so zu nennen.«

»Das können Sie vergessen.« Der Ablenkungsversuch war große Klasse, nur fiel er nicht darauf herein. »Raus mit der Sprache.«

Seufzend stand sie in der Tür und wirkte ein wenig niedergeschlagener als noch auf der Fahrt hierher. »Ich habe Ihnen im Pub doch erklärt, dass dies das einzige noch freie Zimmer ist, nachdem Sie darauf bestehen, dass ich hier wohne. Zeit, noch aufzuräumen und sauber zu machen, war keine mehr. Damit werde ich mich beschäftigen, sobald Sie im Bett liegen und sich vom Jetlag erholen.«

Er musste wirklich sehr müde sein, wenn er schon wieder vergessen hatte, dass ihre Zimmer hinter der gleichen Haustür lagen. Er musterte die makellose Sauberkeit in seinem Zimmer und schaute dann zu den staubbedeckten Tüchern über den Möbeln in ihrem. »Gibt es wirklich kein anderes Zimmer?«

»Leider nein«, sagte sie. »Der Earl bewohnt als Einziger den Ostflügel, und in den übrigen Räumen waren schon seit Jahrzehnten keine Gäste mehr.«

Mit zusammengepressten Lippen ging sie an ihm vorbei in ihr Zimmer. Schon nach einer halben Sekunde musste sie niesen, und ihre Augen röteten sich und fingen an zu tränen.

»Allergisch?«, fragte er, ganz aufmerksamer Beobachter des Offensichtlichen.

»Nichts Schlimmes.« Sie hielt die Hand vor den Mund und nieste viermal.

Die Frau sah elend aus und so stur, dass ihm klar wurde, sie würde weder um ein anderes Zimmer bitten noch ihr Versprechen, in Dallinger Park zu bleiben, widerrufen. Stattdessen würde sie ihre Allergien so still wie möglich ertragen und Haltung bewahren. Das konnte er nicht zulassen.

Er verschränkte die Arme und trat direkt in ihre vermutlich stark getrübte Blickrichtung. »Hier können Sie nicht bleiben.«

Sie reckte das Kinn hoch. »Eine andere Möglichkeit gibt es nicht.«

»Dann denken Sie noch mal scharf nach.« Er würde nicht klein beigeben. In dem Punkt nicht. Seine Mama würde von den Toten auferstehen und ihn bei lebendigem Leib häuten, wenn er das zuließe.

»Mr Vane, das ist in höchstem Maße inkorrekt, und ich werde nicht ...« Was sie sonst noch sagen wollte, ging in einem Niesanfall unter.

Die Frau brauchte schon einen ordentlichen Antihistaminschub, wenn sie bloß einen Meter ins Zimmer ging; die Nacht würde sie nie durchstehen, egal, wie starrköpfig sie war. Deswegen groß zu debattieren, würde zu nichts führen. Also ging er das Zitronenlady-Rätsel anders an. Er schürzte ganz leicht die Oberlippe und schaute auf sie herab mit einem Blick, der seiner Meinung nach einigermaßen an die bissige Miene herankam, mit der der Earl vorher sein Glück bei ihm versucht hatte.

»Selbst in todmüdem Zustand kann ich bei Ihrer Rumnieserei nicht einschlafen. Sie bleiben in meinem Zimmer, und ich übernachte hier«, sagte er barsch und fuhr fort, als sie Einwände erheben wollte. »Sie glauben jetzt sicher, ich tue das, weil ich nett sein will, aber da liegen Sie falsch. Ich möchte mir nicht die ganze Nacht Ihr Trompetenkonzert anhören müssen, wenn ich einfach nur den Schlaf der Gerechten schlafen will. Ich brauche meinen Schlaf dringender als Sie Ihre Korrektheit.«

Er drehte sich so, dass er ihr bedrohlich nahe kam. Wie erwartet, riss sie die Augen auf und trat den Rückzug an, bis sie schließlich auf der anderen Seite der Tür in seinem Zimmer war. Sie fuhr sich mit ihrer reizenden rosa Zunge über die Unterlippe – eine Bewegung, die seine Aufmerksamkeit erregte.

Er packte die Tür, bevor sie reagieren konnte. »Gute Nacht, Zitronenlady. Morgen können wir dann gern weiterdiskutieren.«

Wenn er noch länger wartete, würde sie jetzt gleich einen Streit vom Zaun brechen, das war ihm klar, deshalb zog er rasch die Tür zu, solange sie noch da stand und ihn mit offenem Mund anstarrte. Durch die Tür hörte er ihren nächsten Niesanfall. Er wartete eine Minute, so halb in der Erwartung, dass sie gegen die Tür hämmern würde. Aber nichts geschah. Sie nieste nicht einmal mehr.

Mit einem selbstgefälligen Lächeln packte er die Laken und begann den Zupf-und-zieh-Krieg, bis er das

Spannbetttuch über die Matratze gestreift bekam. Es war eine mühsame Angelegenheit, die Sache aber war es wert. Brooke könnte heute Nacht anständig schlafen. Aber er? Er hoffte einfach, dass ihn der Jetlag aus den Socken haute, sobald er den Kopf auf das Kissen legte. Anderenfalls würde er sich die ganze Nacht über vorstellen, wie die Zitronenlady wohl in seinem Bett aussehen mochte.

Brooke konnte in ihrer Kleidung schlafen. Mit ihren Kontaktlinsen? Nur wenn sie wollte, dass sich ihre Augen am nächsten Tag wie festgeklebt anfühlten und sie wie wild blinzeln musste, um die ausgetrockneten Linsen zu befeuchten, damit sie klar sehen konnte.

Sie brauchte ihre Linsenutensilien.

Welche in ihrem Koffer lagen.

Welcher neben dem staubbedeckten Bett stand, in dem Nick lag.

Was ein Problem war.

Mitten in ihrer überaus professionellen Niesattacke hatte sie nicht daran gedacht, sich das Zeug noch herauszuholen, bevor er ihr vor zwei Stunden die Tür vor der Nase zugeschlagen hatte. Sie hatte zunächst versucht, Kate, die einzige Vollzeit-Bedienstete in Dallinger Park, ausfindig zu machen, um die Einzelheiten ihres Aufenthalts hier zu besprechen. Dabei hatte ihr der Earl aufgelauert, der ihre Hilfe bei einigen unerledigten Dingen benötigte, bevor er dann am Morgen zu seinem Anwalt nach London fahren musste. Also hatte sie dem Earl geholfen und war danach so schnell wie nur irgend möglich wieder in ihr Zimmer – eigentlich Nicks Zimmer – zurückgekehrt. Jetzt musste sie irgendwie an ihren Koffer kommen.

Zu müde, um nervös zu sein – oder darüber nachzudenken, was er im Bett anhatte, oder auch nicht –, klopfte sie leise an die Verbindungstür. »Mr. Vane?«

Nichts.

Erneut klopfte sie. »Entschuldigen Sie, Sir.«

Gar nichts.

Die Versuchung, den Rückzug anzutreten und sich wieder ins Bett zu legen, war trotz ihrer schon juckenden Augen groß. Sie schaute zum Himmelbett mit den marineblauen und cremefarbenen Vorhängen, die man zuziehen konnte, um die Morgensonne abzuschirmen. Wäre es denn wirklich so schlimm, mit den Kontaktlinsen zu schlafen? Unbewusst drückte sie einen Finger gegen den Rand des trockenen rechten Auges und konnte sich gerade noch bremsen, ehe sie ernsthaft zu reiben anfing. Eine Bindehautentzündung würde ihr gerade noch fehlen bei all den Dingen, die sie die kommenden Wochen zu regeln hatte. Frustriert stampfte sie mit dem Fuß auf. Das war ja lächerlich. Nick schlief. Sie brauchte doch nur ganz leise hineinzuschleichen und sich den Koffer zu schnappen. Das würde sie schaffen.

Ihr Entschluss stand fest. Sie straffte die Schultern, drehte den Türknauf und machte die Tür gerade so weit auf, dass sie sich hindurchschieben konnte. Im Zimmer war es nicht stockfinster, was einerseits gut, andererseits schlecht war.

Positiv war, dass sie den Koffer neben dem Bett sofort

sah. Das Negative? Im Lichtschein bestätigte sich, dass der Privatdetektiv des Earls kein Photoshopguru war. Nick hatte tatsächlich acht einzeln erkennbare Muskelstränge am Bauch. Sie hoben und senkten sich mit jedem seiner tiefen Atemzüge, wie er da so mitten auf dem Bett auf dem straff gezogenen Laken lag. Die Daunendecke hing zum Teil seitlich herab und bedeckte ihn nicht im Geringsten. Eigentlich hätte sie nicht bemerken dürfen, dass er mit einem muskulösen Arm quer über den Augen schlief oder dass er nur seine Boxershorts anhatte. Aber es fiel ihr auf.

Der Anblick ließ sie erstarren.

Oder dahinschmelzen.

Oder beides.

Oder ... Herr im Himmel!

Er war ein Mann – ein beeindruckend ausgestatteter Mann, wenn man sich nach der Ausbeulung seiner Shorts richten konnte –, wichtiger aber war, dass er der Erbe des Earls war, weswegen er unbedingt, total und äußerst tabu war. Nicht dass ihr Körper das ebenso gesehen hätte. Alles unterhalb der Ohren war wie gefesselt und kribbelte dermaßen, dass es schon peinlich war. Das ging nicht. Das ging überhaupt nicht.

Als sie den Blick abwandte, entdeckte sie auf dem Boden neben dem Bett und ihrem Koffer seine Jeans, die Socken und das T-Shirt. In dem Moment fiel ihr ein, dass sie dringend Frischluft brauchte, um nicht an Ort und Stelle ohnmächtig zu werden. Gleichzeitig vergaß sie allerdings auch ihre Allergien. Sie holte tief Luft und bedauerte dies schlagartig. Der Staub, der überall herumlag, kitzelte sie in der Nase. Ihre Augen fingen zu tränen an, und sie geriet in Panik.

Per Niesanfall Nick aufzuwecken, während sie an seinem Bett stand und ihn beim Schlafen beobachtete (nicht dass sie das getan hätte, aber sie hätte definitiv diesen Anschein erweckt), war nicht, wie sie den Abend ausklingen lassen wollte. Sie zwang sich zur Ruhe und dachte schnell an etwas anderes – egal was, Hauptsache, es lenkte sie von dem Kitzeln in ihrer Nase ab. Natürlich fiel ihr Blick wieder auf den Mann, der auf dem Bett lag, in seinen marineblauen Boxershorts, die auf seinen kräftigen Schenkeln ruhten und auf ... ihr Puls schoss in die Höhe ... anderen Teilen seines Körpers. Ihr Gehirn quittierte den Dienst, und es dauerte ein paar Augenblicke, bis sie merkte, dass der Niesreiz verflogen war.

Puh, den Schicksalsgöttern sei gedankt.

Sie konzentrierte sich auf ihren Koffer und holte erneut tief Luft, um ihre Allergien zu testen. Ihre Nase kitzelte, Wasser trat ihr in die Augen, aber es war zu schaffen. Sie würde es aushalten. Sechs Schritte zum Bett. Sechs Schritte zurück. Danach konnte sie die Tür hinter sich zumachen und vergessen, dass sie je Nick Vane nur in Unterwäsche gesehen hatte.

Brillanter Plan. Nun mach schon, Brooke.

Sie schob die letzten Zweifel beiseite und trippelte auf Zehenspitzen über den Teppich mit dem Rosen- und Efeumuster in gedeckten Rosa- und Grüntönen. Bis sie bei seinem Bett war, glühten ihre Wangen, und ihr Magen krampfte sich zusammen. Ihr Puls dröhnte so laut in ihren Ohren, dass sie sich wunderte, wieso er nicht davon wach wurde. Sie atmete aus, packte den Koffer am Griff und hob ihn auf, nicht ohne durch die hastige Bewegung eine Staubwolke aufzuwirbeln.

Ihre Nase juckte. Ihre Augen tränten. Ein Kribbeln brach sich machtvoll Bahn. Sie erstarrte, versuchte, den Drang zu unterdrücken, aber sie hatte ihr Glück ausgereizt. Diesmal würde sie nicht davonkommen.

Ihr Niesen dröhnte durch den ansonsten stillen Raum. Aufgeschreckt schoss Nick in die Höhe, packte sie am Handgelenk und zog, sodass sie das Gleichgewicht verlor und auf dem Bett landete. Na ja, teilweise auf dem Bett. Hauptsächlich landete sie auf ihm, was ihr überhaupt nicht heikel erschien, beziehungsweise nicht ausschließlich heikel. Sondern so viel mehr, und alles gleichzeitig – ihr war, als würde sie zu Stein erstarren, sie empfand Lust, es war ihr peinlich, ihre Brustwarzen wurden hart, um nur ein paar Empfindungen aufzuzählen –, sodass sie kurz vor einem Schleudertrauma war.

»Überprüfen Sie, ob ich wie ein richtiger Earl schlafe?«, fragte er mit noch schlaftrunkener, aber schon leicht spöttischer Stimme.

»Koffer«, quiekte sie nur, ohne in Flammen aus Wollust aufzugehen. Es war ein Wunder. Ein echtes Wunder.

Sie sollte aufstehen. Sie musste aufstehen. Sie rührte sich nicht.

»Brooke?«, fragte er, jetzt besorgt. »Alles in Ordnung? Haben Sie sich verletzt?«

»Mir fehlt nichts«, brachte sie heraus, als der drohende Tod wegen Peinlichkeit den Zauberbann der Reglosigkeit brach.

Sie stützte sich auf das Bett und drückte sich hoch, von ihm herunter. Zumindest dachte sie, dass sie sich auf das Bett stützte. Tatsächlich lag ihre Hand auf etwas Warmem, Hartem, abgemildert durch feine Härchen, die vom Nabel bis unter den Bund seiner Shorts reichten.

Als Nick hinunter auf ihre Hand blickte, die auf seinen Bauchmuskeln ruhte, gab er ein Geräusch von sich, das irgendwo zwischen erregtem Stöhnen und gequältem Seufzen lag.

Sie schluckte einen Laut der Demütigung hinunter und sprang quasi vom Bett. Sobald sie auf ihren noch etwas wackligen Beinen stand, packte sie den Koffer und marschierte so würdevoll wie möglich aus dem Zimmer, was in Anbetracht der Tatsache, dass sie dem Erben des Earls aus Versehen fast einen runtergeholt hätte, dann doch eher einem überstürzten Aufbruch glich.

Als sie endlich in ihrem Zimmer – äh, Nicks Zimmer – in Sicherheit war, konnte sie auch wieder atmen. Sie schloss die Augen und holte zur Beruhigung ganz tief Luft, aber das einzige Ergebnis ihrer Bemühung war, dass ihr sogleich wieder Nicks Gesicht und Blick voller Versprechungen vor Augen stand. Schöne Versprechungen. Ungute Versprechungen. Versprechungen, die uneingelöst bleiben würden.

Schöner Mist, das würde eine lange Nacht werden.

9. KAPITEL

Vorsichtig schlug Brooke ein Auge auf und versuchte herauszufinden, wo sie sich befand. Halb blind ohne ihre Kontaktlinsen, schaute sie sich um. Der marineblaue und cremefarbene Baldachin über ihr war noch am deutlichsten zu erkennen. Die Sonne, die durch das Bleiglas des Erkerfensters hereinströmte, war schon verschwommener. Allmählich begann ihr Verstand, wieder zu funktionieren. Ein heftiges Klopfen hinter ihr ließ sie zusammenzucken. Ihre Wahrnehmung änderte sich binnen Sekunden von weißem Rauschen zu Hi-Fi.

Sie wirbelte auf Nicks Bett herum, Richtung Verbindungstür.

»Sind Sie wach?«, klang seine Stimme gedämpft an ihr Ohr.

Sie packte die Bettdecke und zog sie sich bis unters Kinn hoch. »Nicht reinkommen!«

»Wofür halten Sie mich?« Sie musste Nick nicht sehen, um zu wissen, dass er die Augen verdrehte. »Ich bin nicht völlig pervers.«

Na gut, vielleicht war sie das Problem. Diese Träume letzte Nacht. Die Hitze schoss ihr ins Gesicht. Gott sei Dank konnte niemand sie für ihr Unterbewusstsein zur Rechenschaft ziehen. Außer sie hätte Geräusche von sich

gegeben? Das Herz schlug ihr bis zum Hals. *Bitte nicht.*
»Wie kommen Sie darauf, dass ich wach sein könnte?«
»Ihr Schnarchen hat aufgehört.«
Ihr Puls beruhigte sich wieder, und sie stieß die aufgestaute Luft erleichtert aus. Dann wurde ihr bewusst, was er gesagt hatte. »Ich schnarche nicht.«
»Von wegen, Zitronenlady.« Er lachte. »Sie haben ein hinreißendes Säusel-Flöten-Schnarchen.«
Sie wollte schon etwas erwidern, doch dann fiel ihr ein, dass sie tatsächlich schnarchte. Normalerweise nur, wenn sie unter Stress stand, was bei ihr fast ein Dauerzustand war, aber er hätte es trotzdem nicht hören sollen. Das Ganze war ihr so peinlich, dass ihr keine vernünftige Antwort einfiel.
»Und ich will Sie ja nicht aus dem Bett vertreiben«, hörte sie weiter von jenseits der Tür. »Aber wir sollten die Zimmer wieder zurücktauschen. Nicht auszudenken, wenn jemand Sie in meinem Bett finden würde.«
Scheiße! Wieso hatte sie nicht selbst daran gedacht? Der Mann brachte sie völlig durcheinander. Der Türknauf drehte sich.
»Ich bin nicht angezogen«, rief sie, sprang vom Bett und rannte zur Tür, um sie zuzuhalten. Bevor sie hinkam, hörte der Knauf auf, sich zu drehen, und kehrte in seine ursprüngliche Position zurück. Erleichtert atmete sie auf.
»Also«, sagte er. »Wie sollen wir vorgehen?«
Sie schnappte sich schnell ihre Kleidung und eilte zur Tür, sodass sie sofort hinüberhuschen konnte, sobald er hereinkam. Ihr Schlafanzug bedeckte alles, aber es ging ihn schließlich nichts an, was sie im Bett trug.

»Sie können reinkommen.«

Er öffnete die Tür. Natürlich kam er in Jeans und T-Shirt, während sie ein abgetragenes Tanktop und Shorts trug. Anders als ihr Haar lag seines so, wie es sollte. Ganz zu schweigen davon, dass er nicht aussah, als sei sein Gehirn noch eine konfuse, teelose Masse. Nein, sein Blick war scharf und konzentriert auf sie gerichtet. Sie drückte sich ihre Klamotten fester gegen die Brust.

»Wie spät ist es?« Und warum fragte sie das jetzt, wo sie doch so schnell wie möglich in ihr Zimmer verschwinden sollte?

Er drehte das Handgelenk, wodurch sein muskulöser Unterarm prächtig zur Geltung kam. »Halb sieben.«

»Und Sie sind bestimmt schon seit Stunden auf, oder?« Genau, konzentrier dich darauf und nicht auf die Muskeln seines Unterarms. Alles, bloß das nicht.

»Ich schlafe normalerweise nicht viel.«

Eigentlich eine ganz normale Aussage. Kein vorlauter Unterton, und dennoch beschleunigte sich ihr Puls, und sie vergaß kurz, Luft zu holen. *Reiß dich zusammen, Brooke! Er ist der zukünftige Earl.* Und sie war dessen Sekretärin. Sie hatte ihre Grenzen schon einmal überschritten und sich die Finger verbrannt. Den Fehler würde sie bestimmt nicht wiederholen.

»Wir müssen uns an die Arbeit machen.«

Sein leicht amüsierter Gesichtsausdruck löste sich in Luft auf. »Zeit für die Earl-Schule, hm?«

Sie trat vor und schob sich an ihm vorbei durch die Tür.

»Sie haben sich einverstanden erklärt, sich alle Mühe zu geben.«

»Ganz so habe ich mich nicht ausgedrückt.« Er stöhnte unwirsch auf, was sie sehr an den alten Earl erinnerte. »Aber so hätten Sie sich ausdrücken sollen, deshalb habe ich das korrigiert.« Sie ging einen Schritt weiter, ohne ihn aus den Augen zu lassen. »Nichts zu danken.« Und mit diesem Triumph warf sie die Verbindungstür zu, bevor er mehr als einen flüchtigen Blick auf ihr fadenscheiniges Tanktop und die kurze Schlafanzughose werfen konnte.

Im Geist gratulierte sie sich, drehte sich um und wappnete sich gegen die Allergieattacken, die allerdings ausblieben. Anstatt all den umherfliegenden Staub zu erhellen, strahlten die durch das Fenster hereinströmenden Sonnenstrahlen frisch abgedeckte, makellos staubfreie Möbel an. Das Bett war gemacht. Selbst das Fenster, das schon geklemmt hatte, seit sie in Dallinger Park anfing, stand offen und ließ das Tschilpen der Vögel herein. Es war, als hätte sich mitten in der Nacht ein ganzer Putztrupp über ihr vorübergehendes Domizil hergemacht. Aber dem war nicht so. Kate, die Haushälterin, konnte so früh noch gar nicht hier sein, geschweige denn, dass sie das alles hier schon hätte erledigen können. Da blieb nur noch eine Person. Sie drehte sich um und ging zur Tür. Was ihr die Logik vorgab, konnte sie einfach nicht glauben.

Sie öffnete die Tür einen Spalt und streckte den Kopf hindurch. »Haben Sie das gemacht?«

Nick griff nach der Ausgabe der Financial Times vom Vortag, die auf dem Couchtisch lag, und fragte zurück: »Was denn?«

»Mein Zimmer geputzt.«

Er zuckte mit seinen breiten Schultern und hielt die Zeitung so, dass sie sein Gesicht von der Stirn abwärts nicht sehen konnte. »Mir war langweilig.«

Aha. Und ein Zimmer putzen war das Erste, was der Erbe einer Grafschaft dagegen tat? Ihrer Erfahrung nach nicht – das galt noch nicht einmal für jemanden, der nicht Herr über viel Land war.

»Danke«, sagte sie leise, während sie versuchte, dem Rätsel Nick Vane, dem selbst erklärten faulen Sack, auf die Spur zu kommen.

Er raschelte mit der Zeitung, tauchte aber nicht dahinter hervor. »Vergessen Sie das später nicht, wenn Sie Ihre Niederlage bei der ganzen Earl-Geschichte einräumen müssen.«

Lächelnd zog sie die Tür wieder zu. So leicht würde sie ihn nicht vom Haken lassen. Die Wette würde sie gewinnen, und dann würden Bowhaven und alle, die hier lebten, davon profitieren, selbst wenn sie keine Ahnung hatten, warum und wieso. Das war ihr auch nicht wichtig. Sie hatte auf die harte Tour gelernt, dass sie nicht fürs Rampenlicht geschaffen war.

Das Esszimmer von Dallinger Park mit den vielen Fenstern, dem Ausblick auf den gepflegten Garten und den Fenstertüren, die auf einen Steinpfad zu einem kleinen, von wild wuchernden Rosen umgebenen Springbrunnen hinausführten, war einer von Brookes Lieblingsräumen. Der Tisch, der für sechzehn Leute gedacht, momentan aber nur für zwei gedeckt war, befand sich seit Generationen im Besitz der Vanes.

Nachdem sie ihr Zimmer verlassen hatte – angekleidet, versteht sich –, war sie die mit Hirschgeweihen und ausgestopften Moorhühnern dekorierte Treppe hinunter ins Esszimmer gegangen, das von der Sonne hell erleuchtet wurde. Der Earl war nirgends zu sehen, aber Nick saß in einem der Sessel, sein honigbraunes Haar leicht abstehend, als wäre er mit den Fingern durchgefahren, und glotzte mit einer Mischung aus Neugier und Entsetzen auf das komplette Yorkshire-Frühstück vor ihm.

Sie räusperte sich, um ihre Anwesenheit kundzutun, und blieb am Rand des Tisches stehen. »Das ist die perfekte Art, Ihren Unterricht zu beginnen.«

Nur wenige Dinge verrieten, dass man ein Außenstehender war, so eindeutig wie die Art und Weise, wie man die Mahlzeiten zu sich nahm – ganz besonders bei den oberen Zehntausend.

Man stelle sich das Entsetzen der übrigen angehenden Earls vor, mitanschauen zu müssen, wie Nick zu Beginn einer Mahlzeit vom Käseteller naschte, statt auf den entsprechenden Gang zu warten. Sie wären fassungslos. Und diese Vorstellung ließ sie aus irgendeinem Grund lächeln. Gott sei Dank hatte sie genug Geistesgegenwart, diese Regung sogleich zu unterdrücken.

»Was ist das denn?« Nick stocherte mit der Messerspitze in der Scheibe Black Pudding herum, die zwischen geröstetem Brot und Bohnen lag. »Und wieso gibt es hier Schweinefleisch und Bohnen zum Frühstück?«

Sie schloss die Augen und zwang sich, an die zitrusfrische Luft in ihrem Schlafzimmer und die kerzengerade und faltenfrei zusammengelegte Bettdecke zu denken. Er zog sie nur auf. Hoffentlich. Eine andere Erklärung, warum er einerseits so nett, andererseits so eine Nervensäge war, gab es nicht. Tja, er konnte ruhig versuchen, sie zu provozieren, sie würde nicht darauf eingehen. Um einen Spruch des alten Earls zu zitieren: Wenn Churchill nicht klein beigab, würde sie es auch nicht tun.

»Blutwurst und Bohnen sind eine Tradition in Yorkshire.«

Er stach weiter darauf ein. »Woraus ist das?«

Na schön, sie liebte Black Pudding, aber selbst ihr drehte sich der Magen ein wenig um, wenn sie an all die Ingredienzen dachte. Eine kanadische Brieffreundin, die sie in der Grundschule hatte, hatte ihn einmal mit Hot Dogs verglichen – sie schmeckten köstlich, solange man nicht darüber nachdachte, was alles drin war. »Fragen Sie lieber nicht. Lassen Sie es sich einfach schmecken.«

Lässig lächelnd schaute Nick zu ihr hoch. So unbekümmert dies schien, es passte nicht zum ernsten, nachdenklichen Ausdruck seiner Augen. Da war jemand nicht so locker, wie er glauben machen wollte. Interessant. Brooke speicherte die Information ab, um sich später eingehender damit zu befassen. »Doch«, sagte er und stach mit der Gabelkante ein Stück Black Pudding ab. »Es interessiert mich wirklich. Woraus besteht das?«

»Das ist eine köstliche Mischung aus Schweineblut, Schweinefett und Hafermehl.« Würg, schon das bloße Aussprechen ruinierte das Ganze.

»Klingt köstlich«, kommentierte er, seine Stimme vor Sarkasmus triefend. Dann stach er die Gabel in das Stück, hob es hoch und musterte es von allen Seiten.

Der ärgerliche Seufzer entwischte ihr, ehe sie ihn aufhalten konnte. Dieser Mann würde selbst die Geduld, die eine in ihr einziges Enkelkind vernarrte Großmutter aufbrachte, strapazieren. »Probieren Sie es einfach.«

Nachdem er das Stück noch einmal argwöhnisch beäugt hatte, schob er es sich in den Mund, wartete kurz und fing dann zu kauen an. Die Augen zur Decke gerichtet, als würde er jede Geschmacksnote einzeln zur Kenntnis nehmen, ließ er sich mit dem Bissen reichlich Zeit. Na endlich. Musste der Mann alles so genau überprüfen?

Ich frage mich, wie es wohl wäre, wenn er mir all diese Aufmerksamkeit schenken würde.

Großer Gott! Wo kam das bloß her? Ihre Wangen glühten, sie senkte den Blick auf die Spitzen ihrer etwas altmodischen Halbschuhe.

»Es ist ziemlich salzig«, sagte Nick schließlich. »Aber es schmeckt mir.«

»Endlich kann unser Land erleichtert aufatmen«, sagte sie und schaffte es – gerade so –, die Augen nicht zu verdrehen.

Er deutete mit der Gabel auf den Platz, der für den Earl vorgesehen war. »Leisten Sie mir Gesellschaft?«

Als käme das ernsthaft in Betracht. Sie war eine Angestellte, keine Familienangehörige. »Der Earl wird bald kommen.«

»Da sind doch noch vierzehn Stühle.« Er legte die Gabel auf den Teller und schaute sie flehentlich an. »Wenn man beim Essen so angestarrt wird, ist das einfach merkwürdig. Setzen Sie sich. Bitte.«

Das sollte sie nicht. Es war nicht richtig. Trotzdem setzte sie sich. Dieses »Bitte« hatte sie innerlich berührt. Jetzt langte Nick ordentlich zu. Gierig schlang er eine Scheibe Speck hinunter, danach Schweinswürste, Eier, gegrillte Tomaten, Pilze und geröstetes Brot. Er kleckerte nicht herum, aber zwischen zwei Bissen legte er die Gabel weg und schnitt in einem Rutsch die ganze Wurst klein – ganz anders als ein britischer Earl. So ging das nicht.

»Zeit für die erste Lektion«, sagte sie. »Bei Mahlzeiten müssen Sie die Gabel stets in der Hand halten und dürfen immer nur einen Bissen auf einmal abschneiden.«

Er runzelte die Stirn. »Wieso?«

»Weil man das so macht.« Also echt, was brauchte er sonst noch als Erklärung? Nicht alles musste zerfieselt und hinterfragt werden. Manches war einfach so, wie es war. »Zum Besteck: Die Gabel gehört in die linke Hand.« Sie nahm die Gabel vom Platz, der für den Earl reserviert war, um es ihm zu zeigen. »Und das Messer in die rechte. Die Gabelzinken zeigen nach unten, und mit dem Messer schieben Sie das Essen auf die Rückseite. Man isst nicht wie Sie, als hätte man eine Schaufel in der Hand.«

»Sehr präzise Formulierung.«

»Wir sind Engländer – gute Tischmanieren sind unverzichtbar.« Großer Gott, seit wann klang sie wie ihre Mutter?

Als müsse er ein Rätsel lösen, nahm Nick die Gabel in die andere Hand und schnitt mit dem Messer einen Bissen von der Tomate ab. »Was wird sonst noch als unverzichtbar erachtet?«

Gute Frage. Sie war keine Adlige, aber ihre Eltern hatten ihr und ihrer Schwester ab dem Tag, an dem sie sprechen konnten, die Bedeutung guter Manieren eingetrichtert.

»Höflichkeit – immer bitte und danke sagen, sich ordentlich in der Schlange anstellen und stets pünktlich sein. Keine übermäßigen Vertraulichkeiten mit Leuten – Küsschen und Umarmungen zur Begrüßung sind ausschließlich engen Freunden vorbehalten –, keine persönlichen Fragen stellen und vorzugsweise nur die Hand schütteln.«

»Meine Mama hätte die Keine-Küsschen-und-Umarmungs-Regel ständig gebrochen. In ihrem Leben gab es keine Fremden.« Sein aufrichtiges Lächeln milderte die verhaltene Ernsthaftigkeit seiner Essensbemühungen. »Den Teil mit den Tischmanieren hätte sie allerdings sofort unterschrieben. Da konnte sie zur Furie werden.«

»Keine Ellbogen auf dem Tisch in der Kindheit?«

Er lachte leise. »Nur wenn Sie sich den Blick einfangen wollten. Wissen Sie, was ich meine?«

»Ich glaube, dieser Mutterblick ist universell«, erwiderte sie. Dass sie etwas gemeinsam hatten, half ein wenig gegen die Verspannungen in ihren Schultern, die sich eingeschlichen hatten, seit der Earl ihr die Folgen ihres eventuellen Scheiterns nur zu deutlich klargemacht hatte.

»Ich erinnere mich, einmal ...« Sein Blick wanderte zur Tür des Esszimmers, er redete nicht weiter, und seine Miene verdüsterte sich. »Ach egal. Kein persönliches Geplauder, richtig? Ihr Engländer mögt es kühl und förmlich.« Er schob den Stuhl zurück und stand auf. »Ich gehe ein wenig spazieren.«

Verwirrt versuchte sie zu begreifen, was sich gerade geändert hatte. »Wir haben gerade erst angefangen.«

»Später«, antwortete er prompt.

Dann ging er, ohne sich noch einmal umzudrehen, in den gepflegten Garten hinaus. Sie stand auf und drehte sich zur Zimmertür. Der alte Earl stand da mit versteinerter Miene.

»Sir ...«

Weiter kam sie nicht, dann machte auch er kehrt und verschwand im Flur.

Die beiden Männer mochten sich vor Nicks Ankunft hier nie begegnet sein, eins hatten sie allerdings gemeinsam: Beide waren sie stur wie alte Esel. Bei der Erfüllung ihrer Mission würde das bestimmt Wunder wirken.

»Himmel, Tod und Teufel«, schimpfte sie leise in dem leeren Zimmer.

Zwei Tage später wurde Nick allmählich unruhig, weil er im Familiensitz seines Samenspenders mitten im verregneten (und kalten, obwohl August war) England festsaß. Er hielt es keine Minute länger aus unter den aufmerksamen Blicken von Earl Puderperücke, dessen Porträt allgegenwärtig war, während Brooke ihm Unterricht über die Vanes von Dallinger Park erteilte. Nur eins machte das Ganze annähernd erträglich, nämlich dass die Lehrerin so heiß war – beziehungsweise gewesen wäre, wenn er auf neurotische Frauen stünde, die stundenlang über Familienpflichten palavern konnten und über die Verantwortung, die er für Bowhaven hatte, was sie ihm seit dem Frühstück mit Black Pudding, Bohnen und leicht zerlaufenem Ei wieder und wieder vorkaute. Seltsamerweise stand sein Schwanz auf sowas, weshalb er letzte Nacht auch nicht schlafen konnte, ohne sich wie ein Teenager beim Gedanken, dass sie auf der anderen Seite dieser blöden Tür war, einen runterzuholen.

Jetzt stand Brooke vor dem Kamin, an dessen beiden Seiten zimmerhohe Bücherregale aufragten, und machte kurz Pause, um ihm ihren eisigen Zitronenladyblick zuzuwerfen, der seinen Schwanz aufmucken ließ, bevor sie mit dem Geografieunterricht fortfuhr. Zum Glück rauschten ihre Ausführungen zum einen Ohr hinein und zum anderen wieder hinaus, während sein Gehirn sich mit der Frage beschäftigte, was sie heute wohl für ein Höschen unter ihrem knielangen Rock trug. Ihre Unterwäsche drückte sich nicht durch, obwohl er jedes Mal genau hinschaute, wenn sie sich umdrehte – *schließlich war er ein heißblütiger Amerikaner mit einem Puls und einem funktionstüchtigen Schwanz –*, aber sie schien auch nicht der Typ, der Tangas oder gar kein Höschen trug. Zitronenlady liebte es, sich dick zu umhüllen. Granny-Unterhose? Er stellte sie sich vor mit schwarzem Satin-Slip, der ihre Hinterbacken bedeckte und bis hinauf zum Nabel reichte. Sein Schwanz wurde hart, und gegen die Logik seiner unteren Körperhälfte war nichts einzuwenden, da Brooke selbst in Granny Pants scharf aussehen würde.

»Mr Vane«, sagte sie mit einem leicht pampigen Seufzer, was ihn nur umso mehr anmachte.

Er musste hier raus, ehe er in dieser längsten Woche

seines Lebens den Verstand verlor. Er fuhr sich mit der Hand durchs Haar und sprang von dem unbequemen Sessel hoch.

»Ich kann nicht«, rief er und eilte durch das, was er als Riesenwohnzimmer bezeichnen würde, was Brooke jedoch Vorzimmer nannte, zu den Fenstertüren, die zur Steinterrasse führten, welche sich über die gesamte Länge des Herrenhauses erstreckte.

»Aber ich wollte gerade auf die Moors zu sprechen kommen.«

»Die da drüben?« Er blickte zu den Hügeln, die mit lila Heidekräutern bedeckt waren.

»Genau.« Er öffnete die Fenstertüren. »Schauen wir sie uns mal näher an.«

Sie nahm ein Buch von einem größeren Stapel auf dem Tisch. »Aber ich habe hier die Tagebücher des zehnten Earls über seine Heldentaten bei der Moorhuhnjagd.«

»Moorhühner? Das müssen ja Furcht einflößende Vögel sein.«

»Jedenfalls sind es Vögel.« Sie schlug das Buch bei einer bestimmten Seite auf und hielt es ihm hin, damit er die Zeichnung eines kleinen Vogels sehen konnte, die offenbar der zehnte Earl angefertigt hatte.

Es war eine gute Zeichnung, aber er hielt es keine Sekunde länger in diesem stickigen Haus aus. »Gibt es hier noch Moorhühner?«

»Ja.«

»Dann schauen wir uns die Nachkommen der überlebenden Moorhühner an.« Er trat auf sie zu, nahm ihr das Buch aus der Hand und stellte es zurück in das Regal rechts vom Kamin.

»Na kommen Sie. Ich war ein braver Junge. Machen wir einen kleinen Ausflug.«

Sie strich eine Strähne nach hinten, die sich erdreistet hatte, aus ihrem Pferdeschwanz zu rutschen. »Na schön.«

Zwanzig Minuten später wurden sie auf den Sitzen des Range Rover herumgeschleudert, der zielsicher jede Furche und jedes Schlagloch der Buckelpiste zu den hügeligen Mooren hinauf erwischte. Endlich fuhr sie oben auf dem Hügel an den Straßenrand, parkte und stellte den Motor ab.

»Beeindruckend, oder?«, sagte sie.

Das war es. Der strahlend blaue Himmel erstreckte sich über Meilen, nur unterbrochen von ein paar wenigen Schäfchenwolken. In der einen Richtung sah man nur violette Hügel, in der anderen weitere Hügel, die von einem Streifen Sandstrand und dahinter der Nordsee begrenzt wurden. An den Seeblick von seiner Veranda bei Salvation aus kam es nicht heran, trotzdem war es hier verdammt schön.

»Wie viel davon gehört zu Dallinger?«

»So weit Ihr Auge reicht.« Sie öffnete die Autotür und stieg aus. »Na los, Mr Ausflug. Gehen wir zu den Erdsitzen.«

Das waren eineinhalb Meter breite Löcher, in denen die Jäger standen und auf die Moorhühner warteten, die von Treibern und Hunden aus dem Gebüsch gescheucht wurden. Als sie so durch das kniehohe Heidekraut stapften, erklärte ihm Brooke, wie eine Moorhuhnjagd ablief.

»Aha«, sagte er und schaute sie an. Er versuchte, sich von ihrem Aussehen im seltenen Sonnenschein und mit der Brise, die ihre Haarsträhnen durcheinanderwirbelte, nicht ablenken zu lassen. »Da gibt es also Treiber, die in einer Meile Entfernung losziehen, durch das Gebüsch laufen und durch kräftiges Aufstampfen und mit Stockschlägen die Moorhühner aufscheuchen. Und wenn sie dann hochfliegen, dann zahlen Leute tatsächlich dafür, dass sie sie abschießen dürfen.«

»Genau.« Sie strich sich erneut eine flüchtige Strähne hinter das Ohr.

Das ließ er sich durch den Kopf gehen, während sie sich einem der Erdsitze näherten. Sie trat die drei Schritte in das Loch hinunter, das für sie beide breit genug war und aus dem man gerade so hinausblicken konnte. Während er den Blick zu den Hügeln schweifen ließ, stellte er sich die Treiber mit ihren ausgelassenen Hunden vor, wie sie durch das Heidekraut stiefelten und die Moorhühner vor sich her scheuchten, bis sie ins Fadenkreuz der Jäger gerieten. Für jemanden, der ein einziges Mal auf der Jagd gewesen war und sich dabei die meiste Zeit nur die Eier auf einem Hochsitz abgefroren hatte, war das alles nur schwer nachvollziehbar. Zumindest redete er sich das ein, um seinen momentan doch sehr beeinträchtigten Zustand zu erklären, der bestimmt nichts mit der hinreißenden blonden Frau zu tun hatte, die neben ihm stand, das Gesicht mit geschlossenen Augen zum Himmel hielt, ihre Miene ein Ausdruck vollkommener Glückseligkeit. So würde sie nach einer langen Nacht voller Orgasmen aussehen.

Wie kommst du jetzt bloß auf so einen Gedanken, Vane?

Natürlich hatte er seine nächtlichen Fantasien, aber mehr war das auch nicht. Solche Spielchen mit einer Frau, die felsenfest entschlossen war, ihn zu etwas zu bringen, was er absolut nicht wollte, kamen gar nicht infrage – egal, wie heftig sein Schwanz protestierte. Und wie er protestierte.

Da er unbedingt seine Gedanken auf sicheres Terrain lenken wollte, platzte er mit dem Erstbesten heraus, das ihm einfiel und jugendfrei war. »Und diese Art Moorhuhnjagd kommt keinem merkwürdig vor?«

Brooke biss sich auf die Unterlippe und blickte auf die Moors hinaus, ehe sie antwortete. »Na ja, es gibt natürlich ein paar Jagdgegner, aber das Abschießen trägt dazu bei, die Population zu regulieren, und für die Leute aus Bowhaven, die Arbeit als Treiber finden, ist es eine Möglichkeit, Geld zu verdienen – und das ist dringend notwendig, seit die Chemiefabrik geschlossen hat. Jedes Pfund hilft, den Kindern Mahlzeiten auf den Tisch zu stellen. Außerdem werden die erlegten Moorhühner an die Restaurants in der Umgebung verkauft. Hier in den Moors ist man von einem umfassenden ökonomischen Kreislauf abhängig.«

Nick riss den Blick von ihr los und schaute in die Ferne, wo er das Dach der mittlerweile geschlossenen Chemiefabrik erkennen konnte. Sonst gab es außer Hügeln, lila Heidekraut und der Nordsee nur noch das Dorf Bowhaven zu sehen. Sie hatte die vergangenen achtundvierzig Stunden damit zugebracht, ihm von der Gegend und den Vanes zu erzählen, aber so richtig kapierte er es erst jetzt.

Das hier war kein Spiel für sie, den Earl und die Menschen von Bowhaven. Dies war nicht einfach eine günstige Gelegenheit für ihn, dem Earl ins Gesicht zu sagen, er könne ihn mal. Blöde Sache. Das änderte zwar nichts an seinem Entschluss, zu verschwinden, vielleicht aber konnte er etwas veranlassen, irgendeinen Plan entwickeln, bevor er sich wieder aus dem Staub machte.

»Viele Möglichkeiten hat man hier wohl nicht.« Nach neuen Ideen suchen? Er? He, wenn bei der Arbeit Probleme auftauchten, war es klug, immer mit dem Nächstliegenden anzufangen.

»Noch nicht.« Jede Glückseligkeit war aus ihrem Gesicht verschwunden. Nun schaute sie ihn scharf an. »Ich habe mit dem Earl und dem Gemeinderat über alle möglichen Dinge gesprochen, mit denen man Investoren anlocken könnte.«

Das klang eindeutig so, als müsse sie sich verteidigen.

»Haben die auf Sie gehört?« Vermutlich nicht.

Sie spitzte die Lippen, streckte sich und ging auf die Stufen zu, die aus dem Loch hinausführten. »Das kommt noch – vor allem dann, wenn ich erst einmal in den Gemeinderat gewählt bin.«

Da war er, der Funke von etwas, das er nicht entschlüsseln konnte, der aber seine Neugier weckte. Das wollte er genauer wissen. »Wieso sind Sie eigentlich in Bowhaven?«

Ein Fuß noch auf der unteren Stufe, blieb sie stehen und drehte sich zu ihm um. »Hier ist mein Zuhause.«

»Aber Sie müssten nicht hierbleiben«, ließ er nicht locker. »Sie könnten nach Manchester oder London gehen.«

Ihre Miene versteifte sich. »Ich bin hier zu Hause.«

Nein. Das nahm er ihr nicht ab. »Wieso habe ich das Gefühl, dass da mehr dahintersteckt? Was verheimlichen Sie?«

»Gar nichts.«

Bevor sie sich wieder wegdrehte, entdeckte er eine Spur von Bedauern, und das konnte er nicht einfach auf sich beruhen lassen. So war er nun mal. Seine Neugier hatte ihm Millionen eingebracht, und er hatte sich daran gewöhnt, sie zu befriedigen.

»Sie sind wild entschlossen, dem Dorf zu helfen, aber die Einheimischen sind offenbar nicht allzu empfänglich für Sie oder Ihre Vorschläge – nichts für ungut. Warum machen Sie es dann? Warum setzen Sie sich so für sie ein? Was verheimlichen Sie mir, Zitronenlady?«

Das verräterische Erröten kroch erneut ihren Hals hinauf und war deutlich unter ihrem Pferdeschwanz zu erkennen. »Ich denke, es ist Zeit, dass wir zurückgehen.«

Brooke trat auf die nächste Stufe, rutschte aber aus und taumelte wieder nach unten. Verblüfft schrie sie kurz auf und drehte sich, um den Sturz aufzufangen. Ohne nachzudenken oder zu zögern, schlang er ihr den Arm um die Hüfte und zog sie an sich. In dem Moment wurde alles still. Es war ganz bestimmt nicht das erste Mal, dass er eine Frau in den Armen hielt, ihre Rundungen an sich drückte, die Hand gefährlich nah an ihrem Hintern. Er hätte daraus auch keine große Sache gemacht, hätte er Brooke nicht ins Gesicht geblickt. Verlangend schaute sie ihn aus ihren hellblauen Augen an, und das leise Summen sexueller Anziehung zwischen ihnen war einer Schalldetonation gewichen, die er bis in die Zehenspitzen spürte. Er konnte den Blick nicht abwenden. Schon gar nicht, als sich ihre rosafarbenen Lippen öffneten und ein leises Stöhnen von sich gaben – ein Stöhnen, das jeden Mann zu einem kühnen und wahrscheinlich dummen Schachzug verleitet hätte. Er hatte nicht vor, dem nachzugeben, den Kopf zu senken, aber manchmal, wenn sich alles zusammenfügte, musste man den Dingen ihren Lauf lassen.

Er war fast schon im Himmel, doch auf einmal verschwand Brooke, und Zitronenlady war zurück. Sie war wieder ganz steife Förmlichkeit. Heftig stieß sie ihm gegen die Brust.

»Danke, Mr Vane, es geht schon wieder.« Ihre Stimme klang etwas belegter als normalerweise.

Sie jetzt loszulassen war der blanke Hohn, aber seine Mama hatte ihn nicht so erzogen, dass er die Situation ausgenutzt hätte, also nahm er die Hand von ihrer Hüfte und trat einen Schritt nach hinten. Trotzdem wollte er noch nicht ganz aufgeben. »Sind Sie sicher?«

»Immer.«

Als sie jetzt die Stufen hinaufstieg und zum Range Rover hinüberging, war sie wieder voll und ganz die Zitronenlady.

Nick sah ihr zu, wie sie ihre Schritte zwischen den Büschen hindurch lenkte. Sein Verstand war noch immer dabei, das Rätsel Brooke Chapmann-Powell zu entwirren. Er würde schon noch dahinterkommen. Das tat er immer.

10. KAPITEL

Nicks innere Uhr ging noch immer nach. Es war schon fast Mitternacht, und er lag mit offenen Augen im Bett und drehte langsam durch. Nun könnte man meinen, das läge am Jetlag und an der Frau, die im Zimmer hinter der Verbindungstür schlief. Und so war es auch. Brooke Chapman-Powell war eine Frau, die ihm zu denken gab.

Er rutschte an die Bettkante und verdrehte den Hals so, dass er möglichst nah an die Tür kam und lauschen konnte. Keinerlei Schnarchen. Er brauchte keinen Spiegel, um das Lächeln zu sehen, das dieser Umstand in sein Gesicht zauberte.

»Sind Sie wach?«, fragte er, obwohl er die Antwort natürlich kannte.

»Ich schlafe tief und fest«, kam ihre Antwort.

Da war diese Schroffheit wieder, die seine Aufmerksamkeit vom ersten Brief im Auftrag seines Großvaters an erregt hatte.

»Lügnerin«, sagte er grinsend. »Sie haben nicht geschnarcht.«

»Es ist nicht sonderlich höflich, das zur Sprache zu bringen, wissen Sie?«

Hätte sie auch nur ansatzweise beleidigt geklungen,

hätte er sich sofort entschuldigt, aber da war nichts. »Ich mag Ihr Schnarchen.«

Sie protestierte. »Niemand mag es, wenn andere Leute schnarchen.«

»Es ist wie weißes Rauschen. Es hilft mir einzuschlafen.« Er dachte kurz über einen Schnarchapparat nach, trat die Idee aber rasch in die Mülltonne seiner schlechten Einfälle, die irgendwo in seinem Hinterkopf bereitstand.

»Soll das heißen, ich halte Sie wach?«, fragte sie.

Entspannt sank er zurück auf sein dickgepolstertes Kissen und schloss die Augen. Er stellte sich vor, wie sie wohlig in ihrem Bett auf der anderen Seite der Tür lag, die er allmählich regelrecht hasste. »Gewissermaßen.«

»Inwiefern?«

»Ich versuche, Ihr Geheimnis zu entschlüsseln.« Sie war süß und sauer wie diese Bonbons, bei denen sich ihm immer der Mund zusammenzog, die er aber nicht aufhören konnte zu essen.

»Ich bin alles andere als geheimnisvoll.«

Also das war jetzt glatt gelogen. Er hatte so viele Fragen und begann mit der, die ihn am längsten beschäftigte. »Gefällt es Ihnen wirklich, für einen so stockkonservativen Trottel zu arbeiten?«

Es folgte eine Pause. »Das ist nicht das Einzige, was ich tun will.«

Dass sie seine Charakterisierung des Earls hinnahm, sprach für sich. »Was steht sonst noch auf Ihrer Liste?«

»Gemeinderat.«

Das hatte sie bei ihrem Ausflug schon einmal erwähnt, aber die Logik dahinter verstand er nicht. Sie wirkte nicht wie eine machthungrige Politikerin. »Sie wollen in die Politik?«

»Nein. Ich will für Bowhaven etwas erreichen«, erwiderte sie. »Allerdings ist das Dorf so klein, dass es normalerweise keine Gegenkandidaten gibt.«

Die Vorzüge der Kommunalpolitik. Das verstand er. Bei ihm zu Hause gab es eine stillschweigende Vereinbarung ganz ähnlicher Art. »Dann warten Sie darauf, dass Sie jemand zur Kandidatur auffordert.«

»Im Großen und Ganzen ja.«

»Und warum hat Sie noch niemand aufgefordert? Liegt es daran, dass Sie für den Earl arbeiten?« Das schien einleuchtend. Der alte Mann gab sich nicht die geringste Mühe, es anderen leichter zu machen.

»Nein. Der Grund ist eher …« Sie zögerte. »Die Leute halten mich für penetrant.«

Das war nicht, was ihr zunächst auf der Zunge gelegen hatte, aber heute Nacht würde er sie nicht weiter drängen.

»Das sind Sie ja auch«, neckte er sie. »Das ist der einzige Grund, warum ich jetzt hier bin.«

»Sie brauchten nur einen leichten Überzeugungsschub, und das gilt auch für die Einheimischen hier.«

»Und wie wollen Sie das schaffen?«

»Ich lasse mir immer wieder etwas einfallen, wie sich das Dorf neu beleben ließe.«

»Sie geben niemals auf, was, Zitronenlady?«

»Das kann ich nicht behaupten.«

Da war etwas in ihrer Stimme, das ihn sich aufrichten

und näher zur Tür hinbeugen ließ. Er wollte schon fragen, ob alles in Ordnung sei, überlegte es sich aber anders. Was hatte sie ihm neulich beigebracht? Keine persönlichen Fragen. Die Frage, warum sie nun so erstickt geklungen hatte, gehörte eindeutig in diese Kategorie – aber er konnte die Unterhaltung auch nicht an diesem Punkt beenden.

»Was ist Ihre Lieblingsfarbe?«, fragte er.

»Das sage ich Ihnen nicht«, antwortete sie wie aus der Pistole geschossen. Jetzt klang sie wieder so schroff wie sonst auch, vielleicht lag es aber auch nur an ihrem Akzent.

»Warum nicht?«

»Weil Sie sich dann über mich lustig machen.«

»Das würde ich niemals tun.« Natürlich würde er sie verspotten, und wie! Er konnte nicht anders. Er mochte es, wenn sie aus der Rolle fiel. Sie war eine Frau, die man ab und zu aus der Ruhe bringen musste. »Na gut. Sie haben recht. Aber das tue ich nur, weil ich Sie mag.«

Eine Weile hörte er nur seinen eigenen Atem. Er wollte schon nachhaken, da antwortete sie: »Gelb.«

»Nein, wie passend, Zitronenlady.« Strahlend hell. Hoffnungsvoll. Kräftig. Entschlossen. Die Farbe passte ideal zu ihr. »Träumen Sie schön.«

»Gute Nacht, Mr Vane.«

Er legte sich wieder hin und schloss die Augen. Natürlich sah er eine gewisse bissige Engländerin ganz in Gelb vor seinem inneren Auge. Auch das würde eine lange Nacht werden.

Schlaf war für Brooke zu so etwas wie einer Herausforderung geworden. Jedes Mal, wenn sie die Augen schloss, entstand vor ihrem geistigen Auge irgendwie das Bild von einem gewissen Erben einer Grafschaft in Boxershorts. Sehr verstörend. Und unangemessen. Und unvernünftig. Und absolut unausweichlich.

Das hieß, sie hatte nicht ihre sechseinhalb Stunden Schlaf bekommen und sich deshalb am nächsten Morgen zu einem Spaziergang ins Dorf über die Abkürzung zwischen Dallinger Park und Bowhaven überreden lassen. Die anfänglich harmlose Unterhaltung über das Who's Who des britischen Adels führte überraschend zum Thema Tanzen.

»Sie brauchen keine Tanzstunden«, sagte sie kopfschüttelnd, als sie den schmalen Pfad nahe der alten Kirche entlangwanderten.

»Wirklich?« Nick blieb stehen und schaute sie an, als hätte sie schwachsinnige Fragen gestellt. »Was ist, wenn es einen Tanz-Notfall gibt, den nur ein echter Earl-Tanz abwenden kann?«

Das war so lächerlich wie *Shaun of the Dead* – und genauso lustig. Sie versuchte gar nicht erst, ihren Lachanfall zu unterdrücken. »Das ist höchst unwahrscheinlich.«

»Aber nicht unmöglich.« Er grinste sie an. »Kommen Sie schon, entspannen Sie sich und zeigen Sie mir ein paar Schritte.«

Sie schaute sich um. Die einzigen lebenden Zeugen weit und breit waren drei Schafe. Sie richtete den Blick wieder auf Nick. Und bekam Herzflimmern. Das war schlecht. Das war verstörend. Ihr ganzer Körper kribbelte. Oh Mann, sie steckte tief in der Patsche.

Nick stand erwartungsvoll mit ausgestreckten Armen in klassischer Tanz-Pose vor ihr. »Seien Sie keine Spielverderberin.«

Sie konnte unmöglich einwilligen. »Also gut.«

Noch bevor sie das zurücknehmen konnte, hielt er sie schon in den Armen. Eine Hand lag unten auf ihrem Rücken, und sanft führte er sie und wirbelte sie herum zum Klang von gar nichts – Musik hätte sie allerdings ohnehin nicht gehört, so laut wie ihr Puls in ihren Ohren hämmerte. Und trotz allem nahm sie ihn und alles an ihm intensiv wahr. Wie ihr Kopf an seiner Brust ruhte. Wie sich sein T-Shirt an ihrer Wange anfühlte. Wie sich jeder ihrer Nerven zu ihm hinzustrecken schien. Es war beinahe überwältigend. Dann schlug sie die Augen auf und sah, wie er auf sie herunterblickte. Ihr blieb fast das Herz stehen. Sein Blick wanderte zu ihren Lippen, und der Drang, ihn zu küssen, durchraste sie wie ein führerloser Zug. Das Gefühl kam aus ihrem tiefsten Inneren und verriet ein so starkes Bedürfnis nach ihm, dass sie ruckartig in die Wirklichkeit zurückgerissen wurde.

Er war der Erbe des Earls. Sie war die Sekretärin des Earls. Das durfte nicht sein. Niemals.

Mit den Nerven am Ende löste sie sich aus seiner Umarmung. Sie kam sich vor, als wäre sie gerade einen Marathon gelaufen, obwohl sie nur ein wenig ohne Musikbegleitung getanzt hatte. Sie strich mit den Händen über ihren zweckmäßigen Rock und kehrte zurück zu ihrer üblichen eisigen Distanziertheit.

Sie räusperte sich und schaute auf einen Punkt, einige Zentimeter links von Nicks Gesicht. »Ich glaube, falls es zu einem Notfall-Tanz kommt, kann Bowhaven nichts passieren.«

»Das ist ja fast schon ein Kompliment«, entgegnete er, etwas heiserer als normal.

Herr im Himmel. Irgendwer musste schließlich kühlen Kopf bewahren, und das war anscheinend sie. »Ich halte Sie gern auf Trab.« Na also, das klang doch fast wieder normal.

»Das stimmt.« Sie gingen weiter Richtung Bowhaven. »Jetzt erzählen Sie mir noch mal von dem Brieftaubenrennen, das Sie veranstalten wollen.«

»Es würde Geld von Touristen nach Bowhaven und in die Umgebung bringen – zumindest ein paar Tage lang, quasi als wirtschaftlicher Schub.«

»Und niemand ist darauf angesprungen?«

Sie seufzte, während sie die alte Kirche umrundeten. »Ich bin ihnen eben zu forsch. Das ist ein Grund, warum Brian Kamp mich lieber im Blumenkomitee haben will statt im Gemeinderat.« Na ja, einer der Gründe.

»Blumenkomitee?«, fragte Nick, pflückte eine gelbe Wildblume vom Wegesrand und reichte sie ihr.

Als sie sie nahm, berührten sich ihre Finger, was ihren Herzschlag erneut beschleunigte. Wenn das so weiterging, schaffte sie ihr komplettes Cardio-Training allein dadurch, dass sie ihm nahekam. Lächerlich. »Das Blumenkomitee hängt Blumenkörbe an die Laternenmasten entlang der Hauptstraße, dabei will ich in den Gemeinderat.«

Zu schade, dass man in einem kleinen Dorf den Gestank eines Skandals nie loswurde. Als die Reporter auftauchten, hatten sich die Reihen in Bowhaven geschlossen, aber vergessen hatte das hier niemand. Dass es nicht ihre Schuld gewesen war, spielte keine Rolle. Ihr Ruf war ruiniert, und sie war penetrant, also war sie für den Gemeinderat ungeeignet. Sie ließ die Schultern hängen. Sollte ihr nicht etwas außergewöhnlich Erfolgreiches einfallen, würde sie die Einheimischen nie für sich gewinnen.

Nick blieb stehen und hielt sie am Arm fest. Er legte ihr die Hände auf die Schultern und drehte sie in seine Richtung. »Das sind Idioten.«

Diese drei Wörter sprach er mit solcher Vehemenz, dass sie sich schlagartig aufrichtete und besser fühlte. »Das glauben Sie also, ja?«

»Ich und jeder andere, der seine sieben Zwetschgen noch einigermaßen beieinander hat.« Er drückte ihre Schultern und schaute ihr fest in die Augen. »Wenn Sie es geschafft haben, dass ich quer über den Ozean hierherfliege, dann gelingt Ihnen so gut wie alles, was Sie sich in den Kopf setzen.«

Da hatte er nicht unrecht. Das hatte sie erreicht. Vielleicht war Bowhaven einfach noch nicht bereit für ihre Idee mit dem Brieftaubenrennen. Vielleicht musste sie sich etwas Neues einfallen lassen, etwas, das sich die Leute nicht entgehen lassen konnten. Ihr »Das Glas ist halbvoll«-Optimismus kehrte zurück. Sie lächelte Nick an. Es war ein seltsames Gefühl, die Einsicht, dass sie nicht die Einzige war mit ungewöhnlichen Einfällen, die anfangs etwas merkwürdig schienen, letztlich aber klappten. Das hatten sie beide gemeinsam, wenn auch sonst nichts, abgesehen von einer gewissen Anziehungskraft, die als Hintergrundrauschen jede Begegnung und jede Unterhaltung begleitete. Auch jetzt war es zu spüren, eine fast fühlbare Vibration, die zwischen ihnen hin- und hertanzte.

Aber das ging eben nicht. *Reiß dich zusammen, Brooke.*

Aufgewühlt löste sie sich von ihm und marschierte in flottem Tempo auf den Feldweg zurück, der mittlerweile im Schatten der Kirche lag. »Diese Kirche ist älter als Dallinger Park, und manche behaupten sogar, älter als Bowhaven, aber das ist umstritten.«

Dank seiner langen Beine hatte Nick keine Probleme, zu ihr aufzuschließen. »Haben Sie gerade das Thema gewechselt?«

»Sehr richtig.« Sie nickte und konzentrierte sich weiter auf die alte Steinkirche, zumindest soweit dies in seiner Begleitung möglich war. »Und es ist nicht höflich, das zur Sprache zu bringen.«

»Sie sind wirklich fest entschlossen, mich zum Earl zu machen, was?«

»Selbstverständlich.«

Das war das Beste für Bowhaven, auch wenn das bedeutete, dass es mit ihren kleinen Ausflügen dann vorbei wäre – die sie vermissen würde, wie ihr gerade klar wurde.

Das Tänzchen am Vortag mit Brooke war eigentlich als Scherz gedacht gewesen, um die Stimmung zu lockern. Leider war der Scherz nach hinten losgegangen, denn nun lag er allein auf seinem Bett, starrte zum Baldachin hoch und dachte, während draußen die Sonne aufging, an eine bestimmte blonde Frau, die perfekt in seine Arme passen würde. Er widerstand nur ungern der Versuchung, zu ihr hinüberzurufen, aber er würde sich wie das letzte Arschloch vorkommen, wenn er sie schon so früh am Morgen weckte. Sollte sie allerdings schon wach sein ... Er hielt den Atem an und spitzte die Ohren. Vielleicht war ja durch die Mauer und die geschlossene Verbindungstür etwas zu hören.

Erst hörte er gar nichts, dann ein leises Summen. Was war denn das? Er schloss die Augen und lauschte angestrengt, um das Geräusch zu identifizieren. Die Tonhöhe des Summens veränderte sich, als würde etwas hin- und herbewegt, als würde sie ...

Er riss die Augen auf. Benutzte die Zitronenlady etwa einen Vibrator? Langsam atmete er aus, seine Lungen brannten bereits, dann hielt er erneut die Luft an und verdrängte die Gedanken aus seinem Kopf, damit er besser hören konnte. Da war es wieder.

Scheiße. Was war er doch für ein Perversling, aber er konnte nicht weghören. Er war auch nur ein Mensch. Und damit konnte er momentan leben.

Mit geschlossenen Augen malte er sich die Szene auf der anderen Seite der Tür aus. Sie trug wie neulich das Tanktop und die kurze Schlafanzughose. Ihre Brustwarzen waren aufgerichtet und drückten hart gegen den Stoff. Mit gespreizten Beinen lag sie auf dem Bett. Erst strich sie sanft mit den Fingern über das feuchte Zentrum ihres Höschens. Dann steckte sie die Hand unter den Gummizug und streifte das Höschen langsam ihre schlanken

Beine hinab. Jetzt kam der Vibrator zum Einsatz. Langsam führte sie ihn über ihren weichen Hügel, um alles so feucht werden zu lassen, dann nahm sie ihn auf, die Augen geschlossen, den Kopf in den Nacken gelegt.

Verdammt, diese Vorstellung ließ seinen Schwanz hart wie Granit werden.

Er schob die Boxershorts nach unten, packte seinen Ständer und begann, sich einen runterzuholen. Die Fantasievorstellung, wie sie ihm einen Orgasmus verpasste, würde er nicht ungenutzt lassen. Er konnte nur an eins denken: wie scharf Brooke aussehen würde, wenn sie jede Kontrolle über sich verlor. Seine Hoden zogen sich zusammen, er versuchte, still zu bleiben, aber irgendwie musste ihm ihr Name entschlüpft sein, als er auf seinen Bauch kam.

»Ja, ich bin hier«, rief Brooke, und sie klang gar nicht keuchend oder sexy. »Warten Sie kurz, ich habe mir gerade die Zähne geputzt. Ich muss nur schnell ins Bad und mir den Mund ausspülen.«

Seine Hand, die noch immer an seinem Schwanz lag, erstarrte. Die Zähne geputzt? Meine Güte, war er ein Trottel! Sie hatte keinen Vibrator benutzt, sondern eine elektrische Zahnbürste. Er war nicht nur ein heimlich lauschender Perversling, er war ein heimlich lauschender Perversling mit überbordender Fantasie.

Ein paar Sekunden später fragte Brooke durch die Tür: »Was kann ich für Sie tun?«

Das war ja eine verfängliche Frage in Anbetracht all der möglichen Antworten – nicht dass er auch nur eine davon äußern würde. Die Zitronenlady war aus offensichtlichen

Gründen tabu, auch wenn das seinen meuternden Körper nicht interessierte. Trotzdem musste er etwas anderes sagen als: »Ich habe mir zu Ihrem Zähneputzen einen runtergeholt.«

»Ich muss ein paar Hundebesitzer auftreiben, mit denen ich wegen meiner Halsband-Erfindung reden kann«, sagte er rasch. »Irgendwelche Vorschläge?«

»Ja, klar. Ich kann Sie bestimmt mit einigen bekannt machen«, antwortete sie. »Wir treffen uns unten beim Frühstück, dann gebe ich Ihnen eine Liste.«

»Toll«, brachte er mühsam heraus. »Danke.«

Er war echt ein seltener Idiot. Nun musste er mit Gott weiß wie vielen Leuten über deren Köter quatschen, nur um zu verheimlichen, dass er sich zur elektrischen Zahnbürste der Frau, die ihn eigentlich als Letzte anmachen dürfte, einen runtergeholt hatte. Es reichte. England hatte es auf ihn abgesehen, und je eher er von hier verschwand, desto besser für seine geistige Gesundheit.

11. KAPITEL

Zurück aus London und allein im Ostflügel, beobachtete Charles von seinem Schlafzimmer aus den Sonnenuntergang, der den Himmel in rosa- und orangefarbene Schattierungen tauchte. Seine rechte Hand zitterte wieder. Das war immer das erste Anzeichen. Ursprünglich war er genau deswegen überhaupt zum Arzt gegangen. Man hatte vermutet, es könne Parkinson sein, und einen Hirnscan veranlasst. Gefunden hatten sie dann allerdings Alzheimer. Er sei noch in einem frühen Stadium, hatte ihm gestern der Arzt verkündet, als würde das mehr bedeuten, als dass er länger zuschauen musste, wie ihm die Welt entglitt.

Zornig? Er war fuchsteufelswild. Natürlich hätte er sich das niemals anmerken lassen. Die Vanes zeigten keine Gefühle. Das hatten ihm seine Eltern beigebracht, noch ehe er aus dem Kindergarten heraus war.

Gefühle, hatte sein Vater immer gesagt, sind wie Teebeutel, die, wenn sie zu lange im Wasser hängen, ein ansonsten hervorragendes Getränk ruinieren.

Der Landrover kam die Einfahrt entlang und zog Charles' Aufmerksamkeit auf sich. Nicholas und Ms Chapman-Powell stiegen aus. Sie berührten sich zwar nicht, lachten aber, schauten sich in die Augen und verrieten eine gewisse Vertraulichkeit – was Ärger bedeutete. William – nein, nicht William. Er ballte seine zitternde Hand zur Faust. Nicholas. Nicholas sollte es besser wissen.

Ein leichtes Klopfen an der Tür zum Wohnzimmer lenkte ihn ab. Katie brachte ihm seinen abendlichen Tee und die Tabletten. Die Tabletten halfen ihm, nachts durchzuschlafen. In letzter Zeit hatte es Vorkommnisse gegeben. Katie war morgens zur Arbeit erschienen und hatte ihn halb angekleidet und schlafend in einem anderen Teil des Hauses vorgefunden, weshalb er allen anderen den Zutritt zum Ostflügel verboten hatte.

Eine Wiederholung dieser Zwischenfälle musste vermieden werden, vor allem da nun William – *nein*, er presste die Augen zusammen und holte tief Luft, *nicht William* – da nun Nicholas in Dallinger Park war. Sein Enkel war zu Hause.

»Waren die die ganze Woche so?«, fragte er seine Haushälterin scharf, um die Angst vor Entdeckung und das Geflüster der Unsicherheit in seinen Ohren zu übertönen.

»Was meinen Sie?«, erwiderte sie und stellte das Tablett auf das Tischchen neben seinem Lesesessel.

Er deutete zum Fenster und suchte verzweifelt nach dem richtigen Wort. Ihm fiel aber nichts weiter ein als: »Zusammen.«

Katie nickte. »Ja, Sir.«

»Das gefällt mir nicht.« William sollte klüger sein nach allem, was mit dieser Frau in Amerika vorgefallen war.

»Aber, aber«, entgegnete Katie. »Brooke tut bestimmt nur, worum Sie sie gebeten haben.«

Brooke? Er erstarrte. Es machte ihm Angst, wie schnell die Verwirrung wiederkehrte, kaum dass er sie verdrängt hatte. Die Unruhe hatte ihn wieder fest im Griff. Verzweifelt versuchte er, die Erinnerungen beiseitezuschieben, die immer realer schienen, je mehr er die Kontrolle über seinen Verstand verlor. Er war ein Mann von Format, ein Adliger, und er kannte den Unterschied zwischen Vergangenheit und Gegenwart. Doch mit jedem Tag löste sich diese Gewissheit mehr auf, und sein Leben kam ihm zunehmend beängstigend vor.

Er zwang sich zur Ruhe und rief sich in Erinnerung, wie wichtig es war, nicht die Selbstbeherrschung zu verlieren. »Auf Ihre Meinung lege ich keinen Wert.«

»Entschuldigung, Sir«, sagte Katie und schlüpfte rasch zur Tür hinaus.

Wieder allein ging er zum Tisch mit dem Tablett hinüber und nahm eine der Melatonin-Tabletten. Vielleicht würde ihm heute Nacht dieser Traum erspart bleiben, müsste er nicht den letzten Streit mit William vor dem Autounfall erneut durchleben, würde nicht diese Sätze von seinem Sohn hören:

»Ich gehe zurück.«

Der Lastwagen hatte Williams Auto auf dem Weg zum Flughafen gerammt. Er wollte nach Amerika zurückfliegen. Er hatte beschlossen, dass es nicht der Mühe wert war, von seiner Frau und seinem Kind getrennt zu leben, bis er mit dreißig Zugang zu seinem Treuhandfonds bekam.

»Ich pfeife auf die dreißig Millionen«, hatte William gesagt. Mit jedem Wort wurde er lauter. »Ich werde Tellerwäscher. Ich gehe zur Müllabfuhr. Ich kann das hier nicht.«

»Hör mit dem Unsinn auf. Das sind nicht deine Aufgaben. Deine Pflichten sind das Anwesen und der Titel.«
»Meinetwegen kann hier alles verfallen. Ich hätte nicht auf dich hören dürfen. Ich hätte nicht zurückkommen sollen.«

Durch das Fenster erklang das Lachen einer Frau, hereingeweht vom Abendwind. Er schaute nach unten und erblickte eine blonde Frau, die mit jemandem lachte, den er von seinem Aussichtspunkt nicht sehen konnte, aber das war auch nicht nötig.

Morgen würde er sich mit Williams unangemessenem Benehmen beschäftigen. Heute würde er abgeschieden in seinem Flügel von Dallinger Park bleiben.

12. KAPITEL

Nach fast einer Woche in London war der Earl nach Dallinger Park zurückgekehrt, wo er nun hinter seinem unaufgeräumten Schreibtisch stand und Brooke anschaute, als wäre sie die unfähigste Privatsekretärin, die er je das Pech hatte einzustellen. Ja, das würde nett werden – in etwa wie wenn man zum Schuldirektor gerufen wurde und dieser einem erklärte, man müsse das Abitur wiederholen, weil die Noten so katastrophal waren, dass man nur mit viel Glück einen Job finden würde.

»Sie haben also die ganze Woche damit verplempert, sich in den Moors herumzutreiben, statt aus meinem Enkel einen richtigen Earl zu machen?«

Sie war noch immer nicht ganz dahintergekommen, wie sie – die Tochter eines Wirts – einem Amerikaner beibringen sollte, sich wie ein richtiger Earl zu verhalten. Aber das wollte der Earl natürlich nicht hören, also hielt sie sich an die Tatsachen.

»Wir sind die Etikette durchgegangen, die Geschichte von Dallinger Park, die Familiengeschichte ebenso, dazu noch Bowhavens aktuelle Lage und was notwendig wäre, um diese zu verbessern. Beispielsweise …«

Der Earl winkte ab. »Schon gut, mir ist Ihre Besessenheit, Touristen anzulocken, indem Sie uns zu einem

Anlaufpunkt für Taubenliebhaber und Promigaffer machen, durchaus bekannt.«

Ihre Wangen glühten. Wieso hörte sich nicht einer ihre Ideen überhaupt erst mal an? »Das ist beileibe nicht alles«, wehrte sie sich lautstärker, als klug war, aber egal. Dies hier war wichtig. Der Earl runzelte die Stirn angesichts ihres Tonfalls, und sie fügte leiser hinzu: »Mylord.«

»Doch, das ist alles«, sagte er mit eisiger Stimme und wandte sich wieder den unbezahlten Rechnungen auf seinem Schreibtisch zu. »Dies ist mein Stammsitz, und ich werde ihn nicht in eine Anlaufstelle für Touristentouren verwandeln, wie das bei so vielen anderen passiert ist.«

Genau, bei so vielen anderen, wo man erkannt hatte, dass der Unterhalt von Gütern in der Größe von Dallinger Park mehr Geld erforderte, als die meisten Adligen – wie auch der Earl – auf der Bank hatten.

»Ja, Sir.« Die Schlacht gab sie verloren, nicht aber den Krieg. Sie würde einen Weg finden, ihn umzustimmen.

Vom Großen Saal her war ein lauter Knall zu hören.

Der Earl riss den Kopf hoch. »Und was war das jetzt?«

Sie wand sich, weil sie nicht mit Neuigkeiten herausrücken wollte, bei denen dem Earl mit Sicherheit der Kragen platzen würde. »Mr Vane arbeitet an einem Projekt.«

»Was für ein Projekt?«

Mit vagen Erklärungen würde er sich nicht abspeisen lassen. »Der Kamin im Großen Saal.«

Der Earl schaute sie ausdruckslos an. Hätte er sein Missfallen nicht kundgetan, indem er die Lippen so fest zusammenpresste, dass sie einen weißen Strich ergaben, hätte sie geglaubt, er habe sie gar nicht gehört.

Sie holte tief Luft und sprach schnell weiter. »Der Kamin, der immer verstopft ist, egal, wie oft der Schornsteinfeger kommt.« Sein Blick wurde immer finsterer, aber sie redete trotzdem weiter, auch wenn sie massives Herzklopfen bekam. »Er bringt irgendeine Vorrichtung an, die er zusammengebastelt hat, um den Abzug frei zu halten.«

»Ist er verrückt?« Der Earl zerknüllte die letzte einer langen Reihe längst fälliger Rechnungen, die auf seinem Schreibtisch herumlagen und von denen außer dem Earl und ihr selbst niemand etwas wusste. »Kennt er die Bedeutung dieses Kamins nicht?«

Bevor sie ihm versichern konnte, sie habe Nick selbstverständlich darüber aufgeklärt, dass Königin Victoria höchstpersönlich das Kaminsims Dallinger Park zum Geschenk gemacht hatte, stürmte der Earl schon aus dem Zimmer. Das Anzeichen von Unmut um den Mund des Earls war fast exakt ein Duplikat von Nicks Ausdruck, als sie ihm verraten hatte, dass während der Wintermonate der Schlot mehrmals verstopft war. Das war einer von vielen Gründen, warum sie das Gebäude nicht für Besucher zugänglich machten, wie man es auf so vielen Adelssitzen in Yorkshire und ganz England tat, um deren Unterhalt zu sichern. Der Hauptgrund freilich war, dass der Earl sich standhaft weigerte zuzugeben, dass Dallinger Park solche Hilfe überhaupt nötig hatte.

Sie sollte wirklich hinübergehen und zwischen den beiden Männern vermitteln. Die Lage beruhigen, bevor sie eskalierte, war keineswegs Teil ihrer Stellenbeschreibung, hätte es aber genauso gut sein können. Dennoch blieb sie im Zimmer und schaute zum Fenster hinaus auf den Kirchturm des Dorfs, der in der Ferne kaum erkennbar war. Wenn Touristen für Besichtigungen ins Haupthaus kämen, das man zudem für Dreharbeiten an Film- und Fernsehgesellschaften vermieten könnte, gäbe es dadurch auch zusätzliche Einnahmen für den Pub, den Sandwichladen, den Wochenmarkt an der Hauptstraße und das hiesige Inn. Wenn sie das dem Earl nur begreiflich machen könnte! Er aber hasste Veränderungen und versteifte sich darauf, in ihrem abgelegenen Weiler könne alles genau so bleiben, wie es war. Es würde sie nicht überraschen, wenn seine Hartnäckigkeit zum Teil auf dem Bedürfnis des Earls beruhte, Kontrolle über sein Reich auszuüben, solange er das noch konnte. Das Gespenst der Geistesschwäche hob drohend sein Haupt.

Aber egal, welche Gründe der Earl für seine Einstellung hatte, es änderte nichts an den Tatsachen. Etwas musste geschehen – und zwar bald –, oder es wäre zu spät für Bowhaven, die McVie-Universität und Dallinger Park.

Seufzend richtete sie sich auf und ging in den Großen Saal, wo die Dinge zweifellos kurz vor dem Überkochen waren.

Nick legte den Hammer auf den Beistelltisch neben dem Kamin, nachdem er das Sims mit einem letzten Schlag wieder befestigt hatte und nun seinem Großvater Paroli bot. Es war seltsam, den stocksauren Mann vor ihm als Großvater zu sehen, aber nicht so seltsam wie als wütenden Earl. Diese Titel-Manie war einfach sonderbar.

Die Miene des alten Earls war hart wie Granit und ebenso undurchdringlich, als er wieder anfing: »Als Königin Victoria …«

»Ich weiß, ich weiß«, unterbrach ihn Nick, der mit der Hand über das Sims strich, das nun wirklich mal wieder Bekanntschaft mit Holzöl machen müsste. Im Geist fügte er das der Liste mit noch zu erledigendem Scheiß hinzu, den es brauchte, um in diesem heruntergekommenen Museum nicht den Verstand zu verlieren. »Sie hat euch dieses wunderbare Kaminsims geschenkt, aber das nutzt einen Dreck, wenn rund herum alles abbrennt, weil diese Bruchbude Feuer gefangen hat.«

Missmut leuchtete in Großvaters Gesicht auf wie der Sonnenuntergang in Virginia. »Du wirst diesen Stammsitz nicht noch einmal als ›Bruchbude‹ bezeichnen.«

»Aber mehr ist es doch nicht.« Wie konnte der Mann das so verdrängen? »Die Verkabelung ist Murks. Durch zugige Fenster geht massenhaft Energie flöten. Das Ganze muss dringend überholt werden.«

»Das ist nicht deine Aufgabe«, sagte der Earl mit majestätischer Bestimmtheit.

Bei diesem Ton stellten sich Nick immer die Nackenhaare auf. So hatten die Erwachsenen in der Wohngruppe mit ihnen gesprochen und auch der Richter, der einen aufmüpfigen, trauernden Jugendlichen in dieses Rattenloch geschickt hatte. Und warum war er dort gelandet? Wegen dem Kerl, der den Kopf in den Sand steckte und jetzt vor ihm stand wie ein Gutsherr. Was er, formal gesehen, auch war. Und er selbst eines Tages sein würde, wenn es nach dessen Willen ging. Nie im Leben. Aber jetzt war eine gute Gelegenheit, ihm diese Fantasie mal um die Ohren zu hauen.

»Deiner Auffassung nach ist das sehr wohl meine Aufgabe. Oder soll ich warten, bis das Ganze in sich zusammenfällt, so wie du?«

Brooke, die etwas abseits stand und das Geschehen verfolgte, als würde sie an einem Autounfall vorbeifahren, rang hörbar nach Luft. Das missfiel ihm. Normalerweise war sie nicht so schüchtern, nahm ihn ordentlich an die Kandare und verlangte, dass er ihren »Wie werde ich ein Earl«-Lektionen volle Aufmerksamkeit schenkte. Kaum tauchte aber sein Großvater auf, fiel sie in diese Rolle der Untertanin zurück. Klar, als Zitronenlady war sie eine Nervensäge, aber diese Ehrerbietung gegenüber jemandem, der durch den Zufall der Geburt angeblich ein wertvollerer Mensch sein sollte, verstand er nicht. Die Engländer waren ein seltsames Volk.

Großvater ging zum Kaminsims und streichelte mit seiner von Altersflecken übersäten Hand über das Holz. »Sei nicht so unverschämt.«

»Im Ernst? Ist das alles, was dir dazu einfällt? Dass du mich unverschämt nennst?« Scheiße. Wäre er der Typ, der sich von Beleidigungen angegriffen fühlte – immerhin war er von fünf Jahren an aufwärts regelmäßig als Bastard beschimpft worden –, dann würde der Alte jetzt schon zusammengekrümmt am Boden liegen. Aber so war er nicht. Damals nicht, und auch heute nicht.

Nachdem er sich vom makellosen Zustand des Simses überzeugt hatte, drehte sich Charles zu Nick um und sagte im Tonfall des typischen Oberschicht-Snobs: »Leute deines Stands verrichten keine manuellen Arbeiten.«

»Tja, Gott sei Dank bin ich Amerikaner und kein elitäres Arschloch, das sich zu fein ist, das Notwendige zu tun.«

Die Adern an Charles' Schläfen pochten sichtbar. Er kniff die Augen zusammen. Nick rechnete mit einem Schlag. Er würde nur verbal ausfallen, aber Nick würde mit allem fertigwerden, was der Mann, der seiner Mutter das Herz gebrochen hatte, ihm auftischte. *Zeig mal, was du draufhast, alter Mann!*

Statt eine Bombe platzen zu lassen, drehte sich der Earl abrupt um und wandte sich an Brooke: »Ms Chapman-Powell, Ihre Dienste werden auf Dallinger Park nicht mehr benötigt. Ich sehe, dass Sie der Aufgabe, Verantwortung für meinen Neffen zu übernehmen, nicht gewachsen sind.«

Brooke riss die Augen auf, in denen sich Tränen bildeten.

Ach du Schreck! Das war nicht Nicks Ziel gewesen, als er seinen Großvater bis aufs Blut reizte.

»Ich habe mich nie zum Erben erklärt«, kam es wie aus der Pistole geschossen aus seinem Mund. Der Earl konzentrierte sich wieder auf ihn, weg von der Frau, die wie ein Häufchen Elend dastand.

»Wenn es um die Familie geht, hat man keine Wahl.«

Aus dem Augenwinkel heraus sah er, wie Brooke auf die Tür zuging. Nick konnte sich gut das Gerede der

Leute im Dorf vorstellen, wenn sie erfuhren, dass sie, die Übereifrige, gefeuert worden war. Die Frau war permanent auf hundertachtzig, aber trotz der Ablehnung ihrer Vorschläge durch seinen Großvater und die Dorfbewohner setzte sie sich mit aller Kraft für Dallinger Park und Bowhaven ein. Die Gründe dafür musste er erst noch herausfinden.

»Wenn du die Zitronenlady, äh, ich meine Brooke, fortjagst, sitze ich morgen früh im ersten Flieger nach Amerika.«

Die Sätze waren einfach aus seinem Mund gekommen. Es war nicht ganz klar, wer von ihnen dreien am meisten überrascht war. Brookes Kinnlade war nach unten geklappt. Großvaters steife Oberlippe verwandelte sich in einen weißen Strich.

»Willst du mich erpressen?«, meldete sich der alte Mann als Erster, nachdem es ihnen allen kurz die Sprache verschlagen hatte.

Er sah keinen Grund, das abzustreiten, auch wenn er keine Ahnung hatte, warum er das tat. »Ja.«

»Sehr amerikanisch«, spottete der Earl.

Nick schnaubte. »Als ob ihr in England keine Arschlöcher habt, obwohl unsere Familiengeschichte das Gegenteil beweist.«

Erbost blies sein Großvater die Backen auf. »Sie kann unter der Bedingung bleiben, dass du aufhörst, dich so lächerlich zu benehmen, und dich bereit erklärst, deinen angestammten Platz als mein Erbe einzunehmen.«

Wäre Nick der Typ gewesen, einen Rückzieher zu machen, wäre jetzt der beste Moment gewesen. Er hätte es gern getan. Er *sollte* es tun. Aber er gab keinen Millimeter nach.

»Ich trete mein Erbe an«, sagte er. »Aber ich bleibe nicht in England.« Er hatte ein Leben in Salvation. Seinen Job konnte er zwar überall erledigen, der See aber lag in Virginia.

Auf den Wangen des Earls bildeten sich rote Flecken. »Jeder Earl of Englefield hat in Dallinger Park gelebt, seit es erbaut worden ist.«

»Die Zeiten ändern sich«, erwiderte Nick. Er blieb seinem Standpunkt treu. »Ich bin dein Erbe, aber ich lebe in Amerika.«

Welcher Teufel hatte ihn da bloß geritten? So war das nicht geplant gewesen. Er wollte doch gar nicht so lange hierbleiben.

Der Earl trat zum Kaminsims und überprüfte es erneut, als hätte das gerade Gesagte keinerlei Bedeutung. Aber Nick ließ sich nicht täuschen.

Nachdem er sorgfältig über die Holzarbeit gestrichen hatte, drehte sich der alte Mann mit trotzig erhobenem Kinn zu ihm um. »Neun Monate pro Jahr verbringst du hier auf dem Familiensitz.«

»Drei.« *Halt die Klappe, Vane. Halt endlich die Klappe.*

Der Earl zeigte ein hinterhältiges, hochnäsiges, spöttisches Grinsen, was einem Mann seines Alters nicht gut zu Gesicht stand. »Sechs.«

»Nur, wenn die Zitronenlady bleibt … und du endlich Bowhaven ein bisschen aktiver unterstützt.« Wieso verhandelte er für sie? Brooke und er waren kein Liebespaar. Sie waren noch nicht einmal befreundet. Und Bowhaven?

Ein Kaff am Arsch der Welt, dessen Bewohner schuld waren, dass er hier festsaß. Er riskierte einen kurzen Blick zu Brooke, und der kleine Hoffnungsschimmer in ihren Augen traf ihn wie ein Schlag in die Magengrube. Den Blick kannte er. Er war ein-, zweimal selbst so naiv gewesen, sich irgendeiner Hoffnung hinzugeben, ehe er schließlich lernte, dass man immer enttäuscht wurde und es nur ein Rezept dagegen gab: rechtzeitig abzuhauen.

Der Earl zuckte zusammen. »Wie kannst du es wagen, mir Vorschriften …«

»Ja oder nein, Großvater?« Er entspannte die Schultern und stellte die eingeübte Lockerheit zur Schau, die dem Alten wie ein Elektrosummer unter die Haut gehen würde. »Wie wichtig ist dir das Familienerbe denn nun? Mich nämlich interessiert es nicht die Bohne. Ich könnte ebenso gut heute Abend fortgehen und nicht einen Gedanken mehr daran verschwenden.«

»Sechs Monate jedes Jahr, und du tust alles, damit unser Familienname weiterlebt.« Er blickte ihn gebieterisch an. »Wir finden bestimmt eine würdige englische Braut für dich, die im Austausch gegen einen Titel ein Auge auf dein Erbe hat.«

»Keine amerikanischen Bastarde mehr, hm?«, schnauzte Nick zurück.

»Genau«, bestätigte der Earl ohne einen Funken Ironie oder Scham.

»Abgemacht.« Das Wort war heraus, noch ehe er Zeit zum Überlegen gehabt hätte.

Und jegliche Chance, die Sache noch abzuschwächen, verflüchtigte sich, weil in dem Moment die Haushälterin an die offene Zimmertür klopfte, so den Nervenkrieg unterbrach und verkündete, dass das Abendessen serviert sei. Ohne noch irgendjemanden eines Blicks zu würdigen, stampfte der Earl mit erhobenem Kopf und steifen Beinen aus dem Großen Saal.

Wie angewurzelt blieb Nick vor dem Kamin stehen, der jetzt nicht mehr alles einräuchern und die ganze Bude abbrennen würde. *Was zur Hölle ist mir dir los, Nicky?* Er hatte keinen blassen Schimmer, aber offenbar hatte er soeben einen Verwandten erpresst und angedeutet, er werde künftig sechs Monate pro Jahr in diesem düsteren Land verbringen und zudem noch heiraten. Irgendwann. Dieses gerissene alte Arschloch hätte dafür noch eine Frist herausschlagen sollen. So viel zum Thema: Aus dem einen Flieger aussteigen, dem Alten sagen, er könne ihn mal und mit dem nächsten Flieger wieder nach Hause zischen. Das Ganze war eine einzige Katastrophe. Seine Mama hatte ja keine Ahnung, wie viel Glück sie gehabt hatte, dass diese Leute nichts mit ihr hatten zu tun haben wollen.

Ein leises Schniefen riss ihn aus seinen Grübeleien. Brooke, die nahe der Tür stand, durch die der Earl hinausgestürmt war, hatte eine ganz rote Nase und unterhalb der Kehle einen rötlichen Fleck, aber ihr Kinn wagte es nicht zu zittern. Sie holte tief Luft und verwandelte sich vor seinen Augen von einer Frau mit hängenden Schultern, der man, bildlich gesprochen, einen Tritt in die Eier verpasst hatte, zum Inbegriff einer eisernen Lady mit der stolzen Körperhaltung, die dazu gehörte. Hätte er die Veränderung nicht selbst miterlebt, er hätte vermutlich nicht geglaubt, dass im Inneren der Zitronenlady auch nur ein verletztes Gefühl zu finden war. Sie war aus härterem Holz geschnitzt, wie seine Mama gesagt hätte.

Er trat drei Schritte auf sie zu, bevor er überhaupt merkte, dass er in ihre Richtung ging. Warum? Hier galt, was auf alles zutraf, seit er aus diesem verfluchten Flugzeug gestiegen war: Er hatte keinen blassen Schimmer.

Kaum war er in Reichweite, streckte sie ihm die Hand hin, die er ganz automatisch nahm. Sie schüttelte sie so fest, dass es ihm durch Mark und Bein ging. Was jetzt kommen würde, würde ihm nicht gefallen.

»Ich weiß Ihre Geste durchaus zu schätzen«, sagte sie vollkommen emotionslos, »aber ich bleibe nicht, wo man mich nicht will. Danke und viel Glück. Sie geben bestimmt einen hervorragenden Earl ab.«

Sie wollte seine Hand loslassen, aber er hielt sie fest. »Ich will Sie.« *Wo zum Henker kam das jetzt wieder her?* »Ich meine, Sie können mich doch nicht mit dem Alten allein lassen.«

Das klang ruppiger als beabsichtigt, aber im Moment fühlte er sich wie in einem Boot ohne Ruder auf dem See. Erneut zog sie ihre Hand zurück, und diesmal ließ er sie los, wenn auch nur sehr ungern, was ihm gar nicht gefiel.

Sie bog die Finger durch, als hätte sie das Knistern bei ihrer Berührung auch gespürt, schaute ihm aber weiterhin in die Augen. »Der Earl ist Ihr Großvater.«

»Mag sein, aber das heißt nicht, dass ich ihn mögen muss. Der Kerl ist ein Arsch, und er behandelt Sie wie

Scheiße.« Eigentlich konnte ihm das egal sein, das war es aber nicht. »Und wenn ich mit ihm allein sein muss, dann kommen mir sechs Monate wie eine Ewigkeit vor.«

Neugierig musterte sie ihn. »Haben Sie sich deshalb auf seine Bedingungen eingelassen?«

»Nein. Ich ... ich ...« Er rang nach Worten. »Sie sind besser als die Alternative.«

»Ich bin besser, als fortzugehen oder eine schicke Londoner Erbin zu heiraten?«

Das war eine Fangfrage, und er wusste nicht, wie er sich da herauswinden sollte. Deshalb griff er auf jene Art Charme zurück, die bei Frauen so durchschlagende Wirkung hatte. Allerdings nicht bei der, die vor ihm stand.

»Sie wissen schon, was ich meine«, murmelte er.

Sie nickte, atmete tief ein, und erstmals zeigte sich nun ein Lächeln auf ihren Lippen. »Dann habe ich die Wette gewonnen. Und Sie bleiben.«

Die Frau war wie eine Katze, die hinter dem roten Punkt eines Laserpointers her war. Sie gab nicht auf. »Nur sechs Monate pro Jahr.«

Sie trat einen Schritt vor, nicht so weit, dass sie ihn berührt hätte, aber so, dass er die Luftveränderung um sie herum spüren konnte. »Da bringen Sie aber ein schweres Opfer.«

Auf was hatte er sich da bloß eingelassen? Wenn er das nur wüsste! »Im August ist es kalt hier.«

Geht's nicht noch blöder, Nicky?

Sie zog die Augenbrauen hoch. »Laufen Sie gern in Schweiß getränkt herum?«

Nein, allerdings nicht, deshalb wohnte er auch an einem See, in den er sich jederzeit versenken konnte. »Die Leute fahren auf der falschen Straßenseite.«

»Das ist nicht korrekt.« Sie winkte geringschätzig ab, wobei sie mit den Fingerspitzen fast seine Brust berührte und dort eine Spur kleiner Funken über seine Haut zog. »Aber egal, denn wenn wir fahren, sind wir von herrlicher Landschaft umgeben.«

»Am schlimmsten ist das metrische System.« Das stimmte zwar nicht, aber er blieb dabei.

»Und deshalb wird es fast auf dem ganzen Globus verwendet bis auf Amerika?«

Er bewegte sich kaum, war ihr aber plötzlich so nah, dass sie den Kopf in den Nacken legen musste, um den Blickkontakt aufrechtzuerhalten. Dass sie nicht zurückwich, jagte ihm einen freudigen Schauer durch den ganzen Körper. Sein Blick senkte sich auf ihre Lippen. Sie öffnete den Mund, nicht um etwas zu sagen, sondern für einen leisen Seufzer, der ihn direkt in seinem Schwanz traf.

»Britische Frauen sind starrköpfig und glauben, sie hätten immer recht.« Eine ganz besonders.

Sie fuhr sich mit der Spitze ihrer rosa Zunge über die Lippen. »Der Satz, den Sie suchen, lautet: Frauen haben immer recht. Denn ich glaube nicht, dass die Nationalität irgendetwas damit zu tun hat.«

Seine Haut brannte vor Verlangen, den Kopf zu senken und diesen süßen Mund in Besitz zu nehmen. Er verzehrte sich geradezu danach.

»Ich bin mit einem Arsch verwandt, der sich für den

absoluten Herrscher über sein persönliches Reich hält und will, dass ich die Zügel in die Hand nehme.«

»Mein Vater tauft alle seine Renntauben nach Figuren aus den Harry-Potter-Romanen, und die gegnerischen Teams schimpft er Tauben-Muggels. Laut. In aller Öffentlichkeit.« Ihre Halsschlagader pochte nun wie wild, und ihr Blick wirkte verschwommen. »Unsere Familien können wir uns nicht aussuchen. Wir müssen sie nehmen, wie sie sind.«

Die Luft um sie herum knisterte, heiß und voller Versprechungen. An anderen Orten, mit anderen Frauen hatte das stets zu hemmungslosem, leidenschaftlichem Sex geführt. Er taumelte dem Abgrund entgegen und fragte sich, wie unstandesgemäß es wäre, wenn er die Privatsekretärin des Earls gegen den Türrahmen drücken und herausfinden würde, wie korrekt Brooke tatsächlich war. Er würde wetten, dass sie, wenn sie sich gehen ließ, phänomenal war. Gott, das wollte er sehen. Er wollte der Grund dafür sein.

»Ich will nicht bleiben.« Das konnte eine Warnung sein oder ein Versprechen, aber für wen?

Sie legte ihm die Hand auf sein rasendes Herz und zog sie ruckartig wieder weg, als könnte sie gar nicht fassen, was sie gerade getan hatte.

Willkommen im Club, Zitronenlady.

Sie trat nahezu unmerklich einen Schritt zurück, aber ihm entging es nicht. Der zusätzliche Abstand zwischen ihnen erschien ihm meilenweit.

»Was spielt es eigentlich für eine Rolle, ob ich hier arbeite oder nicht? Oder ob der Earl, wie Sie sich ausgedrückt haben, Bowhaven aktiver unterstützt oder nicht?«, fragte sie.

Hätte er die Antwort gewusst, er hätte sie, ohne zu zögern, gegeben. Aber wie die Dinge lagen, reagierte er auf ihr fragendes Starren nur mit einem finsteren Blick.

Das Klick-Klack altmodischer Absätze, die sich vom Esszimmer her über den Flur näherten, sprengte den Moment, und bis Kate, die Haushälterin, es zur Tür geschafft hatte, standen Brooke und er schon rund einen Meter auseinander.

Die Frau, mit den Nerven sichtlich am Ende, blieb stehen und erstattete Bericht. »Im Auftrag des Earls soll ich Ihnen mitteilen, dass der erste Gang des Abendessens bereits kalt wird.« Sie richtete den Blick auf Brooke, und ihre Kehle hüpfte nervös beim Schlucken. »Seine Lordschaft wünscht auch Ihre Anwesenheit, Brooke.«

Die Zitronenlady blinzelte überrascht.

»Tatsächlich?« Nick würde den Sieg davontragen. Der Alte knickte ein wie eine Pappschachtel. Nick gab sich gar nicht erst Mühe, sein Grinsen zu verbergen, als er Brooke den Arm zum Unterhaken hinhielt. »Tja, den Grafen von und zur kalten Suppe dürfen wir nicht enttäuschen.«

13. KAPITEL

Brooke lag wach im Bett, schaute zum Baldachin hoch und zählte im Mondschein, der vom Fenster her ins Zimmer fiel, die Blätter der rosa Blüten. Das Abendessen war merkwürdig gewesen, aber lange nicht so merkwürdig wie das, was danach geschehen war, nachdem Nick und sie die Treppe hinauf zu ihren nebeneinander liegenden Zimmern gegangen waren.

Das *Ding* zwischen ihnen hatte als leises Summen in ihrem Hinterkopf begonnen, sich nun aber zu einem kräftigen Trommeln zwischen ihren Beinen ausgewachsen. Sie presste die Schenkel zusammen und verkrallte die Hände im Laken. Verdammt. Das durfte nicht sein. Sie würde sich nicht zum Bild vom Erben des Earls selbst befriedigen. Denn als das sah sie ihn. Als Erben des Earls. Nicht als Mann mit beeindruckenden Bauchmuskeln und diesem angedeuteten Lächeln, das ihren Mund jedes Mal austrocknen ließ. Ihr verräterischer Verstand begann sofort, sich auszumalen, was er mit diesem Mund alles anstellen könnte. Eine Menge mehr als ihre letzten Freunde, was ohnehin schon eine kleine Ewigkeit her war, sodass sie sich kaum noch daran erinnerte. Das letzte Mal, dass sie ohne Einsatz der eigenen Finger zum Orgasmus gekommen war, lag schon ein Jahr zurück. Damals hatte sie noch in Manchester gewohnt, wo sie grandios bei dem Versuch gescheitert war, sich in der Stadt ein Leben aufzubauen.

Nicht zum ersten Mal seit ihrer Rückkehr wünschte sie sich, es sei einfacher – beziehungsweise überhaupt möglich –, mit jemandem ins Bett zu gehen, ohne dass das ganze Dorf davon erfuhr.

»Au! Scheiße!« Nicks Schmerzensschrei von jenseits der verschlossenen Verbindungstür dröhnte durch ihren ruhigen Flügel von Dallinger Park. Ein lauter Knall und ein dumpfer Schlag folgten. »Verfluchter Dreck!« Dann nichts mehr.

Verdammt. Noch nie hatte sich Stille so bedrohlich angehört.

Brooke war aus dem Bett gesprungen und durch die Verbindungstür gerannt, bevor sie sich auch nur fragen konnte, was sie da tat – was normalerweise folgte, sobald sie nachzudenken begann. Und das sagte so einiges aus.

»So eine Scheiße!« Der laute Fluch kam aus dem dunklen Badezimmer. Sie lief zur Tür und schaltete das Licht ein. Wasser strömte aus dem Heißwasserhahn. Vom Waschbecken stieg eine Dampfwolke auf. Nick hockte auf dem Rand der Badewanne, nur in Boxershorts, und presste den Handballen gegen die Stirn. Sein Gesicht war zu einer wütenden Grimasse verzogen. Gut, sie sollte sich nicht so beeindrucken lassen von dem, was er anhatte, oder eben nicht, aber es war schwer, die honigbraunen Härchen vom Nabel abwärts bis unter den Saum seiner Boxershorts nicht mit Blicken zu verfolgen.

»Haben Sie sich wehgetan?«, fragte sie mit rasendem Herzschlag. »Was ist passiert?«

»Was ist eigentlich los mit diesem Land? Wieso könnt ihr nicht einen einzigen Wasserhahn haben wie der Rest der Welt, sondern braucht einen für heißes und einen für kaltes Wasser?«, schimpfte er und zeigte ihr die linke Hand, die sich rot verfärbt hatte.

Aus ihrer Fantasie gerissen, was sich wohl in den Boxershorts verbergen mochte, stürzte Brooke zum Hahn und drehte ihn ab. »Haben Sie sich verbrannt?«

Er hob den Kopf und zuckte zusammen, dann deutete er auf ein Wandregal oberhalb des Waschbeckens, das für einen ein Meter neunzig großen Menschen zufällig in Stirnhöhe angebracht war. »Nicht so richtig, aber ich habe mir den Kopf angeschlagen, weil ich im Halbschlaf nicht daran gedacht habe, dass es zwei unterschiedliche Wasserhähne gibt.«

Sie stemmte die Hände in die Hüften. »Lassen Sie mal sehen.«

Er rührte sich nicht. »Ist bloß ein Kratzer.«

Sie ignorierte ihn, stellte sich zwischen seine Beine und zog vorsichtig seine Hand von der Stirn weg. Er hatte einen roten runden Fleck mit einer weißen Linie in der Mitte, welche von einem kleinen Schnitt halbiert wurde. Viel Blut gab es nicht zu sehen, aber ...

»Sie sollten vielleicht ins Krankenhaus fahren, um überprüfen zu lassen, ob das genäht werden muss oder ob Sie eine Gehirnerschütterung haben.«

»Ich gehe in kein Krankenhaus. Das muss nicht genäht werden. Ich weiß aus sicherer Quelle, dass Frauen auf Narben stehen. Und Gehirnerschütterung habe ich keine. Die Symptome kenne ich von früher, das hatte ich schon mal. Also keine Sorge.«

Jetzt hatte sie also den handfesten Beweis, dass Macho-Sturheit mühelos internationale Gewässer überquerte. »Spielen Sie nicht den Helden und lassen Sie es anschauen.«

Er reckte den Kopf an ihr vorbei und schaute kurz in den Spiegel. »Ein Pflaster reicht, mehr brauche ich nicht.«

»Seien Sie nicht so stur«, sagte sie kopfschüttelnd.

»Doch, genau so stur bin ich. Und wenn Sie mich nicht über die Schulter werfen und ins Krankenhaus schleppen, gewinne diesmal ich.«

Sie gestand sich nur ungern ein, dass er recht hatte, aber zwingen konnte sie ihn nicht. »Sie sind unausstehlich.«

Er zuckte mit den breiten, nackten Schultern. »Das höre ich öfter.«

Okay, das war zu viel Ablenkung. Sie blickte ihm fest in die Augen, statt sich jeden muskelgestählten Millimeter seines Körpers einzuprägen, um alles später, wenn sie wieder allein im Bett lag, aus dem Gedächtnis hervorzuholen und sich daran zu erfreuen. *Würg! Was soll das, du dämliche Kuh? Er ist verletzt. Er ist der zukünftige Earl. Er ist heiß wie ein Schürhaken ... und wäre es nicht nett, seinen Schürhaken zu sehen?* Wieso drifteten ihre Gedanken in diese Richtung? Und warum unterstützte ihr Körper ihre lüsternen Fantasien auch noch, indem er weich und fest, feucht und schmerzhaft wurde, und das alles gleichzeitig? Das war nicht fair.

»Na schön«, sagte sie und trat den Rückzug an, ehe sie dem Ruf der Pheromone und außer Kontrolle geratenen Hormone folgen konnte. »Bin gleich zurück.«

Mit klopfendem Herzen und flauem Magen sprintete sie in ihr Zimmer. Der Erste-Hilfe-Beutel lag in ihrem Koffer, unter der Unterwäsche, wo sie ihn immer aufbewahrte. Das hatte sie sich in Manchester angewöhnt, als sie geglaubt hatte, Reggies nächtlichen Anrufe wären spontaner und romantischer Natur, während sie tatsächlich seiner Faulheit und einem Gefühl, dass er das Recht dazu habe, entsprangen. Irgendwie hatte sie gedacht, der Notfallbeutel mit den Sicherheitsnadeln, dem Verbandszeug, dem Fleckenreiniger, den Kondomen und anderen »Man weiß ja nie was kommt«-Utensilien würde sie weltoffener machen, würde sie nicht mehr wie ein Mädchen vom Land, weit weg von zu Hause, erscheinen lassen, das erst merkte, wie sie von der großen gleichgültigen Stadt verschluckt und zermalmt wurde, als es zu spät war.

Jetzt war allerdings nicht der richtige Zeitpunkt, sich in trübseligen Erinnerungen zu verlieren. Sie zog den kanariengelben Kulturbeutel heraus und wollte zurück in Nicks Bad. Nach nur zwei Schritten in seinem Zimmer blieb sie abrupt stehen.

Nick saß auf dem Bett. Der Schein des Vollmonds war die einzige Beleuchtung, aber die reichte, um ihr eine unanständig gute Sicht auf ihn zu gewähren. Seine Hände lagen auf den muskulösen Schenkeln, die Füße standen flach auf dem Boden. Er beobachtete sie. Rasch warf sie einen Blick auf die Wunde an seiner Stirn, die nicht mehr blutete und wo sich bereits eine Beule bildete. Das reichte nicht, um ihn zum Krankenhaus zu überreden, aber dass es wehtun musste, war klar ersichtlich.

Entgegen jeder Vernunft senkte sie den Blick von der kleinen Beule über die dunklen Stoppeln an seinem markanten Kinn und die hellbraunen, flachen Brustwarzen zu seinem durchtrainierten Bauch. Sie hätte diesen Mann die ganze Nacht betrachten können – wäre er nur ein *anderer* Mann gewesen, dann hätte sie viel mehr tun können, als ihn nur anzuschauen. Aber wie die Dinge nun einmal lagen, musste sie ihre Arbeit machen, und jetzt hieß das, ihm ein Pflaster zu verpassen.

»Sie haben zufällig immer eine Erste-Hilfe-Ausrüstung bei sich?«, fragte er.

»Selbstverständlich.« Sie zog den Reißverschluss des Beutels auf und trat einen Schritt vor, wodurch sie erneut zwischen seinen Beinen stand.

»Sie wären ein hervorragender Pfadfinder gewesen.«

»Pfadfinderin. Und ich war wirklich toll.« Sie verkniff sich ein Lächeln, als er die Hände flach auf die Knie legte, den Kopf hob und die Augen schloss. »Na los, und keine falsche Rücksichtnahme.«

Zu sehen, wie wohl er sich in seiner Haut fühlte, jagte ihr einen Stromstoß durch den gesamten Körper. Okay, jetzt reichte es. Sie musste jemanden finden, den sie in aller Stille vögeln konnte, sonst würde sie in seiner Nähe noch per Selbstentzündung in Flammen aufgehen.

»Alles klar, Zitronenlady?«, fragte er, immer noch mit geschlossenen Augen, sodass seine langen Wimpern auf den Wangen ruhten.

»Natürlich.« Mehr als nur ein bisschen aus der Bahn geworfen, holte sie ein Antibiotikum aus dem Beutel, riss die Folie auf und erstarrte. Sie erkannte ihren Fehler in dem Moment, als ihr der Kirschduft in die Nase stieg. Nick schnüffelte, beugte sich vor und schlug die Augen auf. »Was riecht da so?«

»Nichts.« Entsetzt wollte sie das Ding ganz nach unten in ihren Beutel stopfen, aber da hatte er es ihr schon entrissen.

Er hielt das Tütchen gegen das Mondlicht. Sie sah plötzlich nur noch die Illustration auf der Verpackung, zwei Kirschen bedeckt von Lippenstiftküssen. Konnte sich nicht der Erdboden auftun und sie verschlingen? Konnte nicht das Schwerkraftgesetz aufgehoben werden, damit sie ins Weltall gezogen und vom nächsten Schwarzen Loch verschluckt wurde?

Nick immerhin schaffte es, nicht zu grinsen, als er mit deutlicher Aussprache den Produktnamen ablas: »Essbare Gleitcreme mit Kirschgeschmack.« Er zuckte mit den Schultern. »Ich persönlich stehe ja mehr auf Erdbeeren, aber jedem das Seine beziehungsweise jeder das Ihre.«

Sie hielt ihm die offene Hand hin, froh, dass sie nicht zitterte. Wenigstens nicht allzu sehr. »Kann ich das wiederhaben? Bitte.«

Jetzt grinste er auf diese sexy Art, die besagte *Mir gefällt deine Denkweise.* Ihr stockte der Atem.

»Was haben Sie denn sonst noch in dem Beutel?«

Pflaster. Brandschutzsalbe. Einen Dreier-Pack Kondome. Das Übliche. »Geht Sie nichts an.«

»Ganz wie Sie wollen, Zitronenlady.« Er drückte ihr das Kunststoffrechteck in die Hand und löste so einen Gefühlsaufruhr in ihr aus, der ihren ganzen Körper erfasste. Entschlossen, diesen peinlichen Moment mit Dreistigkeit zu überspielen, faltete sie das Plastikteil zusammen und steckte es in den Kulturbeutel – die Gleitcreme würde sie später entsorgen –, holte dann eine weitere rechteckige Folie heraus, las die Beschriftung dreimal, um sicherzugehen, dass sie diesmal wirklich das Antibiotikum erwischt hatte, und riss sie auf. »Legen Sie den Kopf zurück, dann trage ich das auf. Kann sein, dass es ein bisschen brennt.«

»Hauptsache, danach wird es besser.«

»Machen Sie jetzt oder muss ich darauf bestehen, Sie ins Krankenhaus zu fahren?«

»Ich bin brav, solange Sie darauf bestehen.«

Den letzten Teil überhörte sie einfach, anders als ihr Körper, und drückte ihm die milchige Flüssigkeit auf den Riss an der Stirn. Er verzog leicht den Mund, gab aber keinen Laut von sich. Als Nächstes holte sie das Wundpflaster heraus, stellte sich ein wenig anders hin, um besser sehen zu können, schnitt das Pflaster so zu, dass der klebrige Teil nicht auf dem Schnitt landete, und drückte es ihm auf die Stirn. Sein kurzes, leises Stöhnen, das sie deutlich an ihrer Brust spürte, rief ihr in Erinnerung, dass sie sich zwischen seinen Beinen befand und er nur mit Boxershorts bekleidet war und sie lediglich mit dem weichen Baumwollpyjama aus Tanktop und kurzer Hose, der vom vielen Waschen schon ganz fadenscheinig war. Gelüste regten sich warm und sanft in ihrem Bauch.

»Gleich geschafft.« Mist, ihre Stimme klang belegt. Rasch drückte sie das Pflaster fest.

Als er nichts sagte, senkte sie den Blick. Er schaute sie gar nicht an, jedenfalls nicht ihr Gesicht. Ihre harten Brustwarzen drückten sich direkt vor seinen Augen durch das dünne Gewebe des Tanktops. Sie schob es auf die Kälte, doch ihr Körper war heiß, beinahe überhitzt, und das hatte nichts mit der Temperatur zu tun.

Ein leises Stöhnen drang an ihr Ohr, sanft und bedürftig. Es dauerte eine Sekunde, bis sie merkte, dass das Geräusch von ihr kam. Er ballte die Hände auf den Knien zu Fäusten – die Knöchel traten weiß hervor, als er zu ihr hochschaute, die dunklen Augen so voller Begierde, dass sich ihr Innerstes weiter verkrampfte.

»Bitte sag mir, dass ich nicht mehr brav sein soll«, hauchte er. Sein Atem an ihrer Brust fühlte sich wie eine richtige Berührung an.

»Lieber nicht.« Sie musste sich das oft genug vorsagen, dann würde sie es nicht vergessen.

»Aber du willst?«, fragte er.

Ja. »Die Frage darf ich mir gar nicht erst stellen.«

Er fuhr mit dem Daumen über ihren Schenkel bis zum Spitzenrand ihrer kurzen Schlafanzughose und hinterließ dabei eine glühende Spur auf ihrer Haut. »Warum nicht?«

»Wir kennen beide die Antwort.«

Am liebsten hätte sie sich rittlings auf ihn gesetzt, einen Lapdance hingelegt und sich so fest auf seinem Schoß gerieben, dass sein Schwanz gegen jeden empfindlichen Punkt zwischen ihren Beinen drückte. Sie hätte ihn gern in sich aufgenommen, sich mit den Händen auf seinen

Bauchmuskeln abgestützt und sich langsam auf und ab bewegt. Sie wäre gern in seinem Bett unter ihm gelegen, die Wand im Rücken, oder auf Händen und Knien, während er in sie stieß, wie sie es sich ersehnte, jedes Mal wenn sie mit den Fingern zwischen ihre Schenkel fuhr.

»Brooke.« Er ließ ihren Namen wie ein unanständiges Versprechen und eine verzweifelte Bitte gleichzeitig klingen.

Die Bitte hätte sie nur zu gern erfüllt. Das durfte nicht sein. Undenkbar. Verführerisch. Was für eine Versuchung! Noch ehe sie wusste, was sie tat, strich sie mit den Fingern über seine Kieferpartie und spürte seine Bartstoppeln an ihrer zarten Haut. Er erwiderte die Berührung nicht, wartete – geduldig, verlockend, zuversichtlich –, überließ ihr die Führung, als wüsste er bereits, was sie als Nächstes sagen würde. In seinen Augen lag kein Triumph, sondern reine Sehnsucht nach ihr. Es war wie ein Brandbeschleuniger, und gleich würde sie in Flammen aufgehen.

Sie strich über seinen Hals, seine kräftigen Schultern. Ihr war, als hätte sie ihre Entscheidung schon vor ewiger Zeit getroffen, würde sich das aber erst jetzt eingestehen. »Niemand dürfte je davon erfahren.«

»Es gibt niemanden, dem ich davon erzählen könnte.«

Die nachgiebigen Härchen auf seinen Bauchmuskeln kitzelten sie, als sie weiter den Körper des Mannes erkundete, der sie zu geheimen Fantasien anregte, seit sie die ersten Fotos des Privatdetektivs gesehen hatte. »Es darf nicht mehr als Sex sein, und nur dieses eine Mal.«

Nun gut, das war mehr an sie selbst gerichtet als an Nick. Jemand wie er hätte sicherlich kein Problem, Orgasmen von etwas Weitergehendem zu trennen.

»Ich bin ohnehin nicht lange hier.« Er streckte die Finger und ballte die Hände dann wieder zu Fäusten, ohne sie von den Knien zu nehmen. »In ein paar Monaten bin ich wieder in Virginia.«

»Ich gebe nicht auf, aus dir den Earl zu machen, den Bowhaven braucht.« Das konnte sie nicht. Es stand zu viel auf dem Spiel.

»Das habe ich auch nicht verlangt«, erwiderte er. Seine Lider zuckten, und als sie mit der Hand seinen Bauchhärchen weiter nach unten folgte, schloss er kurz die Augen. »Damit hat das gar nichts zu tun.«

Sie zögerte, als sie den Rand seiner Boxershorts erreicht hatte. Ihre Brustwarzen waren so hart, dass sie schon schmerzten. »Nick ...«

»Oh Gott! Ich liebe es, wie du meinen Namen aussprichst.«

Allein seine fast schon gegrollten Worte ließen ihre Klitoris in freudiger Erwartung erbeben, er aber machte noch immer keine Anstalten, sie zu berühren. Sie wusste auch, warum. Sie sollte den ersten Schritt machen, die Kontrolle behalten, ihm zeigen, wie sehr sie ihn begehrte. Das versetzte sie in eine Position der Stärke, war aber gleichzeitig sexuell frustrierend.

»Nick.« Sie legte ihm beide Hände auf die Schultern und schubste ihn rücklings auf das Bett. Dann tat sie, was ihre Fantasie seit dem ersten Bericht des Privatdetektivs über einen gewissen Nick Vane beschäftigt hatte. Sie stieg auf das Bett und setzte sich mit gespreizten Beinen auf seinen Schoß. »Hörst du jetzt auf, brav zu sein?«

»Zitronenlady.« Er packte sie an den Hüften und schwang sie auf den Rücken. »Ich dachte schon, du würdest nie fragen.«

Er senkte den Kopf, sein Mund nur Zentimeter vor ihrem, so nah, dass sie ihn spüren konnte, ohne ihn tatsächlich zu berühren. Letzte Chance, einen Rückzieher zu machen? Davonzulaufen? Egal, sie würde jetzt nirgendwohin gehen. Eine winzige Bewegung reichte, und schon küsste sie ihn, während er ihr gleichzeitig seinen harten Schwanz gegen den Unterleib drückte, genau dahin, wo sie ihn haben wollte.

14. KAPITEL

Falls sein Kopf noch immer so wehtat, als hätte ihn irgendein Kerl mit einem Vierkantholz als Gong benutzt, dann spürte es Nick jedenfalls nicht. Alles, was er spürte, waren Brookes warme Lippen auf seinen und die sanfte Rundung ihrer Taille, die eine sagenhafte Hitze ausströmte. Selbst mit seiner Boxershorts und ihrem winzigen Höschen als Barriere zwischen ihnen brannte ihre feuchte Hitze auf seinem Schwanz. Warum ihre Kleidung nicht in dem Moment, als er sich zwischen ihre Beine versenkte und sich an ihr rieb, in Flammen aufging, wusste er nicht. Erst recht nicht, als sie in seinen Mund stöhnte und ihre Zähne über seine Unterlippe strichen. Aha, das gefiel jemandem. Er wiederholte die Bewegung, nur diesmal so, dass er mit der Eichel über ihre Klitoris streifte. Sie presste sich an ihn, ließ den Kopf auf das Kissen sinken und gab ein lustvolles Stöhnen von sich, das seine Eier kribbeln ließ. Ja, dieses Geräusch hörte er gern von der ansonsten so verspannten Zitronenlady.

»Ich könnte praktisch nur von deinem Stöhnen kommen«, sagte er und küsste sich ihren Hals entlang bis zur empfindlichen Stelle ganz unten.

Sie schob ihm das Becken entgegen und rieb sich an ihm. »Ich brauche dafür ein bisschen mehr.«

Er gluckste. »Keine Bange. Das bekommst du.«

Er streifte ihr den schmalen Träger ihres Tanktops über den Arm, bis das kleine Dreieck, das ihre Brüste bedeckte, so weit herabrutschte, dass ihre harte Brustwarze bloß lag. Sanft fuhr er mit dem Daumen darüber. Als sie stöhnte, wiederholte er die Bewegung, bis ihre Haut ganz rot vor Verlangen war. Dann beugte er sich hinunter und saugte die Brustwarze in den Mund. Sie hatte die Hände in seinen Haaren verkrallt und drückte seinen Hinterkopf auf ihren Leib, damit er weiter ihre empfindliche Stelle reizte.

»Nick, bitte«, flehte sie.

»Mehr oder weniger?«, fragte er zurück und betete, sie möge nicht weniger wollen, denn er konnte von ihr gar nicht genug bekommen.

»Alles«, sagte sie, ihre Stimme von Wollust bebend. »Jetzt gleich.«

»Noch nicht, Zitronenlady. Ich will auch meinen Anteil haben, deine Haut schmecken, meine Zunge zwischen deinen Schenkeln vergraben. Ich möchte, dass du auf meiner Zunge kommst, ehe ich meinen Schwanz in dir versenke.« Das alles wollte er. »Wie wär's, wenn ich mich mal um die andere Seite kümmere?«

Diesmal ließ er sich Zeit, so viel, dass seine Hand fast schon zitterte. Vorsichtig streifte er den zweiten Träger des Tanktops nach unten. Irgendwie hatte es etwas Verbotenes, die Zitronenlady, die sonst so etepetete war, völlig aufgelöst zu erleben, wie sie da auf seinem Bett lag, stöhnte und sich an ihm rieb, während er ihre Brustwarzen bearbeitete und ihre Erregung so weit steigerte, dass er ihr leise Lustschreie entlockte. Ihre Fingernägel bohrten sich in seinen Hintern, sie verhakte die Beine hinter seinen Schenkeln und hielt ihn so fest, als hätte sie Angst, er könnte sich jeden Moment aus dem Staub machen.

Er wirbelte mit der Zunge über ihre Brustwarzen und drückte seinen Schwanz gegen ihr feuchtes Zentrum. Scheiße. Das machte ihn fix und fertig. Wenn er seinem pochenden Schwanz keine Pause gönnte, würde er in seiner Unterwäsche kommen. Es wäre toll, wenn er und Brooke gleichzeitig kämen, aber in ihr zu kommen, wenn sie sich um ihn zusammenzog, wäre noch viel toller. Also löste er sich aus der angenehmen Umklammerung ihrer Beine, rutschte abwärts, nahm dabei ihr Tanktop mit, bis es ihr über die Hüften glitt, und zog ihr auf einem Weg auch gleich noch das Höschen aus. Er schleuderte die Kleidungsstücke vom Bett und setzte sich auf die Fersen, um die Frau, die mit gespreizten Beinen vor ihm lag, zu betrachten.

»Gott, wie schön du bist. Ich könnte dich die ganze Nacht anschauen.«

Sie ließ die Hand über ihren Körper gleiten, über ihre vollen Brüste, durch die blonden Locken ihres Schamhaars. Das Haus könnte explodieren, und er würde den Blick nicht von ihr abwenden.

»Bitte sag mir, dass ihr es in Amerika in solchen Situationen nicht beim bloßen Anschauen belasst, sonst muss ich mich bei den Vereinten Nationen beschweren.« Sie zog die Finger zwischen ihren Beinen weg und leckte sie ab.

»Du hast ein ganz schön loses Mundwerk, Zitronenlady.« Sein Mund dagegen war wie ausgetrocknet. Die Vorstellung, die sie ihm bot, überforderte ihn.

Sie setzte sich auf und griff zum Gummiband seiner Boxershorts. »Du kannst mir gern was anderes zu schmecken geben.«

»Das habe ich auch vor, das kannst du mir glauben.« Und zwar jetzt sofort.

Er drehte sie auf die Seite und legte sich so verkehrt herum neben sie, damit er mit dem Mund perfekt an ihr feuchtes Zentrum herankam. Wie ihre blonden Löckchen vor Begierde glitzerten! »Heb bitte ein Bein an.« Er erkannte seine Stimme kaum. Sie klang wie die eines Manns am Rande des Zusammenbruchs.

Sie knickte ein Bein ab und stellte den Fuß so auf die Matratze, dass er vollen Zugang hatte. Gleichzeitig nahm sie seinen vibrierenden Schwanz in die Hand und leckte seine Eichel. Sein ganzer Körper zog sich zusammen.

»Brooke.« Es klang gleichzeitig wie ein Fluch und ein Gebet.

Die einzige Antwort war »hmmm«, während sie ihn tiefer in ihren heißen Mund nahm. Das reichte, dass sich sein Blick trübte. Okay, wenn er die Sache verlangsamen wollte, war diese Stellung nicht die beste Idee gewesen, aber jetzt gab es kein Zurück mehr. Schon gar nicht, wenn sie mit ihrer Zunge so weitermachte. Er musste sich ranhalten, dafür sorgen, dass sie die Kontrolle verlor.

Seinen Fingern folgend versenkte er den Kopf zwischen ihren Beinen, fuhr mit der Zunge über ihre Klitoris und genoss das Stöhnen, das er an seinem Schwanz spürte. Das

reichte allerdings noch nicht. Er wollte spüren, wie sie mit den Lippen um seine geschwollene Eichel kam. Er spreizte ihre Schamlippen und konzentrierte sich, soweit ihm das möglich war, voll auf sie. Er leckte, saugte, streichelte sie, ließ einen, dann zwei Finger tief in sie gleiten, erregte sie weiter und weiter, bis ihre Schenkel zu zittern anfingen.
»Nick«, keuchte sie, die Eichel an ihrer Unterlippe, »Hör nicht auf.«
Das hatte er ohnehin nicht vor, nicht wenn er sie schon so weit hatte. Sie konnte sich ganz ihrem Gefühl hingeben. Sie kam dem Höhepunkt näher und näher, aber in seiner jetzigen Position war es unmöglich für ihn, ihr Gesicht zu sehen. Er orientierte sich deshalb an der Intensität ihres Stöhnens und dem Zittern ihrer Schenkel. Als sich ihre Muskeln um seine Finger zusammenzogen, nahm er den Mund von ihrer Klitoris, aber nur lange genug, um eine Bitte zu äußern.
»Leck mich!«
Und das tat sie, nahm ihn so weit in sich auf wie möglich. Dann zogen sich ihre Muskeln eng um seine Finger zusammen, und sie kam. Ihr ganzer Körper wölbte sich ihm entgegen. Ihr Luststöhnen vibrierte gegen seinen Schwanz. Seine Hoden zogen sich zusammen. Er litt köstliche Qualen. Dies übertraf all seine Fantasien, die ihn nachts heimgesucht hatten, wenn er seine Eier geknetet und sich einen runtergeholt hatte, während sie im Zimmer nebenan im Bett lag.
»Oh mein Gott!« Sie rollte sich auf den Rücken. Ihr Atem ging stoßweise. »Das war genau, was ich gebraucht habe.«

Er drehte ihren erschlafften Körper herum, bis sie sich von Angesicht zu Angesicht gegenüber lagen. Er konnte der Versuchung ihres leicht offenen Munds nicht widerstehen und küsste sie auf die Lippen.

»Stets zu Diensten«, sagte er zwischen langen, gemächlichen Küssen.

»Ach, du bist noch nicht fertig.« Ihre Fingerspitzen glitten seinen Körper hinab.

Allein die freudige Erwartung, wohin ihre Hand unterwegs war, ließ seine Eier schmerzen. »Nicht?«

Ihre Hand schloss sich um seinen Ständer. »Ich habe Kondome.«

Die Frau mochte ja verspannt, rechthaberisch und stur wie ein Esel sein, aber wenn sie sich mal gehen ließ, gab es kein Halten mehr. Und das gefiel ihm.

»Ich hoffe, du hast genug davon.« Nick liebkoste ihre Brustwarze, die sich prompt aufrichtete. »Ich kann es kaum erwarten, dass du um meinen Schwanz herum kommst. Wieder und wieder.«

Brooke strich mit den Lippen über sein Kinn und fuhr mit der Hand seine Erektion entlang, sodass seine Bitte, weiterzumachen, aber langsamer, nur als verzweifeltes Stöhnen zu vernehmen war. Was sollte sie sagen? Die Kontrolle zu haben, ihm etwas zu geben, das ihn so sehr anmachte, das hatte etwas. Sie beugte sich vor, küsste seine breite Brust und arbeitete sich von den Muskeln zu seinen Brustwarzen vor. Die Versuchung, sich abwärts zu orientieren, war gewaltig, aber das wollte sie nicht. Jedenfalls noch nicht.

»Leg dich auf den Rücken.«
Ein ironisches Glucksen rollte aus seiner Brust über ihre Lippen, aber er gehorchte. »Du bist also im Bett und außerhalb herrschsüchtig.«
»Das kannst du glauben.« Sie setzte sich auf und spreizte seine Schenkel. Dann holte sie aus ihrem Notfallbeutel, der auf dem Nachtkästchen lag, ein Kondom.
»Und wenn ich führen will?«, fragte er und ließ die halb geöffneten Augen über ihren nackten, festen Körper schweifen.
»Du musst warten, bis du dran bist.« Sie blickte ihn herausfordernd an, riss die Folie auf und zog das Latex-Kondom heraus.
»Bist du immer so gnadenlos?« Die Frage kam selbstsicher und großspurig heraus, bis auf das letzte Wort, das fast unterging, weil sie in dem Moment das Kondom mit großer Sorgfalt über seinen Schwanz rollte.
Sie versuchte gar nicht erst, ihr Grinsen zu verbergen. Sex machte zu viel Spaß, um ihn nicht zu genießen. »Wenn ich weiß, was ich will, dann ja.«
Sein Kinn zuckte, ansonsten rührte er sich nicht. »Und was willst du?«
»Das hier.« Sie knickte in den Hüften ein wenig ein und schob sich über seinen Ständer, bis er ganz in ihr war. *Oh mein Gott, ja, das ist der Wahnsinn.* Sie ließ den Kopf in den Nacken fallen und biss sich auf die Unterlippe. Sie hatte schon zu lange keinen Sex mehr gehabt, denn Nick konnte sich unmöglich derart gut in ihr anfühlen, obwohl ja genau das Sinn und Zweck von Sex war.
Kurz darauf legte er ihr die Hände an die Hüften und

zog sie nach vorne, sodass sich ihre Klitoris bei jedem Stoß an ihm rieb. »Berühr deine Brüste!«

»Und wer gibt hier jetzt Befehle?«, fragte sie, aber da hatte sie die Hände auch schon um ihren Busen gelegt.

Als sie begann, mit den Fingern ihre Brustwarzen zu kneten, stöhnte er auf und vergrub die Fingerspitzen in ihren Hüften. Aha, das gefiel ihm offenbar. Ohne sein Gesicht aus den Augen zu lassen, hob und senkte sie sich um seinen Ständer. Ihre Schenkel taten schon weh, gleichzeitig aber jagten die Bewegungen Schauer der Lust durch ihren ganzen Körper. Sie zwickte sich in die Brustwarzen und zog heftig daran.

Seine braunen Augen verdunkelten sich von einem so tiefen Lustgefühl, dass das Signal direkt in ihrer Klitoris ankam. »Jetzt bin endgültig ich an der Reihe.«

Ohne sich von ihr zu lösen, wand er sich unter ihr hervor und legte sie rücklings auf die Daunendecke. Er war nun auf den Knien, ihre Beine links und rechts von seiner Taille. Ja, das war's. Er hob die Hüften an, immer höher, packte ihre Hinterbacken, drückte mit den Fingern gerade so fest zu, dass ihre Lust zusätzlich beflügelt wurde, und schob sich in sie, dass ihr der Atem stockte.

»So eng, so feucht, so heiß«, keuchte er und stieß immer weiter zu. »Du fühlst dich so gut an!«

Wenn sie in dem Moment ein Wort herausgebracht hätte, hätte sie das Kompliment erwidert, aber wie die Dinge lagen, war sie sich nicht einmal sicher, dass sie die Sprache der Queen noch beherrschte. Sie war längst jenseits von Gut und Böse.

Ohne aus dem Rhythmus zu kommen, ließ er ihren Hintern los und hob sie hoch, bis ihre Brüste seine Brust berührten. Sie schlang ihm die Arme um den Hals und erwiderte seine Stöße mit kreisenden Hüftbewegungen. Sie näherte sich dem Orgasmus und ließ sich ein wenig zurücksinken, wodurch sein Schwanz mit jeder Bewegung ihre empfindlichsten Nerven streifte.

Er gab ein besitzergreifendes Knurren von sich. »Schau nur, wie feucht du meinen Schwanz gemacht hast.«

Sie richtete den Blick nach unten und sah sich auf ihm, was so ziemlich der erregendste Anblick ihres Lebens war.

»Nick.« Sie hätte gern weitergesprochen, aber mehr als dieses eine Wort brachte sie nicht zustande. Die Empfindungen in ihrem Unterleib steigerten sich immer mehr, als würde sich in ihr eine Kugel mit der elektrischen Leistung von einem Megawatt bilden, die mit jedem Stoß wuchs. Sie konnte unmöglich irgendetwas tun, außer dem Höhepunkt entgegenzuströmen.

»Sag das nochmal.« Er stieß härter, tiefer in sie hinein.

»Nick.« Keuchend. Flehend. Kurz davor.

»Oh Gott, Brooke, ich komme gleich.« Er legte die Hand zwischen sie beide und rieb mit dem Daumen ihre Klitoris. Rieb und rieb.

Ihre Lust wurde unerträglich. »Oh, mein Gott ...«

Der Orgasmus schoss durch ihren Körper wie eine elektrische Ladung. Nick sank auf die Fersen zurück und zog sie mit sich, hob und senkte sie auf seinen Schwanz, jetzt noch schneller, bis er tief in ihr kam und nur noch sein raues Stöhnen zu hören war.

Sie schwebte und versank gleichzeitig, ließ sich gegen

ihn fallen in der Gewissheit, er würde sie auffangen. Und das tat er auch. Er schlang die Arme um sie und hielt sie fest, während sie beide ermattet auf das Bett sanken.

Vierhundertachtundsechzig Tage später – zumindest kam es ihr so lange vor – kehrte ihr Pulsschlag allmählich zu seiner normalen Geschwindigkeit zurück. Sie glitt von ihm herunter und ließ sich auf die Matratze sinken. Sie hätte schwören können, kein Auge zugetan zu haben, doch kurz darauf registrierte sie, dass sich die Matratze bewegte, weil Nick sich wieder zu ihr legte.

»Wo warst du?«, fragte sie im Bemühen, allmählich wieder zu klarem Verstand zu kommen.

Er packte die Daunendecke und zog sie über sie beide.

»Ich habe das Kondom entsorgt.«

»Ich hatte nicht vor, so schnell wegzunicken.« Sie setzte sich auf. »Ich muss los.«

»Es ist zwei Uhr früh«, sagte er, drehte sich auf die Seite und stützte den Kopf in die Hand, was ihr einen faszinierenden Blick auf seine überaus sexy Brust ermöglichte. »Wieso bleibst du nicht?«

Weil sie sich in dem Moment nichts anderes wünschte. Sie hatte diesem Wunsch schon einmal nachgegeben – dem Kick, bei jemandem zu bleiben, der Charisma hatte und ein Leben führte, von dem sie immer geträumt hatte. Als Ergebnis war ihr das Herz gebrochen worden, worüber alle Klatschblätter ausführlich berichtet hatten, bis sie sich nur noch zurück in die Anonymität gesehnt hatte. Das war der Grund, warum sie nach Bowhaven zurückgekehrt war. Sie hatte ihre Lektion gelernt und würde diesen Fehler kein zweites Mal machen.

Es war allerhöchste Zeit, die außer Kontrolle geratene Situation wieder in den Griff zu bekommen. »Mr Vane …«

Er lachte auf. »So kannst du mich doch unmöglich nennen, nachdem ich dich zweimal zum Orgasmus gebracht habe?«

Auch sie musste nun lächeln. »Ein Gentleman prahlt nicht.« Auch dann nicht, wenn er recht hatte.

»Wer hat dir denn die Lüge aufgetischt, ich sei ein Gentleman?«, erwiderte er und strich ihr verführerisch über den Bauch.

Wenn sie jetzt nicht aus dem Bett – aus *seinem* Bett – aufstand, konnte sie nicht garantieren, dass sie es noch schaffte. Deshalb erhob sie sich und fischte ihr Tanktop und die Shorts vom Boden auf. »Sie sind der zukünftige Earl.«

»Und?« Er schnappte sich ihr Tanktop und entwand es ihr.

Großer Gott … Welch eine Versuchung … Sie könnte sich auf der Stelle wieder hinlegen und … nicht schlafen. Er schien nichts dagegen zu haben. Das Trommeln in ihrer Brust zeigte ihr, dass ihr Körper mit der Idee mehr als einverstanden war. Und genau darum war es unmöglich. »Die Nacht mit der Privatsekretärin des Earls zu verbringen, schickt sich nicht.«

Er setzte sich auf, nun deutlich angespannter. »Aber sie zu vögeln schickt sich?«

»Das ist vulgär.« Und ließ ihre Brüste nach seiner Berührung lechzen. Scheiße. Sie musste ihr Tanktop wieder haben.

»Das stimmt, aber es gefällt dir.« Er senkte den Blick zu ihren aufgerichteten Brustwarzen. »Keiner weiß, was für ein unanständiges Mädchen du bist, oder?«

»Das wird nie einer erfahren.« Sie schlüpfte in die Shorts und hielt ihm fordernd die Hand hin. »In Bowhaven sind alle Klatschtanten. Und wenn ich eins nicht will, dann dass alle darüber tratschen, mit wem ich schlafe.«

Diese Erfahrung wollte sie keinesfalls ein weiteres Mal machen. Nichts war so schlimm, wie das Gesicht deines Freunds, der dich betrogen hat, auf allen Titelblättern der landesweiten Regenbogenpresse zu entdecken. Die Demütigung war niederschmetternd gewesen. Die Reporter hatten sogar ihre Wohnung belagert, um eine Reaktion von ihr zu bekommen. In dieser äußerst peinlichen Lage hatte sie sich zutiefst verletzlich gefühlt.

Nick hielt ihr Tanktop hoch, aber außer Reichweite. »Ich kapiere nicht, warum du nicht bleiben kannst. Du kannst doch von hier verschwinden und musst nie wieder was mit ihnen zu tun haben. So mache ich es mit Riesenarschlöchern. Die können mich alle mal. Das Leben ist zu kurz.«

»Hier ist mein Zuhause.« Als alle ihre angeblichen Freunde sie im Stich gelassen hatten, waren die Menschen von Bowhaven auf ihrer Seite gewesen. Und wie! »Von hier und den Menschen hier könnte ich nie weggehen. Ist das für dich wirklich so einfach?«

»Unbedingt.« Seine gezwungene Gleichgültigkeit klang wie eine Lüge. »Ich lasse mich nicht an die Leine legen. Das ist der Vorteil, wenn man ein uneheliches Kind ohne Familie ist.«

Sie beugte sich vor und stützte sich mit der Hand auf die Daunendecke neben Nicks Taille. So konnte sie nicht nur an ihr Tanktop herankommen, ihre Brüste waren auch in Nicks Reichweite. Sofort schwenkte sein Blick auf sie. Sie ignorierte das leise *Juhu!*, das ihr geiles Inneres ausstieß, und entriss ihm das Tanktop.

»Aber jetzt hast du eine Familie«, widersprach sie. »Und ein Haus. Und ein Dorf, das von dir abhängig ist. Gib ihnen einfach eine Chance. Es sind gute Menschen. Und ich glaube, dass du längst nicht so gleichgültig bist, wie du tust. Im Gegenteil, du kümmerst dich, wenn nötig. Du bist jemand, der Probleme anpackt und löst. Und Bowhaven ähnelt dem Kamin, den du repariert hast. Ein bisschen ramponiert, ein bisschen erschöpft, aber erhaltenswert. Du musst nur aufhören, es als Belastung zu sehen. Betrachte es einfach als Herausforderung.«

Seufzend ließ er sich auf den Rücken fallen. »Du könntest nicht weiter von der Wahrheit entfernt sein.«

Aha, das schmerzte sie jetzt ein wenig in der Brust – was sie sich keinesfalls leisten konnte, wenn es um ihn ging. Gefühle waren verboten – und wenn sie nur vom Schlag »Armes Schätzchen, du verstehst das noch nicht« waren. Das führte zu genau dem Ärger, den sie nicht brauchen konnte, wenn es ihr auch künftig um das Wohl von Bowhaven gehen sollte.

»Gib dem Earl und dem Dorf eine Chance. Dein Großvater ist mürrisch und kontrollsüchtig, aber er hat seine Gründe – vor allem jetzt.« Ihm diese Gründe zu verraten, das stand ihr nicht zu.

Nick rollte sich auf die Seite und klopfte auf den freien

Platz neben sich. »Warum kommst du nicht lieber wieder ins Bett, und ich sorge zum dritten Mal dafür, dass dir ganz anders wird?«

Sie hätte am liebsten geantwortet: »Gern, Sir, wie wäre es mit einem weiteren Orgasmus oder auch mit zwölf?« Stattdessen ging sie zur Tür und beschränkte sich auf »Gute Nacht, Mr Vane«.

»Mir gefällt die Art, wie du ›Nick‹ sagst, viel besser.«

Ihr auch, doch das tat nichts zur Sache. Der heutige Abend war eine Ausnahme, nicht der Beginn von etwas. Das sollten sie am besten beide nicht vergessen. Sie trat durch die Verbindungstür und ließ sie hinter sich zufallen.

15. KAPITEL

Nick wachte auf, mit einem Ständer und allein – zumindest nahm er das an, als er in seine Boxershorts griff, seinen Schwanz packte und sich vorstellte, wie Brookes süßer, warmer Mund näher kam.

»Unterlasse es bitte, dich in meiner Gegenwart selbst zu befriedigen.« Die Stimme des Earls ließ jegliche frühmorgendliche Erregung in sich zusammenfallen.

Nick schlug die Augen auf und zog gleichzeitig die Steppdecke, die um seine Schenkel baumelte, hoch. Der alte Mann stand am Fuß seines Betts und schaute ihn grimmig an. Nick riss sich die Decke bis unters Kinn, wie eine Jungfer in einem Piratenfilm.

»Was zum Teufel tust du hier?«, fragte er. Er fühlte sich ertappt wie ein Teenager, der in eine Socke wichste.

Der Earl entfernte einen unsichtbaren Fussel von seiner Tweedweste. »Dich informieren, dass du zu spät kommst.«

Sein Verstand arbeitete schnell, aber nicht in aller Herrgottsfrühe, und schon gar nicht, wenn sein Großvater ihn dermaßen anstarrte.

»Wofür?«

Der Earl seufzte. »Zwei Mitglieder des Gemeinderats sind hier, um über den Markttag zu sprechen.«

Das war doch völlig unsinnig. »Na und?«

»Als mein Erbe wirst du mich bei den Verhandlungen vertreten.«

Als wäre die Sache jetzt klarer. »Verhandlungen?«

»Hat Ms Chapman-Powell dir gar nichts beigebracht? Die Händler müssen für ihre Verkaufsstände auf der Hauptstraße eine Abgabe entrichten für das Privileg, ihre Waren auf dem Teil der Straße anzubieten, der mir gehört«, sagte er langsam, als spreche er mit einem außerordentlich begriffsstutzigen Kind. »Du wirst die Höhe festlegen und dafür sorgen, dass die Summe bezahlt wird.«

»Und wenn nicht? Soll ich ihnen die Beine brechen?«

Ja klar. Sonst noch was?

»Mach dich nicht lächerlich. Jetzt mach dich fertig und komm nach unten.«

Damit verließ der alte Mann das Zimmer, und Nick war endlich allein. Er fragte sich, wie es so weit hatte kommen können. Statt seines ursprünglichen Plans, dem Earl ordentlich die Meinung zu geigen, sollte er nun sechs Monate pro Jahr hier verbringen und Verhandlungen über Marktstände führen. Er zog seine Jeans an und eins der wenigen Hemden mit Knöpfen, die er besaß. Seit seiner ersten Begegnung mit der Zitronenlady am Flughafen war alles schiefgegangen. Er hätte sich an die Stewardess halten sollen. Besser noch: Er hätte auf der Stelle umkehren und wieder ins Flugzeug steigen sollen. Stattdessen hatte er nun zugesagt, sechs Monate in einem Land zu bleiben, in dem nur fünfmal im Jahr die Sonne schien.

Er saß auf dem Bett und zog sich gerade die Schuhe an, als Brooke klopfte. Woher er wusste, dass sie es war? Weil das leise Summen eingesetzt hatte, das sein Unterbewusstsein immer wahrnahm, wenn sie in der Nähe war. Außerdem kam das Klopfen von der Verbindungstür. Da brauchte man kein Genie zu sein.

»Komm rein«, rief er und band sich die Schuhe.

Er konzentrierte sich auf die Schnürsenkel, bis ein Paar schwarze Absätze in sein Sichtfeld trat. Langsam hob er den Blick, schaute ihre langen Beine entlang zum knielangen schwarzen Rock zur anständigen weißen Bluse. Jetzt hätte er gern eine dieser Röntgenbrillen gehabt, die es früher als Beilage zu Comic-Heften gab und mit denen man Frauen unter die Wäsche schauen konnte. Letzte Nacht im Mondschein hatte er sie ausgiebig gesehen, aber der drängende Wunsch, sie auch im Sonnenlicht nackt zu betrachten, katapultierte sein Gehirn in eine kurze Auszeit.

»Was macht der Kopf?«, fragte sie. Ihre geröteten Wangen straften den kühlen, knappen Tonfall Lügen.

Kopf? Was für ein Kopf? Ihr Blick war nicht auf den Körperteil gerichtet, der sich beim Klang ihrer Stimme schon wieder regte, also nahm er an, sie meinte seine Birne. »Ich werd's überleben.«

»Gut.« Ihre Hand fuhr in Richtung der kleinen Beule an seinem Haaransatz, hielt aber auf halbem Weg inne. Dann trat sie einen Schritt zurück, was den Abstand zwischen ihnen auf gefühlt eine Meile vergrößerte.

»Weißt du, was der Markttag ist?«, fragte sie, jetzt ganz geschäftsmäßig, abgesehen von der Art und Weise, wie sie ihn anschaute.

Da erst sich, dann sie nackt auszuziehen, momentan nicht zur Debatte stand, ging er auf ihre Frage ein. »Keinen blassen Schimmer.«

»Die Dorfbewohner bauen entlang der Hauptstraße Stände auf und verkaufen Kunsthandwerk, Lebensmittel, Blumen und Ähnliches.«

Ihm ging ein Licht auf. »Ein Bauernmarkt also. Aber wieso gehört ein Teil der Hauptstraße zu diesem Anwesen?«

»Das ist einfach so. Die Verhandlungen wegen der Stände sind kompliziert«, sagte sie mit düsterer Miene. Die Zitronenlady hatte derzeit die Oberhand, aber sie machte sich Sorgen. Das war nicht zu übersehen. »Die Parkplätze entlang der Hauptstraße gehören zum Erbe des jeweiligen Earls. Den Ladenbesitzern gehören die Gebäude, dem Earl gehört die Straße. Markttage sind für das Dorf ökonomisch lebenswichtig. Deshalb mieten die Händler die Plätze, um dort ihre Buden aufzustellen. Das Anwesen braucht die Einnahmen, aber die Händler haben nicht viel Geld. Deshalb musst du einen idealen Mittelweg finden.«

»Und du weißt vermutlich, wo ich den finde.« Den idealen Weg zu ihr hätte er schon gekannt, und wie gern hätte er den jetzt beschritten.

Aber das konnte er vergessen. Sie zog ein Blatt Papier aus ihrer Aktentasche und reichte es ihm. »Ich habe ein paar Notizen gemacht.«

Er schaute auf die Zahlen, die sie notiert hatte, und rechnete im Kopf schnell Pfund in Dollar um. Das klang alles recht vernünftig angesichts der Tatsache, dass er keine Ahnung von der ganzen Sache hatte.

»Für so etwas bin ich nicht hergeflogen«, sagte er mehr zu sich selbst, faltete den Zettel mit den Gebührenvorschlägen zusammen, steckte ihn in seine Hosentasche und stand auf.

»Nein«, stimmte Brooke zu. Sie richtete ihm den Hemdkragen, der seiner Meinung nach ohnehin gerade gesessen hatte. »Aber hierfür brauchen Dallinger Park und Bowhaven dich.«

»Und was ist mit dir?« Er stand so nahe bei ihr, dass ihm ein Hauch Sommersonnenschein, den sie als Parfum trug, in die Nase wehte. Vielleicht war es auch sie direkt. »Was brauchst du?«

Sie strich sein Hemd glatt, als könne sie nicht anders, dann trat sie zurück und verschränkte die Hände vor dem Bauch. »Ich muss dafür sorgen, dass die Verhandlungen ein Erfolg werden.«

Dass das ihr Wunsch war, glaubte er gern, aber er bezweifelte stark, dass das alles war, was sie brauchte. Er hatte eine Ahnung von dem weichen Kern bekommen, der sich unter ihrer harten Zitronenlady-Schale befand, aber die letzte Nacht hatte ihm auch bewiesen, wie viel mehr noch in ihr steckte. Was er jetzt wollte – brauchte –, war, noch einmal zu sehen, wie sie sich derart gehen ließ. Wäre er ein anderer Mann, würde er sich fragen, ob das der Beginn von etwas Größerem sein könnte, aber er wusste es besser. Er war seit seiner Geburt darauf konditioniert, dass es nur einen einzigen Weg gab, um in dieser Welt zu überleben: Es musste einem alles scheißegal sein. Denn die Welt war einzig und allein darauf aus, die Leute fertigzumachen. Der Schlüssel zum Glück war, sich so viel zu nehmen wie nur möglich, bevor es hieß: nichts wie weg! Oder bevor er feststellte, dass er wieder allein war.

Dennoch platzten die Worte einfach aus ihm heraus. »Ich führe die Verhandlungen unter einer Bedingung.«

Sie zupfte mit den Zähnen an ihrer Unterlippe und schaute ihn misstrauisch an. »Und die wäre?«

Ja. Gute Frage. *Das hättest du dir vielleicht überlegen sollen, bevor du deine große Klappe aufreißt, Vane.* Sein Blick fiel auf die Ideen, die er sich gestern Abend zu dem Beruhigungs-Hundehalsband aufgeschrieben hatte. »Du hilfst mir bei einem kleinen Problem. Eine Erfindung von mir.«

Im vollen Zitronenlady-Modus zog sie eine Augenbraue nach oben. »Ich wüsste nicht, wie ich dabei helfen könnte.«

»Ich brauche Ablenkung. Etwas, das meine linke Gehirnhälfte auf Trab hält, damit ich mit der rechten das Problem lösen kann.« Und da er momentan angestrengt überlegen müsste, um auf die Quadratwurzel von einundachtzig zu kommen, war er offenbar von der Frau vor ihm, die ihn anschaute, als wäre er leicht verwirrt und sehr gefährlich, komplett abgelenkt. »Zeig mir, was an Bowhaven dran ist, dass du dem Ort so unbedingt helfen willst und es dafür sogar mit dem knurrigen Earl und den lästernden Bewohnern aushältst.«

»Du willst eine Besichtigungstour?«, fragte sie überrascht, aber auf der Hut.

»Nein, ich will Bowhaven aus der Sicht einer Einheimischen kennenlernen.« Vor allem wollte er herausbekommen, was die Zitronenlady in dieser gottverlassenen Gegend von Yorkshire festhielt, wo sie doch überallhin konnte, wo die Leute sie schätzen würden, mitsamt ihrem scharfzüngigen Wesen.

Sie verschränkte die Arme. »Meinetwegen. Aber das muss in aller Öffentlichkeit erfolgen.«

»Warum das denn, Zitronenlady?« Er trat auf sie zu, ohne sie jedoch zu berühren. Nicht dass das eine Rolle gespielt hätte. Auch so spürte er ihre Haut noch unter seinen Händen. »Wem traust du bei einer Privatführung nicht? Mir? Oder dir?«

Sie schluckte, was seine Aufmerksamkeit auf ihren cremefarbenen Hals lenkte, den er vergangene Nacht geküsst und geleckt hatte, bis er bei ihren kleinen Lustschreien fast den Verstand verloren hatte. Das reichte, dass sein Schwanz schon wieder gegen die Hose drängte. Scheiße.

Letzte Nacht hätte nicht passieren dürfen. Nicht weil sie nicht gut gewesen wäre. Im Gegenteil. Sie war fast zu gut gewesen.

»Wir sollten letzte Nacht nicht wiederholen«, sagte sie mit krächzender Stimme.

»Warum nicht?« Ihm fielen im Handumdrehen eine Milliarde Gründe ein, aber die zählten alle nicht, wenn er ihr nah genug war, um seinen Kopf zu senken, ihre samtweiche Haut zu küssen, zu fühlen, wie ihre Brustwarzen unter seiner Berührung hart wurden, und ihre Lustschreie nach mehr zu hören.

»Es würde die Dinge verkomplizieren.« Sie schaute ihn an und fuhr sich mit der Zunge über die Lippen.

Als er das sah, hätte er ihr sofort widersprechen können. Stattdessen stützte er sich mit den Händen links und rechts von ihrem Kopf an die Wand und hoffte, der Ersatz von weicher Haut durch harte Wand würde den Drang, sie zu berühren, dämpfen. Ihre Augenlider senkten sich, während die Spannung zwischen ihnen stieg, als wäre ein Gummiband kurz davor zu zerspringen und sie beide zu treffen.

»Da ist es gut, dass ich nicht an Komplikationen glaube«, erwiderte er mit leise grollender Stimme, die er fast selbst nicht erkannt hätte. »Nur einfache Lösungen.«

»Soll das heißen, ich sei einfach?«, fragte sie mit funkelnden Augen.

»Kein Mensch wäre jemals so blöd, die Zitronenlady einfach zu nennen.«

»Gut.« Sie hob ihr Kinn ein wenig und warf ihm einen Blick zu, welcher besagte, die Entscheidung sei gefallen. Was er auch geglaubt hätte, wäre da in ihren Augen nicht diese Begierde aufgeflammt und in ihrer Stimme diese rauchige Atemlosigkeit angeklungen. »Denn letzte Nacht muss eine Ausnahme bleiben.«

Es war eine Ausnahme, das schon, aber nicht so, wie sie glaubte. Sie war ihm unter die Haut gegangen, und er verstand den Grund dafür nicht. Vermutlich lag es daran, dass er sich als einsamer Amerikaner in diesem englischen Dorf wie ein Fisch an Land fühlte. Er hätte sich zu jedem hingezogen gefühlt, den er als Rettungsanker der Normalität benutzen konnte.

Das Rätsel Brooke Chapman-Powell war zur Hälfte gelöst, also nahm er einen Arm weg, damit sie sich ihm entziehen konnte. »Selbstverständlich. Ganz wie du willst.«

Ein Hauch von Unentschlossenheit flackerte in ihren Augen. Er hätte gewettet, dies war eine der wenigen Situationen in Brookes Leben, wo sie nicht recht wusste, was sie als Nächstes tun sollte. Er konnte nachempfinden, wie unangenehm das war, dennoch würde er es zu seinem Vorteil ausnutzen.

Mit einer gemeinsam nackt verbrachten Nacht würde er sich nicht zufriedengeben – und wenn man sich ihre Reaktion auf ihn anschaute, galt das auch für sie. Der leichteste Weg, sie beide zufriedenzustellen, war, ihrer Anziehungskraft freien Lauf zu lassen, bis es vorbei war. Er konnte sich nicht vorstellen, warum es bei Brooke anders sein sollte – das Leben hatte ihn gelehrt, dass alles immer auf die gleiche Weise endete, dass nämlich er am Schluss allein war.

»Schick mir eine Nachricht, wo wir uns später treffen sollen«, sagte Nick und ging zur Tür, ohne sich noch einmal zu der rotwangigen, verkrampften Zitronenlady umzuwenden, denn sonst hätte er es möglicherweise nicht mehr nach unten zu den Verhandlungen über die Standgebühren am Markttag geschafft. Und dann würde sein Großvater nach oben kommen und etwas noch viel Schockierenderes entdecken als am Morgen.

All die üblichen Verdächtigen hatten sich im Quick Fox eingefunden, und das vertraute leise Stimmengewirr erfüllte den Raum, als Brooke eintrat. Wie gewohnt ließ die Verspannung in ihren Schultern in dem Moment nach, in dem sie die Türschwelle überschritt. Zumindest zu 99 Prozent. Das verbliebene Prozent war einem gewissen Amerikaner geschuldet, den sie den ganzen Tag über in jedem Fenster und in jedem Flur von Dallinger Park zu sehen glaubte, obwohl sie ihn tatsächlich gar nicht mehr zu Gesicht bekommen hatte. Der Mann lenkte sie ab, auch wenn er nicht in der Nähe war. Letzte Nacht war ein Fehler gewesen. Ein großer Fehler. Sie war eine Frau mit einer Strategie. Sie wusste, wie sie vorgehen wollte, und war fest entschlossen, das Dorf zu retten. Mit dem Erben des Earls zu vögeln, passte da nicht hinein, egal wie himmlisch erregend es gewesen war und wie sehr sie sich eine Wiederholung wünschte.

Sie ging an dem Tisch vorbei, an dem Karen und Harry Styron mit Ed Ambrose und zwei anderen alteingesessenen Bowhavenern saßen und sich Geschichten über glorreiche Zeiten vor der Fabrikschließung erzählten, und weiter zum Ende des Tresens, wo Daisy stand, vor sich ein aufgeschlagenes Buch.

Ihr Dad stellte ihr augenzwinkernd ein Pint Ale hin und kehrte dann zurück zu Daniel Winter, der mit einem Pint Stout und seiner üblichen mürrischen Miene am anderen Ende des Tresens saß, um sich zweifellos weiter mit ihm über Tauben zu unterhalten. Daniel war der wortkarge Yorkshire-Mann schlechthin. Sollte er jemals einen Sechser im Lotto haben, würde er sagen, es ginge ihm »So lala«.

»Wie läuft es mit dem heißen Erben?«, fragte Daisy, die ihre Schwester im Spiegel betrachtete.

Brooke hatte geglaubt, im Pub wäre es so schummrig,

dass ihre geröteten Wangen nicht auffallen würden, aber da hatte sie sich wohl getäuscht.

»Oh!«, rief Daisy mit großen Augen und einem Lächeln auf den Lippen. »Du hast ihn flachgelegt.«

»Mach dich nicht lächerlich.« Brooke nahm einen ordentlichen Schluck von ihrem Ale, weil sie schon immer eine miserable Lügnerin gewesen war.

»Hör auf, mich anzuflunkern.« Daisy klappte ihr Buch zu und rutschte näher zu ihr hin. »Erzähl mir alles haarklein.«

Brooke lag schon eine stark bereinigte Beichte auf den Lippen, da bemerkte sie aus den Augenwinkeln heraus neben Daisy eine Bewegung.

»Worüber?«, fragte Riley und schaffte es, seinen massigen Körper in den schmalen Spalt zwischen Daisy und der Wand zu schieben.

»Sie ...«

»Daisy!«, schrie Brooke auf. Ihr Gesicht fühlte sich an, als würde es gleich in Flammen aufgehen.

»Spielverderberin.« Daisy zwinkerte ihr zu, auf die gleiche Art wie ihr Vater vorher, und wandte sich dem Mann zu, der so offensichtlich auf sie stand, dass es manchmal schon wehtat.

Nicht dass Daisy das aufgefallen wäre. Normalerweise entging ihr nichts – weder bevor noch nachdem sie ihr Gehör verloren hatte –, aber wenn es um Riley McCann ging, war sie ein hoffnungsloser Fall. Ein paar Minuten schaute sie den beiden beim Plaudern zu, während ihr Dad die nächste Runde zapfte. Als er die Pints hinstellte, ließ Riley eins für Daisy stehen und trug die übrigen

Gläser an den Tisch, wo seine Kumpels warteten, völlig vertieft in eine Diskussion über ein anstehendes Spiel. Daisy blickte Riley nach, bis dieser sich hingesetzt hatte, dann wandte sie sich wieder Brooke zu und schüttelte den Kopf. »Riley ist zwar einer meiner besten Freunde, aber ich hätte ihm nie verraten, dass du mit dem Amerikaner gevögelt hast.«

Brooke ging darauf nicht näher ein, sondern wechselte sofort zu einem Thema, das ihre Schwester ablenken würde, ehe sie sich nach weiteren Details erkundigen konnte. »Riley möchte gern mehr sein als nur dein Freund.«

Daisy verdrehte die Augen. »Und wer macht sich jetzt lächerlich?«

»Ist dir nie aufgefallen, wie er dich anschaut?« Die Antwort kannte sie natürlich, denn ihre Schwester hatte es nicht bemerkt. Nie.

»Ich bin taub, nicht blind. Ich tue ihm leid«, sagte sie mit vorgetäuschter Lässigkeit, was Brooke beinahe das Herz brach. Sie hatte immer angenommen, Daisy hätte es nicht wahrgenommen, dabei hatte sie es falsch interpretiert. »Mir gefällt das nicht, aber ich kann es nicht ändern, also ...« Daisy ließ den Satz unvollendet und starrte auf die bernsteinfarbene Flüssigkeit in ihrem Glas.

Ausnahmsweise wusste Brooke nicht weiter. Sie glaubte von sich gern, sie hätte eine Antwort auf alles, doch in dieser Situation war sie ratlos.

Während sie so vor sich hin sinnierte und an ihrem Ale nippte, öffnete sich die Pubtür und hereingeschlendert kam der Mann, an den sie die ganze Zeit vergeblich nicht hatte denken wollen, wie ein moderner John Wayne, minus die Sporen. Sie richtete sich auf, reckte ihr Kinn vor und beachtete ihn nicht. Zumindest soweit möglich. Daisy war so nett, ihr Schritt für Schritt seinen Weg durch den Pub zuzuflüstern. Als er sich schließlich neben sie stellte und sich mit seinem sehnigen Unterarm auf den glänzenden Tresen stützte, war ihr Herz schon kurz davor, aus ihrer Brust zu springen.

»N'Abend, Ladys«, begrüßte er sie mit seinem sexy amerikanischen Akzent. »Was diskutieren wir denn?«

Daisy öffnete den Mund, in den Augen ein Funkeln, das Ärger verhieß und Brooke durch Mark und Bein ging.

»Riley McCann«, kam Brooke ihr zuvor. »Daisy glaubt, sie tut ihm leid.«

Nick schnaubte und schaute Daisy im Spiegel hinter dem Tresen an. »Riley tut es sicher mehr leid, dass er ihr nicht an die Wäsche kann.«

»Nick!«, platzte Brooke heraus und erkannte sogleich ihren Fehler. Man sollte den Erben des Earls nie mit dem Vornamen anreden. So unauffällig wie möglich schaute sie sich um, ob jemand seinen unangebrachten Kommentar mitbekommen hatte.

Offenbar schon. Bruce Anderson war wie erstarrt, das Bierglas halb zum Mund geführt, eine Augenbraue hochgezogen, ein dreckiges Grinsen im Gesicht – dabei trug er ein Hörgerät. Dann hatten es vermutlich andere ebenfalls gehört, allerdings nicht Riley, der etwas abseits bei seinen Kumpels saß. Wie lange würde es dauern, bis Nicks Äußerung bis zu ihm durchgedrungen war? Und wie entstellt würde sie dann sein? Angesichts der Klatschsucht im Dorf lauteten die Antworten: Sehr schnell und ziemlich.

Nick beugte sich vor, sodass sein Mund fast ihr Ohr berührte. »Ich liebe es, wie du meinen Namen aussprichst, besonders wenn du …«

Was er noch hätte sagen wollen, erstarb auf seinen überaus küssenswerten Lippen, als ihr Dad herüberkam und seine Ciderbestellung aufnahm. Während er das Glas vollschenkte, warf er ihr und Daisy fragende Blicke zu, ehe er wieder zu Daniel zurückging, um weiter über Taubenschläge und Möglichkeiten der Zeitmessung bei Flugwettbewerben zu debattieren. Schweigend nippten die drei an ihren Getränken, bis Daisy ganz nahe an Brooke heranrückte und diese damit gegen Nicks warmen Körper schob. Nachdem sie im Spiegel rasch zu den anderen Gästen geschaut hatte, beugte sie sich vor und flüsterte so leise wie möglich: »Glaubst du das wirklich? Von Riley, meine ich.«

»Aus meiner lebenslangen Erfahrung als Mann und so wie er mir neulich beim Händeschütteln die Finger brechen wollte?« Nick setzte das Glas mit Cider ab und drehte sich zu Daisy hin, wobei Brooke nun unmittelbar an ihm lehnte und eine Hand an ihrer Hüfte spürte, was ihr schier den Atem verschlug. »Oh ja.«

Der Wunsch, sich an ihn zu schmiegen, wurde übermächtig. Sie konnte sich gerade noch bremsen. Wären nicht die Augen aller im Pub auf sie gerichtet gewesen, hätte sie Daisy weggedrängt, um sich ein wenig Luft zum Atmen zwischen Nicks und ihrem Körper zu verschaffen. Er verdrehte kurz die Augen, als wüsste er genau, was sie umtrieb, aber er ließ die Hand so beiläufig von ihrer Hüfte gleiten, als hätte er sie nie berührt. Wenn es sich nur auch so angefühlt hätte. Aber besagte Stelle an ihrer Hüfte war jetzt die einzige, die sie überhaupt noch spürte.

»Unmöglich«, sagte Daisy und starrte auf ihr Bierglas. »Dann hätte er es mir doch gezeigt.«

»Indem er Sie auf ein Bier einlädt?«, fragte Nick.

»Ach, das hat hier Tradition«, entgegnete Daisy. »Wir geben hier Runden aus. Niemand bestellt ein Bier nur für sich selbst.«

Ihre Schwester rückte wieder näher heran, doch diesmal wich Brooke aus. Sie trat vom Tresen weg, statt sich wieder so eng an Nick herandrücken zu lassen. Nick. Sie musste aufhören, von ihm als Nick zu denken. Mr Vane, der tabu war, weil ihr ihre Arbeit zu wichtig war. Der vornehme zukünftige Earl war nicht für die Tochter eines Wirts vorgesehen, wie sie eine war. Der Mann, der sie letzte Nacht Neonsterne hatte sehen lassen. Zweimal. Verflixt nochmal! Rasch wechselte sie auf Daisys andere Seite. Sie brauchte einen Puffer zwischen sich und dem Mann, der den kleinen Lustdämon auf ihrer Schulter – na schön, zwischen ihren Beinen – ermutigte.

»Aha«, sagte Nick, noch immer zu Daisy, den Blick aber auf Brooke gerichtet. »Und er gibt Acht, dass Sie immer den besten Platz vor dem Spiegel haben, damit Sie ja nichts versäumen?«

Daisys Kopf fuhr hoch. »Sie haben ihn nur ein einziges Mal getroffen; woher wollen Sie wissen, dass er das tut?«

Nick schaute wieder Daisy an. »Aber das tut er doch, oder?«

Statt zu antworten, trank sie ihr Glas aus und stellte es auf eine Gummimatte neben den Zapfhähnen. Brooke hatte ihre Schwester nicht mehr so verwirrt und ratlos gesehen, seit diese im Krankenhaus aufgewacht war und nichts mehr hören konnte. Manchmal liefen die Dinge so. Es passierte etwas Großes oder etwas, das in dem Moment unbedeutend erschien, aber der Effekt war der gleiche: Nichts war mehr wie davor.

Brooke erbarmte sich ihrer Schwester und reichte ihr ihr noch halb volles Bierglas. »Du kannst es ruhig zugeben. Nick hat recht.«

»Und was soll ich jetzt tun?«, fragte Daisy.

»Mich dürfen Sie nicht anschauen.« Nick zuckte mit den Schultern. »Ich bin nur ein aufmerksamer Beobachter, kein Heiratsvermittler.«

Kopfschüttelnd verdrehte Brooke die Augen über Daisys Kopf hinweg und fragte sie: »Was würdest du denn gern tun?«

Ihre Schwester sah sie an. »Ich weiß es nicht.«

Alles klar. Sehr schön. Das machte die Dinge ein wenig komplizierter. »Dann warte ab, wie es sich entwickelt. Du brauchst ja nichts zu überstürzen.«

Daisy biss sich auf die Unterlippe und warf einen Blick über die Schulter zu Riley. Sein lautes Lachen dröhnte durch den Saal, während er sein Glas für einen Trinkspruch hob. »Dann glaubst du, das ist bei ihm erst seit Kurzem so?«

»Was verstehst du unter *seit Kurzem?*«

»Die letzten vierzehn Tage?«

Nick verschluckte sich an seinem Cider in dem offenkundigen Bemühen, nicht laut loszulachen. Brooke warf dem Volltrottel einen Blick zu, der ihn wortlos bat, bloß die Klappe zu halten, dann nahm sie ihrer Schwester das Bierglas aus der Hand und trank selbst einen tüchtigen Schluck.

»Ein bisschen länger schon«, sagte sie anschließend und setzte das leere Glas ab.

»Wie lange?«, fragte Daisy weiter.

Da musste sie überlegen. Wann hatte der Förster begonnen, sich Daisy gegenüber anders zu verhalten? Das war noch bevor sie krank wurde. Im Krankenhaus hatte er sie mehrmals die Woche besucht. Brooke ging weiter in die Vergangenheit zurück. Er war nicht allzu erfreut gewesen, dass sie Yorkshire verließ, um an die Universität zu gehen. Noch früher? Die Erinnerung strahlte hell wie eine Fackel in den Moors in einer mondlosen Nacht.

»Weißt du noch, wie Riley Dale Gover verprügelt hat, weil der dich als Flittchen beschimpft hat?«

Verblüfft starrte Daisy sie an. »In der neunten Klasse?«

Brooke nickte. Damals war ihr erstmals aufgefallen, wie Riley ihre Schwester anschaute. Jahre, bevor sie ihr Gehör verloren hatte. Das sollte alle Gedanken, er könnte Mitleid mit ihr haben, verscheuchen.

Daisy starrte sie noch ein paar Sekunden länger an, dann drehte sie sich zum Spiegel, in dem sie Riley sehen konnte. Nick und Brooke folgten ihrem Beispiel, alle in kameradschaftliches Schweigen vertieft, damit Daisy den

Schock über das verdauen konnte, was sie vor Jahren hätte erkennen müssen. Wie Leute so ahnungslos durch ihr Leben laufen konnten, blieb Brooke ein Rätsel, vor allem wenn es jemand so Intelligentes war wie ihre Schwester, eine gute Beobachterin noch dazu. Zusammen beobachteten sie Riley, der einem Kumpel zuwinkte, aufstand und zu ihnen an den Tresen herüberkam.

»Noch eine Runde gefällig?«, fragte er.

Ausnahmsweise machte Daisy mal einen verwirrten Eindruck. »Ich glaube, die hier geht auf mich.«

»Ich kann dich nicht für die Pints meiner Freunde zahlen lassen.« Er strich ihr eine Haarsträhne hinters Ohr. »Ich übernehme das schon.«

Daisy schluckte, sagte nichts und nickte bloß. Riley lächelte sie an und versuchte dann, ihren Dad auf sich aufmerksam zu machen. Das war gar nicht so einfach, weil sich der Pub mittlerweile ziemlich gefüllt hatte.

Brooke lächelte in sich hinein und hatte gar nicht die Absicht, Nick anzuschauen. Ihr Blick fiel trotzdem auf ihn. Er hob sein halbvolles Glas mit Cider und nickte ihr zu.

Ein glückseliges Flattern machte sich schlagartig in ihr breit, ein gefährliches Schwindelgefühl, an das sie sich gewöhnen könnte, wenn sie nicht auf der Hut war. Es war nett, dass jemand bei einem Streitgespräch zur Abwechslung auf ihrer Seite stand. Tröstlich. Und mehr als nur ein bisschen aufregend.

Es war lange her, seit sie das zum letzten Mal erlebt hatte. In Manchester, und das war mehr als schlecht ausgegangen. Aber obwohl sie ihm am liebsten alles erzählt hätte, biss sie sich auf die Lippen, nickte ihm kurz zu und wandte sich dann ab. Nick ... Mr Vane ... zukünftiger Earl ... der in einigen Monaten abreisen würde, wenn er überhaupt so lange blieb, wie er versprochen hatte. Mit anderen Worten: Mr Tabu für jemanden wie sie.

16. KAPITEL

Brooke zeigte ihm die kalte Schulter. Wieder einmal. Seit drei Tagen – seit er Daisy darüber aufgeklärt hatte, wie sehr Riley in sie verknallt war – ging sie ihm aus dem Weg, als wäre sie Diabetikerin und er ein riesiges Glas Zuckerwasser. Vermutlich hatte er es verdient, weil er bei erstbester Gelegenheit der Versuchung nachgegeben hatte, ihr die Hand auf die Hüfte zu legen, um herauszufinden, ob sein Körper bei hellem Tageslicht ebenso auf sie reagierte wie in der Nacht davor. Mann, und wie er reagiert hatte. Die vergangenen Tage hatte er mit mehreren Fremdenführern aus dem Dorf verbracht, die ihm das Dorf und die Moors nähergebracht hatten, und die Nächte damit, Brooke zähneknirschend den Freiraum zu lassen, den sie offenbar brauchte.

Als er dann die Nachricht erhielt, er solle sie beim Taubenschlag im Hinterhof ihres Vaters – sie bezeichnete das als Garten – treffen, dachte er, sie hätte ihm verziehen. Falsch gedacht. Als er bei ihrem Elternhaus ein paar Straßen vom Quick Fox entfernt auftauchte, fand er Mr und Mrs Chapman-Powell vor, aber keine Brooke.

Er musterte Phillip Chapman-Powell, der vor einem besseren Schuppen stand, der etwa zwei Meter breit und ebenso hoch war und kleine verglaste Vorbauten an den

Fenstern hatte. Ein bisschen eigenartig, aber für einen Hinterhof auch nicht ungewöhnlich – wenn man vom leisen Gurren absah, das aus dem Inneren herausdrang. In Nicks Teil der Welt würde das definitiv auffallen.

»Sie stehen also auf Tauben?«, fragte Phillip.

Moment. Hatte ihn Brookes Vater gerade gefragt, ob er Vögel mochte?

»Ich bin mir nicht sicher, ob ich Ihre Frage verstehe«, versuchte er Zeit zu gewinnen.

»Sind Sie ein Taubenliebhaber? Wollen Sie bei Brieftaubenwettflügen mitmachen? Brooke hat erzählt, Sie wollen mehr darüber erfahren.«

»Äh, kann sein.«

Er musste so überzeugend geklungen haben, wie er sich fühlte, denn Phillip warf ihm einen prüfenden Blick zu, der Nick sehr an den einer blonden Engländerin namens Zitronenlady erinnerte.

Schließlich schüttelte Phillip den Kopf und legte die Hand an den Türgriff des Taubenschlags, hielt dann aber inne und fragte: »Versucht sie, Sie zum Bleiben in dem großen Haus zu bewegen oder Sie zu verscheuchen?«

Tja, das war wirklich die Frage. »Ich glaube, sie will, dass ich bleibe, aber diese Woche bin ich mir da nicht so sicher. Sie geht mir aus dem Weg.«

»Ganz mein Mädchen. Die hält uns auf Trab. So ist sie nun mal.« Phillip grinste vor Stolz übers ganze Gesicht. »Kommen Sie, ich zeige Ihnen meine Tauben.«

Zwei Stunden später kannte er alle fünfundzwanzig Renn-Brieftauben, die, wie Brooke schon gesagt hatte, alle nach Harry-Potter-Figuren benannt waren – ausgenommen Cecil (»Und ein Cecil hätte unbedingt in die Romane gehört«, klärte Phillip ihn auf, »Ein guter Name.«). Jetzt saß er im Wohnzimmer der Chapman-Powells, trank Tee und sah eine BBC-Dokumentation über sämtliche Details von Brieftaubenwettflügen, von den kleinen Gummiringen an den Beinen der Vögel bis zu den elektronischen Zeitmessgeräten, die die Tauben von dem Ort, an dem sie freigelassen werden, bis zu ihrem Taubenschlag nachverfolgen können – eine Entfernung, die mehrere hundert Meilen betragen kann. Eigentlich hätte er sich zu Tode langweilen müssen; tat er aber nicht. Dank Phillips Begeisterung für diesen Sport und seiner eigenen grenzenlosen Neugier war er in die Thematik eingetaucht und stellte sich nun Fragen über alles, angefangen vom Transport zum Ort, wo die Vögel losgelassen wurden (in einem Spezialtransporter für Tauben), über die Gefahren (Falken und Habichte waren die Taubenfeinde Nummer eins) bis zur Gestaltung der Taubenschläge (genügend Platz hatte oberste Priorität). Als der Dokumentarfilm vom Allgemeinen zum Speziellen kam, sah Nick plötzlich zu seiner Überraschung eine 70er-Jahre-Version von Phillip mit einer Taube auf der Hand und neben ihm eine hübsche blonde Frau.

»Meine zwei Lieblingstäubchen«, sagte Phillip und musste selbst über seinen Scherz kichern.

»Dann sind Sie mit der Brieftaubenzucht groß geworden?«

»Allerdings.« Phillip schaltete den Fernseher stumm und setzte sich in den dick gepolsterten Lehnstuhl, der vor einem Bücherregal voller kleiner Porzellantauben stand.

»Haben sich Brooke oder Daisy je dafür interessiert?« Er versuchte sich die beiden Frauen vorzustellen, wie sie leise und ruhig den Tauben zuredeten, wie es Phillip vorher draußen getan hatte, aber dass sich die beiden energiegeladenen Damen so weit herunterfuhren, konnte er sich nicht so recht vorstellen.

Phillip schüttelte den Kopf. »An mangelnden Versuchen meinerseits hat es nicht gelegen. Obwohl Brooke entschlossen ist, aus Bowhaven ein Zentrum für Brieftaubenrennen zu machen. Sie glaubt, das würde den hiesigen Pommes-Buden, dem Bed and Breakfast und natürlich auch dem Pub helfen.«

Das kam ihm durchaus logisch vor, allerdings war das für ihn Neuland. Er brauchte mehr Informationen. »Und was glauben Sie?«

Phillip nahm die vollkommen saubere Brille ab und begann, sie mit seinem Hemdzipfel noch sauberer zu putzen, dann setzte er sie wieder auf. »Dass Brooke Millionen brillanter Ideen hat, aber nur eine Art, sie den Leuten mitzuteilen.«

»Sie damit vor den Kopf zu stoßen.« Die Frau war schon für New Yorker Verhältnisse aufdringlich, von einem Dorf in England ganz zu schweigen.

Phillip nickte. »So könnte man sagen.«

»War sie schon immer so zielstrebig?« Seine unbezähmbare Neugier ging endgültig mit ihm durch.

Phillip starrte auf den Bildschirm, wo jetzt ein flachsblondes Kleinkind, das Brooke sein musste, um die Mitte bis Ende zwanzig Jahre alte Version ihres Vaters herumlief, während er vor seinem Taubenschlag stand. »Sie wusste schon immer genau, was sie wollte, aber seit sie aus Manchester zurück ist, ist sie ...« Er suchte nach dem richtigen Wort.» ... energischer.«

»Was war denn in Manchester?« Das war nicht nur so dahergefragt. Nick war der sorgenvolle Tonfall von Brookes Vater aufgefallen.

Phillip schaute ihn an und blinzelte ein paarmal, als hätte er vergessen, dass er einen Gast hatte, bevor sich ein neutrales Lächeln um seinen Mund bildete. »Ach, hier sitze ich und plappere vor mich hin, wenn Sie sich doch für Tauben interessieren. Haben Sie noch Fragen zu meinen Vögeln?«

Nick war längst nicht zufrieden, aber ihm war klar, dass er diesmal nicht mehr über Brooke erfahren würde, um das Rätsel »Zitronenlady« entschlüsseln zu können. Er schüttelte den Kopf. »Ich habe Ihre Zeit schon lange genug in Anspruch genommen.«

»Dem zukünftigen Earl helfe ich doch immer gern«, antwortete Phillip und erhob sich.

Nick erhob sich ebenfalls. »Kommt Ihnen das nicht merkwürdig vor?«

»Dass ich gern helfe oder dass Sie irgendwann der Earl sein werden?« Das spöttische Flackern in seinen Augen verriet, dass er genau wusste, was Nick meinte.

»Letzteres. Ich bin mir nicht ganz sicher, wen die Leute hier als Erben des Earls erwartet haben.«

Lachend ging Phillip zur Tür, die in den kleinen Eingangsbereich des Hauses führte. »Wo bliebe denn der ganze Spaß, wenn sich das Leben immer so entwickeln würde, wie wir es erwarten?«

Aber das war genau das, wofür Nick sein ganzes erwachsenes Dasein hindurch gesorgt hatte – sicherzustellen, dass seine Erfindungen das taten, wozu sie gedacht waren. Vorhersehbarkeit. Benutzerfreundlichkeit. Keine Überraschungen. So mochte er es. Deshalb hatte er sich das Haus am See mitten in Virginia ausgesucht, wo das Leben entlang der Landstraße ungestört verlief, bis dann dieser erste Brief der Zitronenlady eintraf und alles verändert hatte – aber nur für sechs Monate pro Jahr. Zumindest redete er sich das ein, obwohl ihm eine leise Stimme im Hinterkopf permanent erzählte, er solle sich doch nichts vormachen.

Cadbury heilte alles. Also fast alles. Brooke saß auf dem Bett und schob sich ein weiteres Dinky Decker in den Mund, ließ die Milchschokolade auf der Zunge zergehen, um an die weiche Nougatfüllung zu kommen, und zermarterte ihr Hirn nach einer für den Earl akzeptablen Lösung, um die feindliche Armee der Gläubiger abzuwehren, die sich im Anmarsch auf Dallinger Park befand. Die Lage war schlimmer als gedacht.

Auf Geheiß des Earls hatte sie drei Tage mit einer vollständigen Aufstellung des Vermögens verbracht – von Gemälden über Bücher bis hin zum Weinkeller – und recherchiert, was diese bei Versteigerungen in jüngster Zeit für Erlöse erzielt hätten. Wenn der Earl schon bereit war, sich von Familienerbstücken zu trennen – sehr viele Angehörige des Landadels waren dazu gezwungen gewesen, um die laufenden Unterhaltskosten zu bestreiten –, dann drohten schwere Zeiten. Verflixt und zugenäht! Sie hatte genau null Ideen, wie sie auf die Schnelle, was offenkundig notwendig war, eine Lösung finden sollte.

Sie schloss die Augen, ließ die Hand mit einem lauten Knall aufs Kopfteil des Betts fallen und stöhnte frustriert und laut auf.

»Alles klar bei dir, Zitronenlady?«, rief Nick durch die Verbindungstür.

Auch das noch!

»Ja, alles klar.« Sie zog sich die Daunendecke über das Tanktop und die Shorts hoch, als könne er durch die Tür sehen. Sie zumindest sah ihn vor sich.

»Dann könntest du mir vielleicht was erklären.«

Ohne die Daunendecke loszulassen, legte sie die Schokolade auf das Nachtkästchen und lehnte sich mit dem Rücken an einen der Bettpfosten. »Nämlich?«

»Wieso laufen im Kabelfernsehen ständig nackte Menschen durch die Gegend?«

Mit dieser Frage hatte sie nun gar nicht gerechnet. Vielmehr: Das wäre ihr im Traum nicht eingefallen. »Was meinst du damit?«

»Diese Dating-Show!«, sagte er leise mit tiefer Stimme. Offensichtlich versuchte er herauszufinden, was im Fernseher vor sich ging. »Auf dem Bildschirm sind drei Schwänze zu sehen, und sie sind nicht verpixelt.«

Brooke kicherte und kämpfte gegen die Versuchung an, zur Tür zu schleichen und sich das schockierte Gesicht des puritanischen Amerikaners anzuschauen. »Warum sollte man die verpixeln?«

»Hast du nicht gehört? Drei Schwänze! Penisse, keine Pferdeschwänze. Und dann diese Frau, die allen erzählt, was sie von den Schwänzen hält. Gerade hat sie erzählt, der eine sei ihr zu groß, der andere erinnere sie an einen Bleistift. Denken Frauen so über Schwänze?«

Ach, der arme Kerl. *Naked Attraction* hatte ihn völlig durcheinandergebracht. »Warum so verklemmt?«

»Im Ernst, Zitronenlady?«, fragte er mit einem Lachen zurück. »Du nennst mich verklemmt?«

Das saß. »Nacktheit ist hierzulande kein großes Thema.«

»Dieses Land ist wirklich seltsam.«

Was? Wie bitte? Das konnte sie nicht durchgehen lassen. »Aha, und das von einem Mann, der in einem Land mit Drive-Through-Schnapsläden lebt.«

»Das ist ganz praktisch, wenn man auf dem Weg zu einer Parkplatz-Party ist.« Den Ausdruck hatte sie in einem Buzzfeed-Artikel gelesen und recherchiert. Die Vorstellung, vor dem Football-Spiel einer Uni-Mannschaft auf einem Parkplatz herumzustehen, war, gelinde gesagt, seltsam. »Das ist absonderlich.«

»Sagt die Frau, die in einem Land lebt, wo im Fernsehen nicht verpixelte Schwänze zu sehen sind.«

Sie lachte. Dank des Geplänkels legte sich langsam ihre Nervosität, und ihre verspannten Schultern lockerten sich. »Bald kommen auch noch nackte Brüste.«

Irgendetwas aus Plastik – die Fernbedienung? – klatschte auf den Boden. »Wie bitte?«

»Die Person, die ihr Date auswählt, ist am Ende auch nackt.« Es gab bestimmt eine bessere Beschreibung dieser Dating Show, ihr fiel im Moment aber nichts Passenderes ein.

»Im frei empfangbaren Fernsehen.« Seine Stimme klang jetzt näher an der Tür.

Sie nickte, als könnte er sie sehen. »Genau.«

»Warum kommst du nicht rüber, schaust dir das mit mir an und verrätst mir, was dich so kirre gemacht hat, dass du vor lauter Anspannung mit dem Kopf gegen die Wand schlägst?« Ja, näher und tiefer und heißer, als er hätte sein dürfen.

»Ich bin nicht angespannt.« Alte Schwindlerin.

»Mir kannst du nichts vormachen«, schnaubte er. »Mit Rätsellösen verdiene ich mir meinen Lebensunterhalt.«

Es war ihr nicht möglich, den Blick vom Türknauf abzuwenden. Halb hoffte, halb fürchtete sie, er würde sich gleich drehen. Gott. Sie steckte in Schwierigkeiten. »Ich dachte, du bist Erfinder?«

»Das ist das Gleiche. Ich denke mir Dinge aus, die den Leuten das Leben erleichtern.«

»Und was, wenn du der Grund bist, warum ich so mitgenommen wirke?« Okay, das war bestimmt nicht falsch, aber es stand ihr nicht zu, sich über die finanziellen Probleme von Dallinger Park auszulassen.

Er lachte. »Das kaufe ich dir nicht ab. Du gehst mir seit drei Tagen aus dem Weg.«

»Das ist dir aufgefallen? Tatsächlich?« Feigling? Sie? Ja, sicher. Sie war aus Manchester geflohen, mit eingekniffenem Schwanz mitten in der Nacht, um den Reportern und Fotografen zu entgehen, die sich gegenüber ihrer Wohnung versammelt hatten.

Nick klopfte leise an die Tür. »Kann ich reinkommen?«

Hallo, Versuchung, ich bin's, Brooke! »Dich hereinzulassen ist wahrscheinlich keine gute Idee.«

»Wahrscheinlich nicht.«

Dass er ihr zustimmte, minderte ihren Wunsch, die Tür zu öffnen, keineswegs – genau deshalb blieb sie auf dem Bett sitzen, den Rücken an den Pfosten gelehnt, die Decke bis zum Kinn hochgezogen. Ihr Körper schmolz dahin wie ein Dinky Decker in der Sonne. Die Stille dehnte sich, füllte den Raum mit Erwartungen, die sich nicht erfüllen ließen. Nicht für eine Frau wie sie mit einem Mann wie ihm.

Immer noch starrte sie die Tür an und wünschte, diese würde von allein aufgehen. »Gute Nacht, Mr Vane.«

»Sag es.«

Das war keine Bitte, sondern eine Forderung, die in ihr eine warme, weiche Welle der Begierde auslöste. Sie brauchte gar nicht zu fragen, was er meinte.

»Nick.«

»Gott, wie ich es liebe, meinen Namen aus deinem Mund zu hören.«

Sie fuhr sich mit den Fingerspitzen über die Lippen, denn die kribbelten, als hätte er sie soeben geküsst. Doch trotz des überwältigenden Verlangens, die Verbindungstür zu öffnen, rutschte sie zu den Kissen am Kopfende ihres Betts hoch und legte sich hin. Sie wusste, dass ihre Träume heute Nacht alles andere als erholsam sein würden.

17. KAPITEL

Das unablässige Brummen seines Telefons riss Nick um drei Uhr früh aus einem so feuchten Traum, dass ihm der Schwanz wehtat. Es war stockfinster. Ohne die Augen zu öffnen, schlug er mit der Hand nach dem Nachttisch und schaffte es schließlich, einen Blick auf die Anruferkennung zu werfen. Er strich mit dem Daumen über das Display und nahm den Anruf entgegen.

»Mace, weißt du eigentlich, wie spät es ist?«

»Ach du Scheiße«, erwiderte sein Freund stöhnend. »An den Zeitunterschied habe ich gar nicht gedacht. Hier in L. A. ist es acht Uhr abends. Habe ich dich geweckt?«

Nick schlug die Augen auf. Abgesehen von ihm war das Riesenbett leer. »Es ist drei Uhr früh. Was glaubst du denn?«

»Hätte ich dich nicht aufgeweckt, hätte ich dich bei irgendwelchem Spaß gestört. Aber eins musst du mir glauben, ich hätte dich nicht so spät angerufen, wenn es sich nicht um einen Notfall handeln würde.«

Dass Mace dieses Wort benutzte, konnte nichts Gutes bedeuten. Er kannte Mace, seit sie gemeinsam in eine neue Wohngruppe gekommen waren, als ihnen gerade noch sechs Monate ihres staatlich finanzierten und überwachten Lebensabschnitts blieben. Drahtig, mit einem frechen Mundwerk und einem schnellen Verstand gesegnet, hatte sich Mace rasch Feinde gemacht. Aber anders, als seine Feinde dachten, war ihm nicht so leicht beizukommen. Er war ein eiskalter Schläger, und wenn er Hilfe brauchte, war wirklich Not am Mann.

Nick setzte sich auf und knipste die Nachttischlampe an. Jetzt war er hellwach. »Was ist los?«

»Ich hatte ja gehofft, dich während der Dreharbeiten zu *Zombie Fried* besuchen zu können.«

»Worauf willst du hinaus?« Selbst inmitten einer Krise schweifte Mace gern vom Thema ab. Es hatte schon seinen Grund, warum er ihm nie von seiner Abneigung gegen frittierte Gewürzgurken erzählt hatte.

»Hast du mir nicht erzählt, du befindest dich in Dallinger Park in Yorkshire?«, fragte Mason.

»Stimmt.«

»Ja, also«, fuhr Mace fort, »ich schaue mir gerade online ein paar Fotos an, und es ist genau das, was wir brauchen.«

Obwohl sein Hirn mittlerweile auf Volltouren lief, kam Nick nicht dahinter, worum es ging. »Ein bisschen ausführlicher bitte, Mace.«

Mace lachte auf diese selbstironische Weise, die zeigte, dass bei ihm wie üblich Mund und Verstand mit hundert Stundenkilometern in entgegengesetzte Richtungen unterwegs waren. »Wir hatten für nächste Woche ein Gutshaus in den Yorkshire Dales als Drehort vereinbart, aber das ist jetzt hinfällig. Wenn ich nicht schleunigst Ersatz finde, dreht der Regisseur durch und schmeißt mich hochkant raus. Und in zwei Tagen ist Abflug nach England.«

Nick kannte sich, was die Hierarchie beim Film betraf, nicht aus und hatte keine Ahnung, wer wie viel zu melden hatte. Aber gefeuert war gefeuert, egal in welcher Branche, und das war immer scheiße.

»Und jetzt willst du hier drehen?«, fragte er, obwohl bereits klar war, dass Mace genau darauf hinauswollte.

»Du hast es erfasst.«

Verflucht! Was war nur mit diesem Gemäuer los? Jeder war scharf auf diesen Steinhaufen – außer ihm.

»Davon wird sich der Earl nur schwer überzeugen lassen.« Die Untertreibung des Jahrhunderts.

»Sag ihm, der Film verfügt über ein bestimmtes Budget, um ihn rumzukriegen.«

Nicks Blick fiel auf die Tür, die Brookes Zimmer von seinem trennte. Das war genau die Gelegenheit, von der sie dem Earl und den Dorfbewohnern dauernd vorschwärmte. Das war die Win-win-Situation, auf die er gelauert hatte. Glücklicher Mace. Glückliche Brooke. Stinksaurer Earl. Besser ging es nicht.

»Wie lange dauern die Dreharbeiten, und wie viel rückt ihr raus?«, fragte Nick. In seinem Kopf formte sich bereits ein Plan, wie sich das Ganze verwirklichen ließe.

»Ein paar Tage und viele Nullen«, antwortete Mace. »Wir müssen die große Zombie-Hochzeitsfeier dort drehen.«

Die bizarren Worte lösten in Nicks Kopf ein surrendes Treiben aus. »Will ich das genauer wissen?«

»Wahrscheinlich nicht.« Mace lachte. »Eins noch: Die Leute müssen in der Nähe wohnen können, weil die Arbeitstage irre lang sind. Gibt es bei euch Möglichkeiten?«

»Im Dorf ist ein Bed & Breakfast, und ich finde bestimmt noch weitere Unterkünfte.« Wer würde schon leicht verdientes Geld ausschlagen, wenn er für ein paar Tage sein Haus anbieten konnte?

»Und sag ihnen, wir brauchen auch einige Komparsen. Die bisherigen Statisten haben wir mit dem Drehort verloren.«

»Versprechen kann ich nichts.« Wenn sich die Leute von Bowhaven zusammenrotten konnten, um ihn hier festzuhalten, wären sie doch wohl auch bereit, sich ein bisschen Zombie-Schminke ins Gesicht zu klatschen. »Schick mir so schnell wie möglich die Details.«

»Dem Herrgott sei's getrommelt und gepfiffen.« Mason seufzte erleichtert auf. »Gib mir Bescheid, sobald du kannst.«

Nachdem er aufgelegt hatte, legte sich Nick wieder hin, konnte aber nicht einschlafen. Natürlich nicht. Das hätte sein Leben ja vereinfacht, und das stand heute nicht zur Debatte – oder an jedem anderen Tag, seit dieser Wahnsinn begonnen hatte. Sein Leben in Salvation und seine Prä-England-Tage schienen nie weiter entfernt. Und was lag in der Nähe? Eine Frau, die sich ihm entzog. Die Frau, an die er unaufhörlich denken musste. Er musste ihr von dieser Gelegenheit erzählen, und wenn ihm jemand helfen konnte, den Earl zu überzeugen, dann sie. Kaum hatte er das gedacht, sprang er auch schon aus dem Bett, ging zur Tür und legte die Hand auf den Knauf. Es war keine Ausrede, um sie zu sehen. Er hatte einen Grund. Einen echten Grund, der nichts mit seinem vor Vorfreude zuckenden Schwanz zu tun hatte.

Vorsichtig öffnete er die Tür und schaute in das dunkle Zimmer. »Bist du wach?«

»Jetzt schon.« Ihre schläfrige Stimme klang rau und verdammt sexy.

Denk nicht dauernd, wie sexy sie ist, Vane. Deswegen war er nicht hier. Er war hier, weil er die Lösung für ein Problem hatte, das ihr Sorgen bereitete.

»Wie schlimm steht es um die Finanzen von Dallinger Park?«, fragte er und trat ins Zimmer, ließ die Tür aber offen.

Das schwache Licht, das aus seinem Zimmer herüberfiel, reichte gerade, um ihr zerzaustes Haar und ihr süßes, schläfriges Lächeln erkennen zu lassen, als sie sich aufsetzte. Das war eine weitere Seite an ihr, die er im Moment im Gedächtnis verstauen und später wieder aufrufen würde. Das machte er ständig in ihrer Nähe, und es gefiel ihm nicht. Sich ihr verbunden fühlen, das Dorf, dieses verfluchte Haus, das alles war nicht sein Ding, und daran würde er jetzt auch nichts ändern.

»Wie kommst du auf die Idee, dass Dallinger Park ein Problem haben könnte?«, fragte sie.

Nein, das Spielchen würden sie nicht spielen. Er brauchte konkrete Informationen, um seinen Plan in die Tat umzusetzen. Erst recherchieren, dann investieren. So lief das. »Ich habe Augen. Das Anwesen hat allerhand Reparaturen nötig und muss renoviert werden.«

Sie schaute ihn skeptisch an. »Es ist nicht ganz billig, ein so großes Haus zu führen.«

Ihre Nicht-Antwort war so gut wie ein Ja. »Dann braucht der Earl also Geld.«

»Das musst du ihn schon selber fragen.«
»Ich hätte die perfekte Lösung: ein Zombie-Ball.«
Sie sah ihn durchdringend an. »Ein was?«
Das Gespräch würde länger dauern. An der Bettkante war noch Platz. Deswegen ging er zu ihr hinüber. Nicht weil sein Schwanz die Kontrolle übernommen hatte. Durchaus nicht. Das Bett knarzte ein wenig unter seinem Gewicht. Noch ein Beweis, dass das Geld, das durch den Film hereinkommen würde, nützlich sein würde.
»Na schön, lass hören«, sagte Brooke im Befehlston der Zitronenlady.
Und er gehorchte. Als er sie schließlich auf den neusten Stand gebracht hatte, war er irgendwie höher aufs Bett gerutscht, lag halb auf ihrem Kissen auf der Decke, sie noch darunter. Seine Lider hatten sich schon halb gesenkt, als er zum Schluss kam. Ihr regelmäßiger Atem und die nur verzögert gestellten Fragen verrieten ihm, dass sie ebenso müde war wie er.
»Ich schließe nur für eine Minute die Augen, dann gehe ich wieder in mein Schlafzimmer hinüber«, sagte er und gab dem Verlangen nach, bei ihr zu bleiben.
Ihre gedämpfte Antwort klang wie ein Okay, dann kuschelte sie sich an ihn und hauchte ihm ihren süßen Atem an den Hals. Irgendwo in seinem Hinterkopf gingen die Alarmsirenen los, aber nicht so laut, dass er aus dem Bett geschossen wäre.

Als Brooke am nächsten Morgen aufwachte, war ihr Bett leer. Darüber hätte sie eigentlich froh sein müssen.
War sie aber leider nicht.

Ihr Kissen roch nach ihm. Das wusste sie, weil sie daran geschnüffelt hatte – genauer gesagt, hatte sie seinen Duft lange und intensiv eingesogen –, bevor sie nach unten ins Esszimmer gegangen war, wo der Earl und Nick schon saßen und sich Eier und Speck schmecken ließen. Nick hatte neben dem Teller eine riesige Tasse mit dampfend heißem Kaffee stehen. Der Earl trank Tee mit Milch. Warum fiel ihr das überhaupt auf? Weil in der Sekunde, in der Nick den Kopf hob und ihr einen vor Hitze siedenden Blick zuwarf, ihr Verstand den Geist aufgab.

Sie schaute auf den abgetretenen Teppich und schaffte es mit Hilfe ihrer drei noch funktionierenden Gehirnzellen, einen Schritt vor den anderen zu setzen, zum aufgebauten Frühstücksbuffet zu gelangen und dann mit einem Teller voll – sie konzentrierte sich jetzt komplett auf diesen – Marmelade und Speck zum Tisch zu gelangen.

Brillante Leistung, Brooke. Keinem Menschen wird das seltsam vorkommen.

Entschlossen, nur ja keinen unstatthaften Eindruck zu machen, legte sie sich die Serviette über den Schoß, strich sie glatt und biss ein Stückchen von ihrem Speck ab. Das einzige Geräusch im Raum war ihr Knirsch, Knirsch, als sie den Speck kaute. Peinlich? Ach was.

Schließlich unterbrach Nick die Stille. »Ein Freund aus den Staaten hat mich heute Morgen angerufen.«

»Faszinierend«, meldete sich der Earl hinter seiner Zeitung.

Die Ader an Nicks Schläfe pochte, und er stöhnte frustriert auf. Dies ließ ihren Puls ein wenig schneller werden. Das war nicht richtig. Das dürfte sie gerade jetzt nicht erregen. Aber sie konnte nicht abstreiten, dass der Laut, den er gerade von sich gegeben hatte, sehr nah an dem war, den sie ihm neulich nachts mit der Zunge an seinem Schwanz entlockt hatte – so nah, dass sie die Schenkel zusammenpresste. Es war so weit. Sie verlor ganz offiziell den Verstand.

Nick warf die Serviette auf den Teller. »Weißt du, du könntest immerhin versuchen, nicht wie ein Stockfisch zu reagieren, vor allem nicht, wenn ich Neuigkeiten habe, die dem Anwesen finanziellen Spielraum bringen.«

Der Earl klappte die Zeitung zu, faltete sie sorgfältig zusammen und legte sie links von seinem Teller auf den Tisch. Er holte tief Luft und warf Brooke dann einen vernichtenden Blick zu. »Ms Chapman-Powell, ich habe eindeutig befohlen, niemandem vertrauliche Informationen über die Finanzen zu geben.«

Brookes Wangen wurden heiß wie Lava. »Ich habe nie ...«

»Ist das dein Ernst?«, unterbrach Nick sie. »Sie hat nichts gesagt, brauchte sie auch nicht. Ich müsste schon völlig naiv sein, um zu übersehen, dass dieses Gut kaum über die Runden kommt.«

Die Sturheit der Vanes flackerte in den Augen des Earls auf. »Das geht dich nichts an.«

Kampfbereit starrten sich die beiden Männer an, Groll und Enttäuschung ließen die Luft im Raum so knistern, dass Brooke ihr lächerliches Frühstück komplett vergaß. Sie sollte etwas sagen, die Lage beruhigen, ehe es zur Explosion kam, und das hätte sie auch getan, hätte sie nur gewusst, was. Stattdessen erstarrte sie wie damals, als sie Reggie zwischen den Schenkeln einer anderen Frau ertappt hatte – na, das war doch eine Erinnerung, die sie ständig frisch im Kopf haben wollte.

»Ich bin dein Erbe«, sagte Nick mit einem gefährlichen Grollen.

Falls das bei dem alten Mann irgendeine Wirkung hatte, ließ er es sich nicht anmerken. »Das mag sein, aber noch bist du nicht der Earl.«

»Mehrere hunderttausend Pfund. So viel zahlen sie. Dafür braucht die Produktionsfirma quasi vollen Zugang zum Haus für die Dreharbeiten, und die beiden Hauptdarsteller müssen hier übernachten.«

Brooke wäre beinahe von ihrem Stuhl hochgesprungen. Solche Summen wären eine Riesengelegenheit für Dallinger Park und Bowhaven. Sie konnte nicht zulassen, dass der Earl mit seiner angeborenen vornehm-snobistischen Sturheit allen diese Chance vermasselte.

»Bist du verrückt geworden?« In der Stimme des Earls lag tiefste Missbilligung.

»Willst du behaupten, Dallinger Park, der Ort, den du so liebst, dass du sogar einen amerikanischen Bastard als Nachfolger akzeptierst, braucht kein Geld?« Nick richtete den Blick auf Brooke und zwinkerte ihr zu, als würden sie über das Wetter diskutieren und nicht über etwas von äußerster Wichtigkeit. »Oder die Universität für Gehörlose, die du unterstützt?« Er wandte sich wieder an den Earl. »Oder die Dorfbewohner, die jeden Penny zweimal umdrehen, seit die Fabrik dichtgemacht hat?«

»Die ganze Diskussion ist lächerlich«, sagte der Earl, dessen Wut sich in einem roten Flecken an seinem Hals zeigte. »Dies ist ein historisches Gebäude, eingetragen im Landesregister, Heimstatt der Vanes seit Jahrhunderten.«

»Und es braucht dringend Geld, sonst verfällt es immer weiter, bis es nur noch ein Abklatsch dessen ist, was es sein könnte«, schaltete sich Brooke ein und traf den Mann da, wo es wehtat – bei seinem Vermächtnis.

Das rechte Auge des Earls zuckte, aber er widersprach nicht sofort. Was ein gutes Zeichen war. Nick wollte etwas sagen, hielt aber den Mund, als ihn ihr mörderischer Blick traf. Er mochte ja der Erbe des Earls sein, sie aber hatte jahrelang für ihn gearbeitet. Sie kannte die Anzeichen, wenn er nachgeben wollte, ohne die Niederlage einzugestehen. Das Zucken des Auges. Das Verschwinden des roten Flecks am Hals. Der standhafte, prüfende Blick. Falls es ihr gelang, Nick davon abzuhalten, ihn in die metaphorische Ecke zu drängen, würde sie vom Tisch loskommen mit mehr als nur dem drohenden Herzinfarkt wegen des vielen Specks, den sie sich einverleibt hatte.

Schließlich drehte sich der Earl zu seinem Enkel. »Wenn ich hierzu Ja sage, gehst du mit mir auf die nächste Moorhuhnjagd und lernst ein paar Leute unseresgleichen kennen.«

Nick verspannte sich. »Ich mag die Leute von Bowhaven.«

»Das mag sein, aber das sind keine Leute unseresgleichen.«

Nick schnaubte. »Genauso wenig wie ich.«
Der Earl schaute an seiner Nase entlang seinen Enkel an. »Das zu beheben, daran arbeite ich ja gerade.«
Brooke schluckte. Dabei würde nichts Produktives herauskommen. Beide Männer trommelten sich auf die Brust und erklärten sich zum König von Testosteronien. Hätte sie nicht schon gewusst, dass die beiden verwandt waren, dieses kleine Schauspiel hätte jeden Zweifel beseitigt. Nick straffte die Schultern, seine Brust blähte sich auf, doch bevor er etwas erwidern konnte, traf sein Blick Brooke. Sie konnte sich nicht einmischen – das stand ihr nicht zu –, aber sie konnte etwas ganz intensiv denken. Sehr intensiv. *Fahr das nicht gegen die Wand, Yankee.*
»Die Dreharbeiten im Austausch für die Moorhuhnjagd?«, fragte Nick. Jedes Wort klang wie ein Fluch.
Der Earl nickte, schaffte es aber, seine Häme zu verbergen. Größtenteils zumindest.
Nicks Kiefer spannte sich an, als müsse er eine Walnuss knacken, er beließ es aber bei einem Wort: »Gut.«
Das änderte alles. Brookes Blick wechselte zwischen einem zufriedenen Mann und einem Mann hin und her, der aussah, als würde er am liebsten das Vane-Silber zwischen den Fingern zerquetschen. Er hatte es wieder getan – etwas gegen seinen Willen auf sich genommen, um anderen zu helfen. Da konnte er noch so sehr betonen, er wolle sich alles vom Leib halten, sein Verhalten bewies etwas anderes. Nicht dass sie darüber auch nur ein Wort verlieren würde – jetzt oder in der Zukunft. Sie musste sich um wichtigere Dinge kümmern als um die Geheim-

nisse des Mr Vane, die mehr von ihrer Aufmerksamkeit in Anspruch nahmen, als ihr lieb sein konnte. Sie musste zusehen, dass Dallinger Park und Bowhaven aus diesen Dreharbeiten ordentlich Kapital schlugen.

»Wir müssen uns eine Putzhilfe aus dem Dorf als Unterstützung für Kate besorgen, um in Dallinger Park alles vorzubereiten«, sagte sie.

»Einverstanden.« Der Earl nickte. »Der Ostflügel bleibt allerdings tabu, außer für mich.«

Das stellte ein Problem dar. »Die einzigen zwei Schlafzimmer im Westflügel, die von ihrem Zustand her in Frage kämen für die beiden Hauptdarsteller, sind die Räume, die Nick ...« Sie hatte ihre Grenzen überschritten. Der Earl runzelte die Stirn. »Entschuldigung ... die Mr Vane und mir zugewiesen sind.«

»Dann können wir sie wohl nicht beherbergen«, sagte der Earl ohne jedes Bedauern. »Jammerschade.«

Da sie nicht so leicht aufgeben konnte, plapperte sie das Erstbeste heraus, das ihr einfiel. »Ich kann mich im Stallgebäude einquartieren.«

»Dann wird nur ein Schlafzimmer frei«, entgegnete der Earl.

Sie ging im Geist das Herrenhaus durch, als Nick dazwischenfunkte.

»Mir ist das Stallgebäude ebenfalls gut genug. Somit sind zwei Zimmer frei. Die Bedürfnisse der Filmleute sind befriedigt. Problem gelöst.«

Ihr Mund war wie ausgetrocknet, während andere Körperteile in freudiger Erwartung gleichzeitig weich und feucht wurden. Das war nicht, was sie gewollt hatte. Ganz und gar nicht. Da kamen noch Probleme auf sie zu. Die mussten noch gelöst werden. Diese »Wie behalte ich mein Höschen an«-Probleme. Und so dreist, wie er ihr zuzwinkerte, wusste er Bescheid.

18. KAPITEL

Stunden später, als Brooke endlich auf dem Weg durch die Bäume von Dallinger Park zu den Stallungen war, wollte sie nie wieder mit einem Menschen reden. Und bei ihr wollte das etwas heißen. Sie war den ganzen Tag im Dorf unterwegs gewesen, hatte für das Haus eine Hilfskraft eingestellt, im Inn Zimmer reserviert und dafür gesorgt, dass die Läden dem zu erwartenden Ansturm der Amerikaner gewachsen sein würden. Jetzt musste sie nur noch eine Aufgabe auf ihrer Liste abhaken, dann konnte sie sich endlich auf ein weiches Bett und ein Glas Wein freuen.

Doch so müde sie auch war, der Anblick, den die Strahlen der untergehenden Sonne zwischen den Bäumen boten, war atemberaubend. Wie unter einem Weichzeichner erstrahlten das dunkle Grün, Braun und gelegentliche Blau der Wildblumen am Wegesrand und gaben ihr das Gefühl, sie befinde sich in einem Traum, in dem alles möglich war. Als sie durch das Schwinggatter trat, blickte sie nach Osten und bewunderte für einen Moment das goldene Leuchten des Weizens auf den Feldern, die in Richtung des Dorfs im Schatten der abbröckelnden Reste der jahrhundertealten Kirche lagen. Die gelben Halme wiegten sich im Wind, während die Kühe auf der umzäunten Weide daneben ihrem Geschäft nachgingen, ohne sich von der komplizierten Welt außerhalb stören zu lassen.

So war sie auch einmal gewesen, hatte alles hingenommen, wie es sich ergab. Erstaunlich, wie sich das geändert hatte. Das hatten die Blutsauger-Presse, ihr Arschloch von Freund, der sie betrogen hatte, und die auf sie gerichteten Blicke eines ganzen Lands bewirkt. Jetzt war sie fest entschlossen, nie wieder jene passive Frau zu sein. Was sprach also dagegen, nun ihre ganze Energie darauf zu verwenden, Dallinger Park und das Dorf zu retten? Sie brauchten ihre Unterstützung. Und was blieb für sie? Nichts, was der Rede wert war.

»Auf diesen fröhlichen kleinen Gedanken«, murmelte sie vor sich hin und bog nach links ab zu den gemauerten Stallungen, die vor Jahrzehnten zu Wohnungen umgebaut worden waren, im Wesentlichen aber als Vorratsräume dienten.

Das bedeutete vermutlich, dass hier zum letzten Mal vor ihrer Geburt sauber gemacht worden war. Gut, dass sie mit ihren Antihistamin-Tabletten, Putz- und Scheuermitteln sowie einer Thermoskanne Tee ausgerüstet war. Kurz gesagt: Sie war bereit, in die Schlacht zu ziehen.

Als sie jedoch um die Ecke kam, standen die Fenster weit offen, und Musik dröhnte nach draußen. Sie blieb schlagartig stehen. Wer zum Teufel …?

»Hallo?«, brüllte sie, ging ins Gebäude und wiederholte sich einige Male, während sie die makellos saubere Wohnstube durchquerte.

Nick kam anmarschiert, bekleidet nur mit Baseball-Shorts und einem Werkzeuggürtel um die Hüften. An den Füßen trug er kleine Tücher, die er zu einer Art Pantoffeln zusammengebunden hatte, in einer Hand einen Staubwedel, auf dem Rücken einen Kanisterstaubsauger, als wäre er ein Rucksack. Am Werkzeuggürtel hingen in den Schlaufen, die normalerweise für Hammer und Ähnliches reserviert waren, diverse Flaschen, Tücher und Wischlappen. Das hätte beinahe gereicht, um sie von seinen faszinierenden Bauchmuskeln abzulenken. Beinahe.

»Wow!«, sagte er mit einem Grinsen, das jeden Schmetterling in ihrem Bauch weckte. »Ich habe erst in ein paar Stunden mit dir gerechnet.«

»Was hast du da an den Füßen?« *Brillante Frage, Brooke. Du Schwachkopf!*

»Staubtuchpantoffeln.« Er hob ein Bein, damit sie den Schmutz an der Sohle sehen konnte. »Kinderleicht herzustellen. Sehr effektiv. Bringt enorme Gewinne ein. Das Ding war eine meiner ersten Erfindungen.«

»Aber warum bist du …?« Sie machte mit der Hand eine Kreisbewegung, die seinen ganzen Aufzug umfasste, denn die passenden Worte zu suchen, hätte sie momentan überfordert.

Er zuckte mit den Schultern. Ihm war offenbar gleichgültig, dass er wie ein geisteskranker Putzteufel aussah. »Ich habe Großvater stehen lassen, und dann war mir langweilig.«

Ihr Magen krampfte sich zusammen. Das verhieß nichts Gutes. Der Krach zwischen den beiden musste epische Ausmaße angenommen haben, wenn Nick untertauchte. »Du versteckst dich vor dem Earl?«

»Nein.« Er verschränkte die Arme vor seiner beeindruckenden Brust. »Ich verstecke mich nicht. Ich gehe einem Streit aus dem Weg, wenn er die Kopfschmerzen nicht wert ist.« Er sagte das, als hätte sie ihm vorgeworfen, dem Earl die Schuhsohlen zu lecken. »Er hat ein paar hohe Tiere drüben im Haus, mit denen ich mich nicht abgeben will. Also habe ich mich unsichtbar gemacht.«

Seit der Sohn des Earls gestorben war, kamen nicht gerade massenhaft Besucher nach Dallinger Park. Abgesehen von einigen unerfreulichen. »Wie haben sie ausgesehen?«

»Was ich beim Rausrennen so mitbekommen habe, war einer groß, fett und hatte eine Glatze, der andere sah genauso aus, nur hatte der noch alle seine Haare und dazu entweder seine Tochter oder seine dritte Vorzeigefrau mitgebracht.«

Einfach großartig.

»Tochter.« Portia Haverstam war so bösartig wie hübsch und machte Brooke jedes Mal das Leben zur Hölle, wenn sie nachmittags mit ihrem Vater, Lord Kanter, zu Besuch kam. Im Moment würde Brooke höchstens unter Zwang in das Herrenhaus zurückkehren. »Kannst du mir auch ein Paar von diesen Pantoffeln basteln?«

Nicks Grinsen ließ sie nicht unberührt. »Warum, Zitronenlady? Versteckst du dich etwa?«

»Keineswegs.« Das Spielchen konnten auch zwei spielen. Sie streckte ihm fordernd die Hand hin. »Ich arbeite.«

»Ganz wie du meinst, Süße.« Er runzelte die Stirn, gab

ihr aber den Glasreiniger und ein Tuch. »Keine Bange, dein Geheimnis ist bei mir sicher.«

Drei Stunden später war die Sonne am Horizont versunken, die ehemaligen Stallungen blitzten vor Sauberkeit, und Nick Vane war verschwunden. Sie konnte sich allerdings nicht beklagen. Der Mann hatte sich den knackigen Arsch abgeschuftet. Brooke blies sich eine Haarsträhne aus dem Gesicht und versuchte, ihren knurrenden Magen zu ignorieren. Wenn sie noch eine Stunde weitermachte, blieben ihr die fürchterliche Portia Haverstam, ihr leicht reizbarer Vater und ihr nerviger Kumpan Andrew Warren erspart. Wieder meldeten sich ihre Eingeweide.

»Hau einen Korken drauf, Magen«, murmelte sie leise.

»Gehe ich recht in der Annahme, dass mein Timing unschlagbar ist?«, fragte Nick, der mit einem schweren Tablett samt Fish & Chips, einer Schachtel Cadbury Roses und einigen Dosen Bier in der Tür stand.

Spontan flehte ihr Bauch sie an, ihn zu heiraten. *Gib Ruhe, Bauch!* »Du bist ein Geschenk des Himmels.«

Nick stolzierte herein und stellte das Tablett auf dem frisch gesaugten Teppich direkt vor dem dunklen Kamin ab. »Wir haben gearbeitet, jetzt haben wir uns ein Festmahl verdient.«

Und sie ließen es sich schmecken. Sie neckte ihn wegen der Menge Ketchup, die er auf seine Pommes kippte. Natürlich behauptete er, Pommes seien Hilfsmittel, um Ketchup zu sich zu nehmen, und der Essig, den sie über ihre schüttete, sei der blanke Hohn. Das gegenseitige Necken setzte sich fort bis zum Nachtisch, als er eine Cadbury

Rose aus der blauen Verpackung wickelte, sie sich in den Mund steckte und voller Glückseligkeit die Augen verdrehte.

»Was macht ihr hier bloß mit der Schokolade, dass sie so schmeckt?«, fragte er und schnappte sich die nächste.

»Wieso, Mr Vane?« Sie lachte und nahm sich eine Golden Barrel Rose, ihre Lieblingssorte, erkennbar an der goldenen Verpackung. »Hast du endlich etwas gefunden, das du an England magst?«

Er hielt mit dem Auswickeln seiner Hazel Whirl Rose mit der lila-orange getupften Folie inne und warf ihr einen Blick zu, der die Schokolade in ihrer Hand hätte schmelzen lassen können. »Oh, ich habe etwas gefunden, das ich an England mag, kaum dass ich aus dem Flugzeug gestiegen war.«

Schönen Gruß an den Schwarm Brieftauben, der in ihrer Brust soeben hochflatterte. Ohne darauf einzugehen, rief sie sich alle Gründe ins Gedächtnis, warum der Gedanke, mit ihm ins Bett zu gehen, falsch war – er war der Erbe ihres Chefs, er würde nur widerwillig sechs Monate im Jahr hier verbringen, ein Techtelmechtel konnte zu nichts führen (außer Orgasmen, erinnerte sie ihr rebellischer Körper und ließ ihre Brustwarzen zu harten Kieseln mutieren). Brooke schob sich den mit Karamell gefüllten Schoko-Riegel in den Mund, schmeckte aber kaum etwas.

»Du hast mir nie meine Frage beantwortet, warum du in Bowhaven bleibst«, sagte er.

Okay, damit hatte sie jetzt nicht gerechnet. Offenbar hatte er Superkräfte, wenn es darum ging, Leute auf

Distanz zu halten.»Ich habe es dir doch schon gesagt. Ich mag den Ort.«

»Warum?« Er aß die Haselnuss-Schokolade, die er ausgewickelt hatte.

»Weil es der einzige Ort war, an dem ich mich sicher fühlen konnte, als auf den Titelseiten der Klatschpresse die Hölle losbrach.«

Er runzelte die Stirn.»Das musst du mir schon etwas genauer erklären.«

Sie öffnete den Mund, blieb aber stumm. Diese Geschichte hatte sie noch nie jemandem erzählt. Dank den Reportern kannten sie schon alle – oder glaubten sie jedenfalls zu kennen. Die passenden Worte zu finden, um diese widerliche Katastrophe richtig wiederzugeben, war schwieriger als gedacht.

Etwas angespannt fing Nick an, das Geschirr zusammenzustapeln und auf das Tablett zu stellen.»Du kannst mir ruhig sagen, dass mich das nichts angeht.«

Scheiße. Darum ging es ihr gar nicht.»Ich habe das noch nie jemandem erzählt. Das war nie notwendig.«

Er schenkte ihr sein typisches entwaffnendes Lächeln.»Du musst es nicht tun.«

Brooke wandte sich ab und atmete aus. Sie zählte bis zehn und hatte sich dann so weit im Griff, dass sie ihm die Fakten mitteilen konnte.»Kennengelernt habe ich Reggie in einem Pub in Manchester. Er kam herein mit seinen Kumpeln, ich stolperte und kippte mein volles Glas Bier über ihn. Statt wütend zu werden, machte er einen Witz und zahlte mir ein neues Pint. Zum Ausgleich, wie er sagte, weil er mir im Weg gewesen war.«

Gott, er war so lustig und entspannt gewesen. Seine Geschichten brachten sie zum Lachen, und das Leben, das er als Fußballer führte, ließ ihre eigenen Erfahrungen bis dahin so langweilig erscheinen.

»Langer Rede kurzer Sinn: Wir fingen eine Beziehung an. Natürlich kannte ich die Gerüchte über ihn und dass er seinen Schwanz nicht in der Hose behalten konnte, aber er überzeugte mich, dass er jetzt ein anderer war – dass er sich meinetwegen geändert hätte.«

Wie hatte sie nur so blöd sein können?

»Alles lief ganz gut – jedenfalls, soweit ich weiß –, bis dann eines Tages der Premierminister zu einem Spiel kam. Da lernte Reggie dessen Tochter kennen. Ab da kam sie allein zu seinen Spielen und traf sich – ohne mein Wissen, versteht sich – mit ihm in der Umkleidekabine auf einen Quickie. Als ich ihn eines Tages nach dem Training besuchen wollte, schickte mich der Trainer in die Kabine, wo ich die beiden erwischte.«

Die Erinnerung an die Szene bestand nur aus kurzen Bruchstücken. Reggie auf den Knien, direkt vor den gespreizten Schenkeln der Frau. Die Ekstase auf ihrem Gesicht. Wie feucht Reggies Mund war, als er sich umdrehte und sie sah. Die blendenden Blitzlichter der Fotoapparate.

»Ich muss geschrien oder gebrüllt haben, jedenfalls kamen die Reporter, die sich das Training angeschaut hatten, hereingestürmt. Es war genau die peinliche Situation, die die Klatschpresse so liebt, wenn es um B-Promis geht. Dass ein normales Mädchen vom Land – eine naive Dorfschönheit wie aus dem Bilderbuch – beteiligt war, gab dem Ganzen zusätzlich Nahrung. Sie campierten regelrecht auf der Straße vor meiner Wohnung. Es war schrecklich. Ich konnte es nicht ertragen und bin nach Bowhaven zurückgekehrt.«

Sie war wie ferngesteuert hierhergefahren, als hätte man sie zurückbeordert an den einzigen Ort, an dem sie sich noch sicher vor Spott und Demütigung fühlte.

»Und als die Reporter in Reggies Gefolge hier auftauchten, der sich angeblich mit mir versöhnen, vermutlich aber nur der schlechten PR etwas entgegensetzen wollte, blockten die Dorfbewohner sie komplett ab. Keiner sprach mit Reggie oder den Reportern. Keiner gab ihnen ein Interview oder rückte alte Fotos raus oder verriet ihnen meinen Aufenthaltsort. Sie waren für mich da im schlimmsten Moment meines Lebens. Und jetzt, da sie Hilfe brauchen, werde ich alles in meiner Macht Stehende tun, es ihnen zu vergelten.«

Brooke hatte sich immer vorgestellt, wenn sie die Geschichte zum ersten Mal erzählte, würde all die Demütigung von damals wieder hochgeschwemmt. Aber so war es nicht. Klar, es ging nicht ohne Schmerzen ab, doch es Nick zu erzählen war ... angenehm. Als würde sie eine Last abwerfen, die sie unbemerkt mit sich herumgetragen hatte. Sie war ganz in diesen seltsamen Augenblick versunken, als er ihre Hand nahm und seine Finger mit ihren verschränkte.

»Noch nie wollte ich einen mir völlig Fremden so gern verprügeln«, sagte er todernst.

»Lass mal«, sagte sie mit schiefem Lächeln. »Riley hat ein paar ganz brauchbare Treffer gelandet.«

Nick hob ehrfurchtsvoll seine Bierdose. »Dem Mann schulde ich ein Pint ... oder zwölf.«

Etwas in seiner Anteilnahme, während sie so Hüfte an Hüfte auf dem Teppich hockten, gab ihr ein angenehmes Gefühl von Sicherheit, etwa wie man es nach unheimlichen Geräuschen in der Finsternis nötig hat. Es fühlte sich gut an. Zu gut. Auf falsche Art und Weise gut. Es machte sie nervös und gereizt. Wenn es einen Mann gab, der diese Reaktion bei ihr nicht auslösen durfte, dann er, der verdammte amerikanische Erbe des Earls.

»Was kümmert das dich?« Sie saß so steif da, dass ihr das Kreuz wehtat, und starrte in die kalte, dunkle Feuerstelle. »Mit dir hat das nichts zu tun.«

»Was soll ich sagen?«, erwiderte er möglichst unbeteiligt. »Ich hatte schon immer eine Schwäche für die Benachteiligten.«

»Du hältst dich wohl für Captain America?« Sie stopfte sich ein weiteres geschmackloses Stück Schokolade in den Mund. »Jetzt kennst du mein großes Geheimnis. Da ist es nur fair, wenn du mir eins von deinen erzählst – und da ich über deine Abstammung schon alles weiß, kannst du mir nichts davon erzählen, wie du als Earl in Lauerstellung aufgewachsen bist.«

Kaum hatte sie die Sätze geäußert, wurde ihr klar, wie grausam das klang, und diese Erkenntnis traf sie wie ein Schlag ins Gesicht. Sein Vater hatte ihn verlassen, und seine Mutter war gestorben, als er noch ein Kind war. Sie schämte sich maßlos. »Nick, es tut mir so leid ...«

»Schon gut.« Er zerdrückte die leere Bierdose und legte das Aluminiumteil zum Essgeschirr auf das Tablett.

»Nein, wirklich.« Sie legte ihm die Hand auf den Arm, und schlagartig löste diese Berührung den schon bekannten Schauer in ihr aus. »Ich hätte nicht ...«

In seinen Augen funkelte etwas Dunkles, Prickelndes auf, das ihr die Worte im Mund ersterben und den Pulsschlag in den Ohren dröhnen ließ. Das Nächste, was sie mitbekam, war, dass er ihr eine Hand in den Nacken legte und sie an sich zog, um sie zu küssen.

»Schluss mit den Entschuldigungen«, sagte er, die Lippen nah an ihren. »Meine traurige Geschichte willst du gar nicht hören.«

Sie wollte schon »Ach, du Scheiße!« sagen, aber da verschlossen seine Lippen bereits die ihren, und sie vergaß die ganze Welt um sie herum. Herr im Himmel. Welch ein Künstler war er mit seinem Mund! Sie spürte den Kuss von den Lippen bis zu den Zehen und in allem, was dazwischenlag. Ihre Schenkel krampften sich zusammen, als seine Zunge um ihre wirbelte, mit ihr spielte und versuchte, sie zu allen schlimmen Sachen zu überreden, die ihr einfielen, und sie hatte eine Wahnsinnsfantasie. Dann, gerade als sie sich nach mehr zu sehnen begann, löste er sich von ihr.

»Tut mir leid«, sagte er und stand in einer einzigen fließenden Bewegung auf. »Das hätte ich nicht tun sollen. Ich habe mich eine Minute lang gehen lassen. Es wird nicht wieder vorkommen.«

Ihr Matschhirn kapierte rein nichts, so sehr hatte ihr Körper, der verlangte, er solle sie jetzt nehmen, die Oberhand. Schweigend sah sie zu, wie er das Tablett mit dem leeren Geschirr aufhob und zur Tür ging, um es zweifellos in die Küche des Haupthauses zu bringen. Sie hatte darauf bestanden, dass es keine Wiederholung geben dürfe, deshalb hatte er einen Rückzieher gemacht. Doch allmählich fragte sie sich, ob sie bei dieser Entscheidung von allen guten Geistern verlassen gewesen war.

Mace hielt Wort und kam am nächsten Tag. Er saß in einem Mietwagen, der eine lange Karawane von kleinen Bussen und Transportern anführte, die die Hauptstraße entlangfuhr und die Aufmerksamkeit sämtlicher Dorfbewohner auf sich zog. Nick reparierte gerade die schwachbrüstige Fritteuse der Pommes-Bude, als die ersten Geräusche ächzender Getriebe zum offenen Fenster hereindrangen.

»Gibt es in Amerika keine Gangschaltung?«, fragte Paul, der Ladenbesitzer, als er auf die Straße hinausschaute und die Fahrzeuge vorbeiruckeln und -holpern sah.

Nick schüttelte bei dem Anblick den Kopf. »Nicht viele.« Das nächste Getriebe protestierte gegen die rücksichtslose Behandlung, und Nick wandte sich wieder der Fritteuse zu. »So, jetzt ist das Teil nachgerüstet. Hier ist eine automatische Zeitschaltuhr, die den Korb absenkt, wenn Sie diesen Knopf da drücken und nach einer voreingestellten Zeit wieder aus dem Fett hebt. Sie können also gleichzeitig Bestellungen entgegennehmen und haben trotzdem alles so, wie es sein soll, ohne dass Sie die Pommes dauernd kontrollieren müssen.«

Paul musterte die neue Vorrichtung an seiner Spitzenfritteuse. »Ich brauche den Korb also nicht mehr aus dem

Bottich beziehungsweise dem Fett zu ziehen oder auf die Spritzer Acht geben, wenn ich ihn reinhänge, weil alles automatisch geht, wenn ich den Knopf drücke?«

Nick nickte. »Sie haben es erfasst.«

Der Ladenbesitzer rieb sich die Fingerspitzen, die von den kleineren Verbrennungen durch heißes Fett regelrecht glänzten, und schenkte Nick als Anerkennung ein seltenes Yorkshire-Grinsen. »Ich weiß gar nicht, wie ich Ihnen danken soll.«

»Vielleicht erzählen Sie mir mehr von den Gewohnheiten Ihres Hunds.«

Als ahnte der Corgi, dass sich das Gespräch um ihn drehte, hüpfte der Kleine in seinem abgetrennten Bereich – in sicherer Entfernung von der Fritteuse – nahe der Tür herum, die nach hinten zu einem kleinen eingezäunten Garten führte. Nick kämpfte noch immer mit den Details seines Beruhigungs-Hundehalsbands. Brooke hatte ihm die Namen einiger Dorfbewohner genannt, deren Hunde nicht gern von ihren Herrchen getrennt waren. Sie hatte Paul empfohlen, der Probleme mit der Fritteuse hatte und deshalb die ideale Ablenkung bot, damit er nicht mehr dauernd an Brooke dachte, wie er das seit dem Kuss wieder verstärkt tat. Er wollte abwarten, bis sie endlich einsah, dass es nicht nur eine gute, sondern sogar die beste Idee war, wenn sie dem gegenseitigen Verlangen, das sie beide aus dem psychischen Gleichgewicht brachte, einfach nachgaben. Allerdings hatte ihn die stille Intimität des Abendessens vor dem kalten Kamin nicht unberührt gelassen, genauso wenig wie das Vertrauen, das sie ihm geschenkt hatte, indem sie ihm die

Geschichte von diesem Arschloch Reggie erzählte, sowie ihre spürbare Verzweiflung, weil sie dachte, sie hätte in irgendeinem wunden Punkt seiner Psyche herumgebohrt. Er revanchierte sich, indem er sie küsste – indem er dem nagenden Wunsch nachgab, der ihn quälte und nicht weggehen wollte. Und hier stand er nun, ein Mann in einer Pommes-Bude, der sich eine Frau aus dem Kopf schlagen wollte, indem er jede sich bietende Arbeit übernahm.

»Webster ist ein braver Junge«, sagte Paul und lenkte Nicks Gedanken wieder zurück auf die aktuelle Ablenkung. »Nur wenn wir weg sind, kaut er an den Tischbeinen herum.«

Der Hund, begeistert, dass er im Mittelpunkt des Interesses stand, wedelte mit dem Schwanz, wie es nur Corgis können, sodass der ganze Hintern mitwackelte.

»Und deshalb nehmen sie ihn zur Arbeit mit?«, fragte Nick und versuchte, nicht über die Possen des Hundes zu lachen.

»Genau.« Paul nickte. »Er fühlt sich pudelwohl, wenn er sich hinten im Garten die Zeit vertreiben kann, Hauptsache, er kann mich durch die Glastür sehen und meine Stimme hören.«

»Haben Sie es schon mal mit Stimmaufzeichnungen versucht, wenn Sie weggegangen sind?« Irgendetwas entging ihm bei der Sache, er musste nur noch herausfinden, was.

Paul schaute ihn an, als hätte er eine Handvoll Dreck verschluckt. »Könnte ich nicht behaupten.«

»Würden Sie es mal für mich versuchen?« Na schön, es

war eine gewagte Bitte, aber er musste dieses Rätsel lösen. Er hob den alten Kassettenrekorder samt Kassette, die er in einem hiesigen Secondhand-Laden aufgetrieben hatte, vom Tisch neben der Fritteuse hoch. »Nur für ein paar Tage, dann geben Sie mir Bescheid, was passiert ist.«

»Was soll ich ihm denn draufsprechen?«

Nick zuckte mit den Schultern. »Was Sie wollen. Es kommt auf Ihre Stimme an. In einigen Tagen komme ich wieder, um zu hören, wie es gelaufen ist.«

»Ich versuche es mal«, sagte Paul und nahm den Rekorder, während Webster vor der Tür zum Garten vor sich hin wedelte.

Paul warf dem Hund einen Ball in den Garten, und Nick marschierte Richtung Fox. Er hatte kaum die Tür geöffnet, da wusste er schon, dass Mace drinnen war. Das Lokal war gerammelt voll mit Einheimischen und Fremden, den Filmleuten offenbar, die zusammengedrängt waren wie Kaugummis in einer Packung. Dass Amerikaner ein lautes Volk waren, war kein Scherz. Die Lautstärke war erheblich gestiegen, was aber niemanden zu kümmern schien. Selbst die alten Knacker, die am Tisch beim Tresen hockten wie die grantigen alten Männer aus der Muppets Show, lächelten. Die Aussicht auf finanzielle Sicherheit hatte oft diese Wirkung auf Menschen. Das wusste er aus eigener Erfahrung. Der Unterschied in Mamas Stimmung am Zahltag und eine Woche später war unübersehbar gewesen.

»Alter«, rief Mace quer durch den ganzen Pub, sprang auf und kam zu ihm herüber.

Sie umarmten sich auf typische Männerart mit viel Schulterklopfen, und Nick freute sich, seinen Kumpel aus schlechten alten Tagen wiederzusehen. Seit Mason nach Kalifornien gezogen und ständig mit den Filmproduktionen unterwegs war, hatten sie sich ein wenig aus den Augen verloren. Das Schachspiel vor seiner Abreise nach England hatte sich auch nur aufgrund einer Drehpause ergeben.

Sie bahnten sich ihren Weg zum Tresen, und als jeder ein Pint in Händen hielt, sagte Mace: »Das ist also das Kaff, das dich entführt hat.«

»Gefangen genommen«, korrigierte Daisy, die ihre Unterhaltung ungeniert im Spiegel mitverfolgte. Ein freches Augenzwinkern später schnappte sie sich drei Pints und ging damit zum Ende des Tresens.

Nick schaute ihr nach, was natürlich dazu führte, dass er eine weitere blonde Chapman-Powell entdeckte. Sein Blick blieb sofort an ihr hängen. Brooke stand neben dem riesigen Riley, der wie immer Daisys Nähe suchte. Sobald sie Blickkontakt hatten, fuhr sich Brooke mit den Fingern über die Lippen, als könne sie den Kuss ebenso wenig vergessen wie er. Ihre Wangen röteten sich, und als sie den Henkel des Bierglases packte, traten die Knöchel weiß hervor. Da machte der Kuss jemandem definitiv nachhaltig zu schaffen. Gut, dass er nicht der Einzige war.

»Wir sind inzwischen beim Haus vorbeigefahren«, sagte Mace, der das kurze Spiegel-Intermezzo offenbar schon vergessen hatte. Aber Nick ließ sich nicht täuschen. Dem Mann entging nichts. »Soweit man das von der Straße aus sehen kann, ist es perfekt. Agnes Groves und Carter McDavies – oder McNervensäge, wie wir ihn nennen – kommen morgen an.«

»Sind das die Hauptdarsteller?« Nick trank einen Schluck von seinem Stout, ohne den Blick von Brooke losreißen zu können, die allerdings den Kopf abgewandt hatte, und irgendwie war plötzlich sein Glas leer.

»Ja, es ist ein kleines, aber kapitalkräftiges Projekt. Die Regisseurin ist eine echte Senkrechtstarterin. Warte ein paar Jahre, und sie bringt uns reihenweise goldene Statuen und violette Drachen in Tutus ein.«

Bis er merkte, wie lächerlich diese Äußerung war, war es bereits zu spät. Er war geliefert. Kopfschüttelnd schaute er auf sein inzwischen wieder volles Glas (danke, Phillip, du bist der beste Barkeeper der Welt).

»Also, wo ist sie?« Mace gluckste.

»Da drüben.« Leugnen war zwecklos. Nick deutete mit dem Kinn in ihre Richtung, starrte aber weiter auf sein Bier.

Sein Freund stieß einen leisen Pfiff aus. »Raus mit der Sprache. Wer ist sie? Und was soll dein Auftritt als schüchterne Jungfer?«

»Leck mich!«

Mace grinste ihn bloß hämisch an.

Nick zeigte seinem ältesten Freund den Stinkefinger.

Mace ließ sich davon nicht beeindrucken. »Du weißt doch, dass du mir ohnehin alles erzählst, warum bringst du es also nicht gleich hinter dich?«

Nick sprach leise, obwohl eh keiner hätte mithören können. Mit all den Filmleuten war es im Pub extrem laut. »Sie heißt Brooke Chapman-Powell und ist echt eine harte Nuss.«

»Ich mag sie jetzt schon.« Er stieß sein Glas gegen Nicks. »Erzähl mir mehr.«

Und das tat er, allerdings gab er Mace nur eine denkbar knappe Version dessen, was in jener Nacht in seinem Zimmer los gewesen war, als er im Bad versucht hatte, sich den Schädel zu brechen, vom Kuss in der Stallwohnung und von seiner Absicht, sie wieder ins Bett zu kriegen.

Schlagartig zog Mace inquisitorisch die Augenbrauen hoch. »Du willst dich also zurücklehnen und zulassen, dass sich die Spannung zwischen euch immer weiter hochschraubt, bis sie endlich zu der Einsicht kommt, dass mit dir zu vögeln keine so schlechte Idee ist?«

Er hätte es etwas anders formuliert, aber im Großen und Ganzen hatte sein Freund den Kern der Sache richtig erfasst. Deshalb widersprach er auch nicht.

Nach dreißig Sekunden Schweigen beugte Mace sich vor und stieß mit seinem Finger in Richtung Nicks Gesicht. »Wer bist du und was hast du mit dem Burschen gemacht, der immer behauptet hat, Frauen gäbe es wie Sand am Meer, wieso sollte man da bei einer hängen bleiben?«

Nick schlug die Hand weg und machte Phillip ein Zeichen, er solle eine weitere Runde einschenken. »Ich bleibe nicht bei ihr hängen.«

Mace schnaubte. »Dann ist es ja gut.«

Sein Freund hätte gar nicht weiter danebenliegen können. Er wollte sich nicht fest an Brooke binden, er verstand sie nur nicht. Das war alles. Er war einer, der Probleme löste, der Rätsel entschlüsselte, deshalb konnte er eine so komplizierte Frau wie Brooke Chapman-Powell nicht einfach ignorieren. Das war der einzige Grund, warum sie ihm so unter die Haut ging. Ehrlich. Der einzige Grund.

Brooke konnte den Blick nicht von ihm abwenden. Die lockere Selbstsicherheit, die er inmitten des Gedränges von Amerikanern ausstrahlte, ließ ihr Herz höherschlagen. Das wissende Lächeln, das jedes Mal, wenn er zu ihr herüberschaute und sie dabei erwischte, wie sie ihn beobachtete, seine Lippen umspielte, sorgte dafür, dass ihre Brustwarzen hart wie Kiesel wurden und gegen ihren BH drückten. Und der Klang seiner tiefen Stimme, die sie irgendwie trotz des lauten Geplappers im Pub hören konnte? Unbeschreiblich. Sie spürte nichts als heiße, gierige Vorfreude. Das musste am Bier liegen. Woran sonst? Die Nacht neulich war ein Ausrutscher gewesen.

Daisys wohl platzierter Ellbogen in ihre Rippen sorgte dafür, dass sie sich von dem Mann losriss, den sie sich ausdrücklich nicht nackt vorstellte. Sie stemmte die Hand in die Hüfte und schaute ihre kleine Schwester an. Daisy schien das nicht zu kümmern.

»Was läuft da zwischen dir und Nick?«, fragte Daisy und blickte Brooke ins Gesicht, um von ihren Lippen abzulesen.

Sogleich liefen ihre Wangen rot an. »Mr Vane.«

Daisy verdrehte die Augen und nippte an ihrem Bier. »Nächster Versuch!«

»Da läuft gar nichts.« Na ja, nicht im Moment. Nicht seit dem Kuss, der sich ihr bestmöglich übel eingebrannt hatte.

Wieder verdrehte ihre Schwester die Augen, dann seufzte sie. »Du warst wieder mit ihm im Bett, stimmt's?«

Gab es eine Hitzewelle heißer als Lava? So fühlte sich ihr Gesicht mittlerweile an. »Du bist betrunken.«

Ihre Schwester schloss den Mund – herzlichen Dank auch – und schaute sich im Pub um. Zum Glück interessierten sich die Stammgäste mehr für die amerikanische Filmcrew als für sie beide. Abgesehen von Riley, versteht sich. Er saß mit seinen Kumpels an einem Tisch und linste andauernd zu Daisy hin.

Daisy beugte sich zu ihr herüber und gab sich alle Mühe zu flüstern. »Und, wie war's?«

»Passabel.« Und jetzt stand ihr Höschen ebenso in Flammen wie ihr Gesicht.

Ihre Schwester schnaubte. »Schwindlerin.«

»Na schön, es war gut.« Brooke blickte zu Nick. »Richtig gut. Großartig.« Er zwinkerte ihr zu, und ihr Körper wechselte schlagartig von »bereit« zu »überfällig«. *Das ist nicht gestattet, Brooke.* »Und es wird nicht wieder vorkommen.«

»Warum nicht? Zu etwas Festem führt das eh nicht. Er, der zukünftige Earl, und du, die Tochter eines Wirts.«

»Das will ich auch gar nicht.« Und das stimmte auch. Sie musste sich auf Bowhaven konzentrieren, nicht auf den Mann, der sie in den Wahnsinn trieb.

»Gut. Dann gönn dir den Spaß mit einem attraktiven Amerikaner.« Daisy hob ihr Glas, um anzustoßen.

Brooke ließ ihr Glas auf dem Tresen stehen. »Ich kann nicht.«

»Warum nicht?«

»Das weißt du genau.«

Daisy stöhnte. »Ist es wegen diesem Wichser Reggie?«

»Ich will wirklich nicht, dass mein Privatleben noch mal Thema beim Klatsch zum Fünf-Uhr-Tee wird.« Einmal im Leben hatte ihr mehr als gereicht. Es hatte lange gedauert, bis die Einheimischen in ihr wieder etwas anderes gesehen hatten als das närrische Chapman-Powell-Mädchen, das geglaubt hatte, mit einem Fußballer als Freund und dem Großstadtleben etwas Besseres zu sein.

»Dann sieh zu, dass es niemand erfährt«, riet Daisy.

Diese Möglichkeit ließ sie erneut zu Nick hinüberblicken, der natürlich wieder zu ihr schaute. »Als ob das in einem Dorf wie Bowhaven ginge.«

»Klar geht das. Du musst dich nur ein bisschen anstrengen.«

Etwas in der Stimme ihrer Schwester, ein Gefühl aufgeregter Zufriedenheit, das vorher nicht da gewesen war, lenkte Brookes Blick wieder auf Daisy – die ihrerseits den groß gewachsenen Förster anstarrte, der sie mit Blicken zu verschlingen schien.

»Soll das heißen, dass du und Riley …?«

Daisy schloss kurz ihre großen blauen Augen und grinste Brooke dann an. »Noch nicht, aber ich ziehe es in Erwägung.«

Hätte die Queen verkündet, in der Reihe der Thronfolger werde ihr Sohn übersprungen und William rücke vor – sie hätte nicht verblüffter sein können. Nach all der

Zeit, in der Riley bereits in ihre Schwester verknallt war und nichts erreicht hatte, hatte Brooke geglaubt, das würde nie etwas mit den beiden. Aber wenn sie den Blick ihrer Schwester, wie sie ihn über ihr Bierglas hinweg musterte, richtig deutete, dann würde garantiert bald was laufen.

»Aber genug von mir«, sagte Daisy und deutete mit dem Kinn auf das andere Ende des Tresens. »Sieht aus, als würde dein Mann gehen.«

Brooke brauchte sich nicht erst umzudrehen. Es war klar, wen sie meinte. »Nick ist nicht mein Ma…«

»He, Nick«, brüllte Daisy über den Krach hinweg. »Fahren Sie zurück ins Herrenhaus? Weil Brooke ebenfalls gerade aufbrechen wollte und kein Auto hat.«

»Ich dachte, du fährst mich zurück«, sagte Brooke, auf die sich nun die Blicke der Hälfte aller Gäste im Pub richteten.

»Kein Problem«, antwortete Nick und kam auf sie zu. »Immer wieder gern.«

»Ausgezeichnet«, erklärte Daisy, während Brooke am liebsten im Boden versunken wäre.

Nick und der andere Amerikaner – das musste sein Kumpel von der Filmgesellschaft sein, angesichts des kameradschaftlichen Umgangs miteinander – traten nun beide zu ihnen.

»Daisy und Brooke, darf ich vorstellen: Mason Pell. Dass die Produktionsfirma hier ins Dorf gekommen ist, haben wir ihm zu verdanken. Mace, das sind die Chapman-Powell-Schwestern. Nimm dich in Acht, irgendwann übernehmen sie die Weltherrschaft.«

»Na ja, zumindest Bowhaven«, sagte Daisy.
»Wir suchen noch Komparsen für den Zombie-Hochzeitsball«, sagte Mason. »Interessiert?«
Beide antworteten gleichzeitig. Brooke mit »Nein«, Daisy mit »Ja«.
»Eine von zwei, nicht schlecht.« Mace lachte.
»Ihr beide könnt noch die Details klären.« Nick legte Brooke die Hand um die Taille und schickte Funken durch ihren ganzen Körper. »Bereit zum Aufbruch, Zitronenlady?«
Da. Das hatte sie gebraucht. Eine Erinnerung, wo ihr Platz auf dieser Welt war. Er würde das große Haus führen, sie darin arbeiten. Sie hob das Kinn leicht an, als sie einen halben Schritt vor ihm den Pub verließ. Sie rief sich ins Gedächtnis, dass egal, wie gut sich seine Berührung anfühlte, er nicht für sie bestimmt war. Es auch niemals sein konnte. Auch keine sechs Monate im Jahr.

Die Fahrt zum Stallhaus im gutseigenen Range Rover war schnell und schweigsam. Was immer sich da zwischen ihnen entwickelte, Nick hatte offenbar ebenso wenig Lust, darüber zu reden wie sie. Dennoch: Nachdem sie sich Gute Nacht gewünscht hatten und zu ihren jeweiligen Zimmern gingen, wollte sie ihm im Flur noch einen letzten Blick zuwerfen, ehe sie die Tür hinter sich schloss. Leider war er da schon in seinem Zimmer verschwunden. Und die leise Stimme in ihrem Kopf mit ihren Fragen – *Was wäre, wenn?* und *Warum nicht?* – wurde immer lauter.

19. KAPITEL

Am nächsten Tag sparte Brooke sich den Abstecher zum Fish & Chips-Laden, damit sie sich nicht in die Schlange einreihen musste. Aber es war nicht nur dort so. Überall waren Leute, in den Geschäften, auf den Bürgersteigen. Das Blitzlicht in der »Bits and Bobs«-Buchhandlung weckte als Nächstes ihr Interesse. Sie schob sich durch die Menschenmenge vor dem großen Schaufenster und schaute hinein. Ein Mann und eine Frau gaben Autogramme und posierten lächelnd für Fotos mit den Einheimischen. Der Mann kam ihr bekannt vor, und die Frau war nicht zu verwechseln. Sie hatte in einem Dutzend Liebeskomödien mitgespielt, die Brooke sich die letzten paar Winter reingezogen hatte.

Wie die beiden den Rummel ertrugen, war ihr schleierhaft. Die vielen Handy-Kameras und Blitzlichter, die vielen Menschen um sie herum. Anders als sie damals standen die beiden freilich nicht deshalb im Zentrum des Interesses, weil sie gerade die schlimmste Phase ihres Lebens durchmachten. Das furchtbare klaustrophobische Gefühl kroch ihr sofort wieder unter die Haut. Schleunigst machte sie sich davon und eilte in den Pub.

Wie immer, wenn sie diese Tür passierte, beruhigte sich ihr flacher Atem, und ihre Schultern entspannten sich.

»Grüß dich, Brooke«, riefen ihre Mom und ihr Dad fast unisono von ihrem Platz hinter dem Tresen.

Die anderen Gäste im Pub schauten von ihren Pints auf und sagten »Hallo«, was für Yorkshire-Verhältnisse fast schon überschwänglich war. Ihre Eltern strahlten sie an.

»Was ist los?«, fragte sie, während ihre Mom ihr eine Tasse Tee hinstellte.

»Du bist das Dorfgespräch«, sagte ihr Dad, ehe er die Aufmerksamkeit auf den Zapfhahn richtete und Bruce Ackermans leeres Glas wieder füllte.

»Na toll.« Dass alle über sie tratschten, war nicht, was sie sich erhofft hatte. Sie war Bowhaven etwas schuldig, und sie wollte die Schuld begleichen. Das war alles.

Ihre Mom beugte sich, sichtlich stolz, vor. »Alle reden nur noch über den Film und darüber, dass Nick gesagt hat, du hättest ihm geholfen, dem Earl die Erlaubnis abzuringen, in Dallinger Park zu drehen.«

Bei der Erwähnung seines Namens flatterten ihre inneren Schmetterlinge auf. »Mr Vane«, korrigierte sie automatisch.

»Ganz wie du willst. Bitte sehr. Mr Vane hat es jedenfalls gesagt. Brian Kaye hat mich heute früh gefragt, ob du immer noch für den Gemeinderat kandidieren willst. Alma Fistlegate zieht sich aus der Kommunalpolitik zurück.«

Der Gemeinderat? Sie wollten, dass sie kandidierte? Sie hatte gedacht, sie müsste jahrelang mit Zähnen und Klauen um einen Sitz kämpfen, und jetzt würden sie nicht nur auf sie hören, sie wollten sogar, dass sie kandidierte?

»Brian«, rief Mom einem Mann zu, der an einem Tisch in der Nähe saß. »Ich habe unserer Brooke gerade von dem möglicherweise freien Sitz erzählt.«
Der ältere Mann erhob sich, nahm sein Glas und gesellte sich zu ihnen an den Tresen. Freundlicher als in den ganzen letzten zwei Jahren, in denen sie ihm mit ihren Vorschlägen in den Ohren gelegen war, lächelte er Brooke an.
»Grüß dich, Brooke. Viel ausrichten kann man als Gemeinderat ja nicht. Das meiste regelt der Stadtrat, aber du hast eine Stimme und kannst dem Dorf helfen. Du bist also einverstanden?«
Sollte sie »Ja« sagen? Von jetzt auf gleich? »Selbstverständlich.«
Es dauerte einen Moment, bis Brooke das leicht schwebende Gefühl identifizieren konnte, das ihr das Atmen schwer machte. Erfolg dank Zielstrebigkeit. Das war es. Sie hatte einen wichtigen Kampf gewonnen. Jetzt würde sie alles tun, um nie wieder als Witzfigur des ganzen Dorfes dazustehen.

Die Moors sahen aus wie ein lebensechter Instagram-Filter.
Sosehr sich Nick auch wünschte, nicht gebeugt mit dem Earl in einem Erdsitz zu stehen und auf Moorhühner zu warten, die aus den Heidebüschen hochflatterten, ihm blieb keine Wahl. Er hatte einen dunkelgrünen Hörschutz auf dem Kopf, ein Ohr allerdings frei, bis die Schießerei losging.
Großvater drehte sich in dem engen, mit Steinen ge-

fassten Erdloch zu ihm. »Wir müssen uns über Ms Chapman-Powell unterhalten.«

Ja, er hätte sich den Hörschutz komplett aufsetzen sollen. »Warum?«

»Weil deine Liebelei nicht unbemerkt geblieben ist. Im Dorf redet man darüber.«

Toll. Das war genau der Weg, Brooke nicht mehr in sein Bett zu kriegen. Er hatte alles vermasselt. »Und inwiefern geht dich das etwas an?«

»Ich bin dein Großvater.« Der Earl strich seine Tweed-Weste glatt, die perfekt zu seiner Tweed-Hose passte, welche bis knapp unter die Knie reichte.

Er sah aus wie ein extravaganter, reicher englischer Cosplayer. Eigentlich sahen alle so aus wie Cosplayer, denn die übrigen Teilnehmer dieser Jagdpartie waren ganz ähnlich gekleidet. Er hingegen trug Jeans und eine dunkelgrüne Wolljacke. Im August. Herzlichen Dank auch, Nordseewinde.

»Das ist keine Antwort. Was kümmert dich das?«, fragte er.

Der Earl blickte zum Horizont, aber dass er zusammenzuckte, war nicht zu übersehen. »Dein Vater war ein komplizierter Mensch.«

»Er war ein reiches Arschloch, das bekommen hat, was es wollte, und sich danach einfach aus dem Staub gemacht hat, ohne einen weiteren Gedanken an uns zu verschwenden.« An Mama. An ihn. An irgendetwas, außer an sich selbst.

Der Earl wirbelte herum, die Adern an seinen Schläfen traten hervor. »Ist das, was du denkst?«

»Es ist das, was ich weiß.« Nicht dass seine Mutter sich jemals so ausgedrückt hätte, er hatte sich das allein zusammengereimt.

»Hinter der Geschichte steckt mehr, als dir klar ist«, sagte der Earl mit einer Stimme härter als die Steinumrandung ihres Erdlochs. »Aber hier ist nicht der richtige Ort für diese Diskussion.«

»Keine Bange«, sagte Nick, dessen Temperament nun auch langsam mit ihm durchging. »Ich weiß, der einzige Grund, warum ich hier bin, ist der, dass du keine andere Wahl hast. Wir sind keine Familie. Keine richtige jedenfalls.«

Hätte er es nicht besser gewusst, er hätte geglaubt, der Earl wäre durch seine Worte verletzt gewesen, aber er wusste es besser. Dieser Mann hatte dafür gesorgt, dass Mama den Kerl verlor, den sie aus unverständlichen Gründen geliebt hatte, und dass er als uneheliches Kind aufwuchs, ohne Vater, dafür mit einem Titel, der ihn einen Scheiß juckte. Der Earl öffnete den Mund, doch bevor er etwas sagen konnte, flogen die Moorhühner auf, und die ersten Schüsse fielen.

In Dallinger Park herrschte totales Chaos. Die Filmcrew hängte Lampen auf, platzierte die Kameras und stellte eine Million andere Dinge an, deren Zweck Brooke nicht ganz klar war. Der Earl hatte dem Treiben eine Weile missbilligend zugesehen und sich dann in den Ostflügel zurückgezogen. Dann waren da noch die Dorfbewohner, die herumlungerten, weil sie als Komparsen bei der großen Hochzeitsball-Szene mitspielen wollten. Das reinste

Irrenhaus. Menschenansammlungen störten sie normalerweise nicht, aber das enorme Gedränge im Großen Saal, der Lärm und die ganzen Leute, die vor den Türen, die zum Garten führten, hin- und herliefen, machten sie ganz kirre.

Nick unterhielt sich mit seinem Kumpel Mace in der Nähe des Kaminsimses von Königin Victoria. Die beiden plauderten locker miteinander, lachten viel und klopften sich gegenseitig immer wieder auf die Schulter. Ihnen zuzuschauen war, als würde sie eine neue Seite an Nick entdecken. Nach außen hin strahlte er nichts als locker-flockigen Charme aus, aber sie wurde das Gefühl nicht los, dass mehr hinter diesem Mann steckte, als er preisgeben wollte. Wäre er tatsächlich so faul, wie er sich gab, hätte er dann Mr Darcys Zwinger repariert (Megan hatte es dem halben Dorf einmal, der anderen Hälfte zweimal erzählt), Pauls Fritteuse und dazu den Rauchfang des Kamins, vor dem er nun stand und ihr einen Wahnsinnsblick auf seine muskulösen Arme bot, während er im Gespräch mit Mace heftig gestikulierte?

Als hätte er ihre nicht ausgesprochene Frage gehört, schaute er zu ihr hinüber und kam dann direkt auf sie zumarschiert, was in ihr ein wahres Feuerwerk auslöste.

Ohne stehen zu bleiben, legte er ihr den Arm um die Taille und zog sie mit sich zu den Glastüren. »Sehen wir zu, dass wir hier rauskommen.«

»Wir können nicht einfach gehen.« So verlockend das auch war.

»Wozu wäre es denn nütze, der Erbe einer Grafschaft zu sein, wenn ich nicht den starken Mann markieren und uns aus diesem Durcheinander herausholen könnte?« Er schleppte sie weiter ins Freie zu ihrem kleinen Auto und hielt ihr die Fahrertür auf.»Na komm schon. Bring mich weg von hier, bevor mich Mace noch überredet, einen einäugigen Zombie zu spielen, dem der Sabber aus dem Mund tropft.«

Sie hatte kein Ziel vor Augen, als sie den Schlüssel ins Zündschloss steckte – sie fuhr einfach los und versuchte, den männlich-waldigen Duft, der das Innere des Wagens füllte, zu ignorieren. Der Geruch erinnerte sie daran, wie das Kissen gerochen hatte, nachdem sie in der zweiten Nacht die Zimmer zurückgetauscht hatten. Was hatte sie an dem Kissen geschnüffelt – mehr als eine erwachsene Frau das je zugeben würde.

Sie landeten schließlich im Bowhaven Forest, der fast so gut wie Nick duftete – Hallo, Dr. Freud! Richtige Wanderfreunde kamen kaum hierher, aber es gab einen alleeartigen Weg, gesäumt von geschnitzten Füchsen, Fröschen, Fledermäusen und Eulen, für den keine Wanderstiefel nötig waren. Hierher hatte sie Nick gefahren in der Hoffnung, die Schönheit des Wanderwegs würde sie so weit ablenken, dass sie ihn nicht hinter den nächstbesten Baum zerrte und eine Freiluftwiederholung von jener Nacht neulich anzettelte. Wäre niemand sonst auf dem Pfad unterwegs gewesen, hätte sie es vielleicht trotzdem getan, aber wie die Dinge lagen – Kinder spielten auf den einfachen Schaukeln, und Paare saßen auf Decken und genossen die letzten warmen Tage des Sommers –, unterhielten sie sich über seine Erfindungen und ihre geplante Kandidatur für den Gemeinderat. Ihr gefiel es, mit ihm hier zu sein, fast wie ein normales Pärchen, nicht wie der Erbe und die Sekretärin des Earls. Und als sie hochschaute und die Sonnenstrahlen zwischen den Ästen hindurchfallen sah, wurde ihr klar, dass sie zum ersten Mal seit Reggie außerhalb des Pubs ihrer Eltern völlig entspannt und glücklich war. Es war fast, als sei jener Teil ihres Lebens nie passiert. Gott, ein Traum.

Jemand an einem der Picknicktische hatte Bluetooth-Boxen dabei und spielte einen älteren Song, zu dem ihre Eltern in der Küche getanzt hatten. Wie ein pawlowscher Hund trällerte sie ein la-la-la mit, bis die Musik zu Ende war.

»Ich liebe diesen Song«, sagte sie und grinste immer noch, als sie vor einer riesigen geschnitzten Skulptur eines Schafes mit raffiniert dargestellter Wolle stehen blieben.

»Soll das ein Witz sein?« Nick schüttelte den Kopf. »Der ist doch furchtbar. Als würde einer tatsächlich fünfhundert Meilen für einen anderen stiefeln.«

»Aber die Vorstellung, dass es jemand machen würde, ist nett.« Dass man jemanden an seiner Seite hatte, jemanden, der verlässlich zu einem hielt. Sie wusste, wie sich das Gegenteil anfühlte, und sie musste die Hoffnung aufrechterhalten, dass sie irgendwann solch einen Menschen finden würde.

»Zitronenlady«, sagte er und strich ihr eine Haarsträhne, die ihrem Pferdeschwanz entwischt war, hinter das Ohr. Ihr Puls schoss in die Höhe. »Bist du etwa eine heimliche Romantikerin?«

»Nicht mehr.« Zumindest würde sie es nicht zugeben.

Er schaute sie aus seinen braunen Augen mit einem Feuer und einer Begierde an, dass ihr die Knie weich, der Mund trocken und das Höschen feucht wurden. Sie hätte auf und davon rennen sollen, wünschte sich aber nichts sehnlicher, als dass er sich zu ihr beugte und sie küsste, bis die ganze Welt um sie herum versank. Gott, was dieser Mann in ihr anrichtete, war nicht fair. Sie musste höllisch aufpassen, sonst würde sie sich mit Haut und Haaren verlieben, ausgerechnet in den letzten Mann, in den sie sich verlieben durfte. Und in diesem Moment wurde ihr klar: Es war bereits zu spät. Sie hatte sich in ihn verliebt, wahrscheinlich schon, bevor sein Flugzeug überhaupt gelandet war, so oft, wie sie seine E-Mails und Handy-Nachrichten gelesen hatte.

»Verdammte Scheiße!«, fluchte sie leise.

Nick schaute sie fragend an, küsste sie aber nicht, sondern trat einen Schritt zurück und holte tief Luft. »Wir sollten zurückgehen.«

»Du hast recht.« Verzweifelt rief sie sich ins Gedächtnis, wer sie war (Tochter eines Wirts), wer er war (Erbe des Earls), und dass es zwischen ihnen nichts geben konnte, weil das Leben kein Märchen war und eine Frau wie sie nie einen Mann wie ihn bekommen würde.

»Griesgrämig« beschrieb nicht annähernd die düstere Laune, die Nick seit dem gestrigen Spaziergang mit Brooke im Wald hatte. Als sie zu ihm hochgeschaut hatte mit einem Gesichtsausdruck, als könnte er für sie mehr als nur Sex sein und als wäre sie bereit, sich darauf einzulassen, war er kurz davor, es zu riskieren und sie zu küssen, bis jeder eventuelle Gedanke an einen anderen Mann weggeblasen war. Er wollte nicht nur einfach mit ihr ins Bett – er wollte sie besitzen, und das kannte er nicht. So ein Mann war er nicht. In dem Punkt war er wirklich der Sohn seines Vaters.

»Dem Haus wird bald das letzte Stündlein schlagen«, sagte Karen und lenkte Nicks Aufmerksamkeit wieder auf die anstehenden Aufgaben. Sie war eine hiesige Elektrikerin, die Paul empfohlen hatte, als er sich bei ihm erkundigte, wie Webster auf die Sprachaufnahmen reagiert hatte – kurz gesagt: beschissen. »Die ganzen Leitungen müssen erneuert werden, und das wird nicht billig.«

War ja klar. Beides. »Und wenn nicht, was passiert dann?«

Karen antwortete nicht, aber ihr entsetzter Blick reichte vollkommen.

»Reden wir hier von Stromausfall oder Brandgefahr?«

»Letzteres. Vielleicht erst in einigen Jahren. Vielleicht früher. Das lässt sich unmöglich vorhersagen.«

Das hatte ihm gerade noch gefehlt. Finanziell konnte er sich die Reparaturen leisten, mehrmals sogar, falls nötig, aber den Earl dazu zu bringen, Arbeiten zu akzeptieren, die viele Löcher in vielen Wänden bedeuteten, würde monatelanges quälendes Zureden bedeuten. Jedes Mal, wenn er das Thema zur Sprache brachte, schaute der Earl ihn nur an und betonte, er sei der Earl und bestimme, was gemacht werde und was nicht.

Kaum hatte er das gedacht, kam der Earl wutschnaubend auf sie zu gestampft. Karen, deren Selbsterhaltungstrieb offenbar gut in Schuss war, legte keinen Wert darauf, noch länger zu bleiben. Sie packte ihr Zeug zusammen und war schneller aus der Tür, als ein Rennwagen die letzte Runde absolvierte.

Der Earl schaute Karen kurz nach und legte sofort los. »Egal, um was es sich handelt: Abgelehnt!«

Herrgott nochmal! Für den Scheiß hatte er nun gar keine Nerven. »Die Elektrik muss erneuert werden!«

»Ich habe dir schon wiederholt gesagt, der fehlt nichts.« Der alte Mann kniff die Augen zusammen und verschränkte die Arme vor der Brust, als wollte er jeden Widerspruch im Keim ersticken.

Es war einfach unglaublich – nein, falsch, total vorhersehbar. »Wieso musst du dich bei grundsätzlich jedem Vorschlag auf die Hinterbeine stellen?«

»Werd nicht frech!« Der Earl winkte ab.

»Du hast recht«, sagte Nick, der spürte, wie ihm der Geduldsfaden riss. »Eigentlich sollte mir diese Bude scheißegal sein. Weiß Gott, allen, die jemals hier gewohnt haben, war ich jedenfalls scheißegal.«

»Das ist nicht wahr.« Das Gesicht des Earls war aschfahl geworden. »Dein Vater ...«

»... ist abgehauen.« Diese Worte waren wie ein Faustschlag für sie beide.

Sein Großvater zuckte zusammen. »Er konnte nicht bleiben.«

Beide kannten auch den Grund.

Nick war blind vor Wut, einer Wut, die nur ein Kind empfinden konnte, das man verlassen hatte. »Deinetwegen!«

Jetzt ging auch mit dem Alten das Temperament durch. Er richtete sich auf, bis er fast so groß wie Nick war, und starrte seinem Nachkommen in die Augen. »Weil er Verantwortung hatte.«

Für einen Haufen alter Steine, die ihm wichtiger waren als Nicks Mutter oder er selbst? »Weißt du was? Du hast recht. Die Elektrik in dieser Absteige braucht nicht erneuert zu werden.«

Ohne sich noch mehr Blödsinn von dem Alten anzuhören, marschierte Nick aus Dallinger Park hinaus, angetrieben von einer Wut, die allzu lange unter der Oberfläche gebrodelt hatte. Die alte Wut, sie war nie verschwunden. Würde es vermutlich auch nie. Der Kies knirschte unter seinen Stiefeln, als er zu den Stallwohnungen rannte, wo nur ein einziges Fenster beleuchtet war. Er stürmte durch die Eingangstür und knallte sie hinter sich zu.

Brooke stand im Flur. Im Licht, das von der Küchenlampe in den Flur fiel, konnte man die Umrisse ihrer Gestalt erkennen, ihr Haar strahlte wie ein ätherischer Heiligenschein.

»Nick«, sagte sie leise und unsicher. »Alles in Ordnung?«

Nein, nichts war in Ordnung. Gar nichts. Bevor er es überhaupt wahrnahm, war er schon so gut wie bei ihr. Er sehnte sich danach, sich in ihr zu verlieren, in ihrem weichen Körper, dem rauchigen Stöhnen, dem festen Druck ihrer Schenkel, beim Orgasmus alles zu vergessen. Er musste sie spüren, sie berühren, ihre Begierde wecken. Dennoch behielt er die Hände bei sich. Würde er sie nur einmal berühren, wenn auch nur leicht, es wäre um seine am seidenen Faden hängende Selbstbeherrschung geschehen.

»Sag ein Wort, und ich lasse dich in Ruhe und werde dich nie wieder behelligen. Wir werden Freunde sein, mehr nicht.« Er hasste jede Silbe, die aus seinem Mund zu hören war. »Sag es! Sag mir, dass du mich nicht so begehrst wie ich dich.«

20. KAPITEL

Der raue Klang seiner Stimme und das ungezähmte Verlangen in seinen dunklen Augen raubten Brooke die Luft zum Atmen. Selbst wenn sie imstande gewesen wäre zu lügen, sie hätte sich dafür gehasst. Sie begehrte diesen Mann. Schluss mit leugnen.

»Bitte, Brooke.« Er schloss die Augen, sein ganzer Körper so voller Anspannung, dass es sie traf wie ein Orkan. »Sag es.«

Sie legte ihm die Hand auf die Brust, auf sein schnell schlagendes Herz. »Ich kann nicht.«

Er riss die Augen auf, und sie hatte keine Ahnung, wieso die heiß lodernde Lust, die sie darin sah, sie nicht in Flammen aufgehen ließ. In dieser halben Sekunde hörte die Welt auf, sich zu drehen, ihr Herz weigerte sich, zu schlagen, und ihre Atmung geriet ins Stocken. Dann spürte sie auch schon die Wand an ihrem Rücken und seine Hände an ihrem Hintern. Er hatte sie hochgehoben, bis ihre Füße den Boden nicht mehr berührten, presste den Mund auf ihren und küsste sie, dass sie fürchtete, das ganze Gebäude würde gleich niederbrennen.

Sie schlang ihm die Beine um die Taille, sodass ihre Klitoris gegen seinen steifen, in der Jeans gefangenen Schwanz rieb. Er kreiste mit den Hüften und bohrte die

Finger in ihre Hinterbacken, bis Wellen von Stromschlägen durch ihren Körper jagten. Es war gut, aber nicht gut genug. Sie brauchte mehr, zerrte an seinem T-Shirt und befreite es aus seinem Hosenbund. Zwischen ihren Körpern war nicht ausreichend Platz, dass sie mit ihren Händen weit gekommen wäre. Nur die Härchen unterhalb des Nabels bekam sie zu fassen, und sie wollte mehr, brauchte mehr.

Nick hörte auf, sie zu küssen, ließ sie aber nicht los, sondern stützte die Stirn gegen die Mauer über ihrer Schulter. »Verdammt, Brooke, wir sollten das nicht …«

Sie griff durch die Jeans hindurch nach seinem Schwanz. »Halt die Klappe und fick mich!«

Überraschung und Lust fochten in seiner Miene einen Kampf aus, den Letztere für sich entschied. »Ich sag's ja: herrschsüchtig!«

»Du hast keine Ahnung, wie sehr!« Sie rieb über seinen Ständer und spürte durch den Stoff die Hitze. »Lass mich runter!« Sie löste ihre Beine, verlor nur ungern den direkten Kontakt zu ihm, brauchte aber mehr als nur diesen Hauch von ihm, behindert von ihrer Kleidung.

Er schaute sie fragend an, ließ sie aber vorsichtig zu Boden. Ohne den Blickkontakt aufzugeben, ging sie auf die Knie und knöpfte seine Jeans auf.

»Hände an die Wand!«, befahl sie.

Er zog eine Augenbraue nach oben, und kurz glaubte sie, er wolle die Kontrolle zurückerobern. Dann aber hob er langsam die Arme auf Schulterhöhe und stützte sich an die Wand.

»Aha, du kannst dich also an die Regeln halten, wenn

du richtig motiviert bist.« Sie zog den Reißverschluss seiner Hose nach unten.

»Gibt es noch mehr Regeln?«

»Mit mir?« Sie hakte die Finger in das Gummiband seiner Boxershorts und zog sie ihm samt der Jeans bis auf die Knöchel hinunter. »Immer.«

Sein Schwanz befand sich auf Höhe ihres Munds. Genau, wie sie ihn haben wollte: hart, die Eichel geschwollen, ein paar Tröpfchen an der Spitze. Einfach herrlich!

»Du willst mich vermutlich bei den Haaren packen, mich festhalten und in den Mund vögeln.« Sie fuhr sich mit der Zunge über die Lippen. »Nichts da!«

In seinen Augen blitzte etwas auf, ein Urbedürfnis. »Warum nicht?«

»Das heben wir uns für später auf. Jetzt will ich dich schmecken und erregen und mir nehmen, was ich will.«

»Bist du so scharf auf meinen Schwanz?«, fragte er sie herausfordernd.

»Auf dich insgesamt bin ich scharf.«

Was immer er als Nächstes sagen wollte, zu hören war nur ein stöhnendes Zischen, als sie ihn in den Mund nahm. Er hielt die Augen offen, während sich ihre Lippen seinen Ständer ganz einverleibten, aber es war ein Kampf. Sein ganzer Körper verkrampfte sich vor Anstrengung, nicht vor und zurück zu stoßen. Sie liebte es – nicht die Macht über so einen Mann zu haben, sondern die Erregung, Nick zu geben, was er brauchte, denn tief in ihrem Innersten wusste sie, was das war. Und verstand es. Sie waren gar nicht so unterschiedlich. Sie beide brauchten es, begehrt zu werden.

»Himmel, Brooke.« Seine Hände ballten sich zu Fäusten, rührten sich aber nicht von der Wand weg. »Dein Mund.« Er stieß ein lustvolles Stöhnen aus, als sie mit der Zunge seine Eier leckte. »Deine Zunge.«

Beflügelt von der Verzweiflung in seiner Stimme machte sie weiter, bewegte den Mund langsam seine Erektion auf und ab, eine köstliche Marter für sie beide, die beste Folter aller Zeiten, die sie dahinschmelzen und feucht werden ließ. Sie beobachtete ihn die ganze Zeit, und sein Ausdruck wechselte zwischen Gier, Verlangen und Ekstase hin und her. Sie legte ihm die Hand um den Schaft, ohne ihn ganz zu berühren, und entließ ihn aus ihrem Mund. Ohne sein Gesicht aus den Augen zu lassen, ließ sie die Hand um seinen Schwanz, der von ihrem Mund ganz feucht war, auf- und abgleiten und leckte ihm die salzigen Tröpfchen von der Eichelspitze.

Nicks Gesicht verzerrte sich. »Du kriegst noch zehn Sekunden.«

»Was ist dann?« Sie rieb ihn weiter.

»Dann nehme ich die Hände von der Wand«, keuchte er mühsam.

Ihr Herzschlag beschleunigte sich, ihre Mitte zog sich zusammen. »Du willst also die Regeln brechen?«

»Ich bin Amerikaner. So sind wir eben.«

Seine raue Stimme ließ ihre Brustwarzen kribbeln.

»Was hast du sonst noch vor?«, keuchte sie vor freudiger Erregung.

»Das hier.« Er packte sie bei der Hand, zog sie hoch und presste sie mit den Armen über dem Kopf gegen die Wand. »Deine Zeit ist abgelaufen.«

»Und jetzt?«
»Bin ich dran.« Mit einer Hand hielt er sie an beiden Handgelenken fest, mit der anderen strich er ihr sanft über den Hals und hinterließ eine brennend heiße Spur auf ihrer Haut. »Lass deine Arme, wo sie sind.«
Sie hätte geantwortet, wenn sie dazu in der Lage gewesen wäre, aber er knöpfte schon ihre Hose auf und schob sie nach unten. Dabei zog er einen Finger über die Mitte ihres feuchten Höschens.
»Bist du vom Schwanzlutschen so feucht geworden?«
Ihr Atem ging stoßweise. »Ja.«
Er hakte einen Finger in das Gummiband und zog es straff, sodass der Stoff gegen ihre Klitoris drückte. »Bist du weich und bereit?«
Ihr Körper schrie *Ja*, sie aber brachte kaum ein Flüstern zustande.

Er küsste ihren Hals bis zu der empfindlichen Stelle knapp oberhalb der Schulter und biss sie sanft. Mit einer Hand umfasste er durch die Bluse ihre Brust. Leise stöhnend schloss sie die Augen. Dann war er fort, statt seiner Hitze spürte sie kalte Luft.

Sie öffnete die Augen. Er stand einen Schritt entfernt und zog sich aus. Ein beeindruckender Anblick. Nur mit großer Mühe konnte er seine Leidenschaft zügeln, als er sich das T-Shirt über den Kopf zog.

Dann musterte er sie ausführlich von oben bis unten.
»Wenn dir deine Klamotten lieb sind, zieh sie schnell aus, sonst reiße ich sie dir vom Leib.«

Sie hielt die Arme noch immer nach oben gestreckt, unfähig, die Herausforderung nicht anzunehmen. »Und da dachte ich immer, du seist faul, sorglos und an nichts interessiert.«

»Dass du nackt bist, interessiert mich sogar sehr.« Er griff erneut nach dem Saum ihres Höschens. »Ein bisschen plötzlich jetzt.«

Sie hätte ihn noch eine Weile länger hinhalten, ihn an den Rand des Wahnsinns treiben können, aber so wie sie in dem Moment, da er zur Tür hereingekommen war, gewusst hatte, dass er sie brauchte, so sehr brauchte sie auch ihn. Die gegenseitige Anziehung war allerdings nicht nur eine Frage des Verlangens. Es war mehr, und das machte ihr Angst, aber nicht annähernd so viel Angst wie die Vorstellung, jetzt statt mit ihm zusammen irgendwo anders zu sein. Auch wenn er ursprünglich gar nicht nach England kommen wollte, auch wenn sie ihn gar nicht hier haben wollte, jetzt konnte sie sich ein Leben ohne ihn überhaupt nicht mehr vorstellen. Sie knöpfte den untersten Knopf ihrer Bluse auf.

Nick musste seine ganze Selbstbeherrschung aufwenden, um nicht Brookes Bluse zu zerfetzen und sämtliche Knöpfe im Flur zu verteilen.

Aber er hielt sich zurück, streichelte seinen Ständer und schaute Brooke zu, wie sie ihre Bluse aufknöpfte und sie zu Boden gleiten ließ. Dann fegte sie die Jeans, die um ihre Knöchel hing, beiseite. Gott, wie schön sie war! Und sie wollte ihn!

Die Erkenntnis, dass er nicht nur irgendjemanden brauchte, sondern wollte, dass Brooke ihn begehrte, hätte ihn fast umgehauen.

Das kannte er so nicht. Bevor er nach England gekommen war, hatte sein Leben aus ein paar Freunden – nicht vielen, aber die, die er hatte, standen felsenfest zu ihm –, seiner Arbeit, dem Boot und dem See hinter seinem Haus bestanden. Jetzt hatte ihn ein Dorf adoptiert, das sich langsam nach Heimat anfühlte, er würde einen Adelstitel bekommen und hatte wieder eine Familie – selbst wenn die Familie aus einem der verbohrtesten Dickschädel bestand, der ihm je über den Weg gelaufen war, und der sich nie mit ihm abgegeben hätte, hätte er eine andere Wahl gehabt. Aber all das bedeutete ihm längst nicht so viel wie die Frau mit dem blonden Haar, das ihr über die Schultern fiel, die in weißem Höschen und BH vor ihm stand.

»Ist das, was du gewollt hast?«, fragte sie, trat auf ihn zu und fuhr mit den Händen seinen Unterleib hinab.

»Ich will mehr.« Er schälte sie aus dem Seidenslip. »Ich will dich ganz.«

Der Höhlenmensch in ihm grunzte zustimmend. Er hob Brooke hoch und trug sie – ihr Mund an seinem Hals, seinem Schlüsselbein, seiner Brust, überall, wo sie hinkam – in sein Schlafzimmer, wo er sich auf das Bett setzte und sie sich quer über den Schoß hob, Knie links und rechts von seinen Hüften. Er ließ die Hände über die geschmeidigen Kurven ihres Hinterns gleiten, dann den Rücken hoch, bis er ihren BH aufhaken konnte. Sie beugte sich vor und zurück, rieb ihre Feuchte gegen seinen schmerzenden Schwanz, machte mit den Hüften kreisförmige Bewegungen, die ihn an den Rand des Wahnsinns trieben. Wenn er nicht etwas unternahm, würde er auf ihr kommen statt in ihr, und das würde er zu verhindern wissen.

»Du hast gegen die Regeln verstoßen«, sagte er, packte sie bei den Hüften und schwang sie herum, sodass sie auf dem Rücken lag und ihre langen Beine vom Bett baumelten.

»Niemals«, widersprach sie leise mit rauchiger Stimme. Er kniete sich auf den Boden und schob den Kopf zwischen ihre Schenkel. »Ich bin Engländerin. Ich halte mich an die Regeln.«

»Ich habe dir gesagt, du sollst dich nackt ausziehen. Das hast du nicht gemacht.« Er legte die Hände an ihre Knie und spreizte ihre Beine. »Jetzt wirst du dafür büßen.«

»Klingt niederträchtig.« Sie streifte den BH ab und warf ihn zu Boden. Dann fuhr sie mit dem Finger den Schenkel hoch und lenkte seinen Blick auf ihre feuchtglänzenden Schamlippen. »Mach, was du willst.«

»Das habe ich auch vor.« Er spürte bereits ihren Geschmack auf der Zunge, aber so leicht kam sie ihm nicht davon. Jedenfalls noch nicht.

Er begann mit ihren Waden, berührte sie, streichelte sie, während sie an ihren Brustwarzen zupfte, bis sie sich aufrichteten. Sein Ständer drückte gegen seinen Schenkel, Lusttropfen befeuchteten die Spitze seiner Eichel. Der Drang, tief in sie einzudringen, wurde übermächtig, aber noch hielt er sich zurück. Erst wollte er zusehen, wie sie kam.

»Das ist es«, sagte er, während er sich an der Innenseite ihres Schenkels langsam zum Zentrum vorküsste und -leckte.

Ihr Geruch war berauschend. Sanft blies er gegen ihre geschwollene Klitoris, die als Reaktion erzitterte.

»Nick«, flehte sie ihn an und hob das Becken. »Bitte.« Er nahm das Geschenk zunächst nicht an, sondern machte sich über ihr anderes Bein knapp oberhalb des Knies her. »Wo bleibt denn da die Strafe, wenn ich dir gebe, was du willst?« Er schaute zu ihr auf und fuhr mit den Händen ihre Schenkel hoch, bis er mit den Daumen über die Löckchen streichen konnte. »Später wirst du mir dafür dankbar sein.«

»Sehr unwahrscheinlich.« Ihr Frust steigerte sich offensichtlich im gleichen Maß wie ihre Lust.

»Wirst du dich das nächste Mal an die Regeln halten?« Mit dem Daumen strich er sanft über ihre Klitoris, liebkoste sie, nicht so sehr, dass sie zum Höhepunkt kam, gerade so, dass sie sich nach mehr sehnte.

»Ja.« Ihre Hüften wanden sich.

Er lachte leise und küsste sie auf die Innenseite eines Schenkels. »Ich weiß nicht, ob ich dir glauben kann.«

»Nick Vane, bitte«, bettelte sie. »Ich halte es nicht mehr aus.«

»Doch, doch. Das wissen wir beide.« Aber er würde sie nicht mehr länger warten lassen. Er konnte zwar ein ziemlicher Blödmann sein, er war aber kein komplettes Arschloch. Deshalb setzte er den Mund genau dort an, wo sie ihn haben wollte.

Sie schmeckte nach warmem Himmel, und er konnte nicht genug von ihr bekommen. Mit den Fingern spreizte er ihre Schamlippen, leckte und saugte die empfindlichen Stellen, schlug mit der Zunge leicht auf die Klitoris, immer und immer wieder, während sie sich unter ihm wand und krümmte, statt Worte nur noch die gestöhnte Aufforderung, weiterzumachen, nicht aufzuhören. Er senkte eine Hand, fuhr mit dem Daumen über ihre Schamlippen und glitt in sie hinein. Sie zog ihn fest an sich, gab ein zitterndes Stöhnen von sich, also tat er es erneut, gab ihr genau das, was sie wollte, bis sie seinen Namen rief und an seinem Mund kam.

Er setzte sich zurück und sah zu, wie Brooke sich von ihrem Orgasmus erholte. Der Anblick war atemberaubend und löste in ihm einen ehrfürchtigen Schauer aus, wie er ihn noch nie erlebt hatte. Die Art und Weise, wie Brooke sich aufsetzte, den Blick noch leicht verschleiert, rundum befriedigt, löste in ihm etwas aus. Wenn sie wollte, könnte sie ihn kleinkriegen. Die Frau war mehr als nur eine Kragenweite zu groß für ihn. Bevor ihn diese Einsicht jedoch in einen eisigen Griff zwängen konnte, legte Brooke ihm die Hand in den Nacken, zog ihn zu sich heran und küsste ihn. Und ein Kurzschluss legte den Teil seines Gehirns, der für Warnsignale zuständig war, lahm.

Er umfasste ihre Taille und zog sie mit sich auf die Matratze. Ihre Körper waren ein einziges Durcheinander aus Gliedern. Sie berührten, streichelten, packten, küssten und leckten sich, wo es sich gerade ergab. Er umfasste ihre Brüste, drehte ihre Brustwarzen zwischen Daumen und Zeigefinger, während sie sich seinen Hals entlangküsste. Sollte sein Schwanz schon jemals härter gewesen sein, er hätte nicht gewusst, wann.

»Nick, ich will dich in mir.« Sie nahm seinen Schwanz in die Hand. »Jetzt.«

Herr im Himmel. Ihm war, als hätte ihn ein Stromschlag getroffen. »Sehr wohl, Ma'am.«

Er holte aus der Schublade des Nachtkästchens ein Kondom. Während sie mit den Händen über seinen Waschbrettbauch strich, den Kopf senkte und seine Brustwarze leckte, streifte er sich das Latexteil über. Sie lagen seitlich nebeneinander, Gesicht an Gesicht. Er hob ihr Bein hoch und drang bis zum Anschlag in sie ein. Ihm war, als drehten sich ihm die Augen nach hinten weg, und er konnte sich einen Moment lang nicht mehr rühren, weil sie ihn so fest umklammerte.

»Wie eng du bist. Wie gut du dich anfühlst.«

Er zog sich zurück und stieß wieder zu, wieder und wieder, aber aus diesem Winkel kam er nicht tief genug in sie hinein. Er wollte mehr. Er musste sie sich unterwerfen. Er ließ ihr Bein los und zog sich aus ihr zurück, obwohl sie stöhnend protestierte.

»Auf die Knie!«

Sie gehorchte seinem Befehl, stützte sich vor ihm auf Hände und Knie. Auch wenn ihm der Schwanz wehtat, so sehr wollte er wieder in sie hinein, ließ er sich doch etwas Zeit, betrachtete im Mondschein die feinen Linien ihres Rückens, die runden Backen ihres Hinterns und die Lust, die in ihren Augen brannte, als sie sich nach ihm umdrehte.

Er nahm seinen Schwanz in die Hand und rieb die Eichel gegen ihre feuchte Öffnung. »Ist das, was du willst?«

»Ja.« Sie stieß nach hinten, um ihn in sich aufzunehmen, aber seine Hand auf ihrem Hintern verhinderte das.

Er beugte sich so vor, dass nur die Eichel eindrang. »Nur dies?«

Sie schüttelte den Kopf. »Ich will dich. Ganz und gar.«

Jetzt war es um seine Selbstbeherrschung geschehen. Er ließ sie los und drang in sie ein. Er packte sie an den Hüften und zog sie zurück in dem Rhythmus, in dem er zustieß, nahm sie in Besitz. Er konnte nicht genug von ihr kriegen und dachte, es würde nie anders werden. Sie reagierte auf seine Bewegungen, kreiste mit den Hüften, rieb sich an ihm, bis beide kamen, keuchend, vor Schweiß glänzend. Er vergrub sich in ihr, die Lust jagte durch seinen Körper mit der Wucht eines führerlosen Güterzugs. Das Kribbeln am Ende seiner Wirbelsäule kam zu früh – er wollte nicht, dass es schon endete, doch sein Körper hatte andere Vorstellungen. Das Feuer zwischen ihnen loderte wie bei einem ausgedehnten Vorspiel schon zu lange. Er schob ihr eine Hand zwischen die Schenkel und rieb ihre Klitoris. Sie schrie erstickt auf, ihre Arme gaben nach, sie landete mit dem Gesicht auf der Matratze.

»Hör ja nicht auf!«, warnte sie ihn und stieß weiter mit zitternden Beinen gegen ihn.

Er machte weiter. Mit zusammengebissenen Zähnen zögerte er den Orgasmus hinaus, seine Eier zogen sich zusammen, er strich über ihre Klitoris, rieb immer weiter und stieß zu, bis sie aufschrie, die Hände im Laken verkrallte und ihre Muskeln sich um seinen Schwanz zusammenzogen. Jetzt war es endgültig um ihn geschehen. Noch einmal stieß er tief in sie, dann war es auch bei ihm so weit. Sein Körper bäumte sich auf und versteifte sich, so gewaltig war sein Orgasmus.

Sie klappten einfach zusammen. Also er klappte zusammen, Brooke ließ lediglich die untere Körperhälfte zur oberen auf das Bett sinken. Seine Eier waren schwer, seine Augenlider sanken herab.

»Das war ...«, begann er.

»Phänomenal«, vollendete sie, setzte sich auf und schickte sich an, das Bett zu verlassen.

Bei der Aussicht, sie könnte ihn jetzt allein lassen, wurde ihm ganz anders, deshalb packte er sie am Handgelenk. »Geh nicht.«

»Nur bis zur Toilette«. Sie lächelte schüchtern. »Ich bin gleich zurück.«

Während sie im Bad war, machte er sich sauber, und als sie zurückkam, noch immer nackt und so schön, dass es wehtat, klopfte er neben sich auf das Bett. Rasch schlüpfte sie zu ihm unter die Decke und legte den Kopf auf seine Schulter, wo er perfekt in die kleine Kuhle dort passte.

»Ich muss dir was gestehen«, sagte sie und strich sanft durch sein Brusthaar, ohne ihm in die Augen zu schauen.

Sein Herz schlug schneller. »Was denn?«

Jetzt schaute sie ihn an. »Ich mag dich, Nick Vane, und das könnte Komplikationen nach sich ziehen.«

»Ich mag dich auch, und Komplikationen schrecken mich nicht.« Sein Puls beruhigte sich wieder, und er strich ihr über das weiche Haar. »Ich suche gern nach Lösungen.«

Sie lächelte ihn an, küsste die Stelle direkt unter seinem Schlüsselbein und schloss die Augen.

Fünf Minuten, eine Stunde, ein Menschenalter später lag Nick mit Brooke im Bett und starrte vor sich hin.

Viel gab es im Zimmer nicht zu sehen. Ein Bett. Einen Nachttisch. Eine Kommode. Hier war kein See hinter dem Haus wie in Salvation, auch kein Froschquaken, das die warme Brise durch die Fenster bis ins Haus wehte – aber hier war Brooke. Und als sie sich so an ihn kuschelte, ihr nackter Körper sich ideal an seinen schmiegte, entschied er, dies war besser. Hier war der einzige Ort, wo er sein wollte.

Diese Einsicht hätte ihm eigentlich höllische Angst einjagen sollen. Er hielt den Atem an, wartete auf die Anzeichen von Furcht in seinem Gehirn, doch als die nicht kamen, atmete er erleichtert aus, nahm Brooke fester in den Arm und schlief ein.

21. KAPITEL

Die Untoten waren überall, und Nick konnte Brooke nirgends finden. Mace hatte offenbar neunzig Prozent der Dorfbewohner als Statisten für den Zombie-Hochzeitsball angeheuert. Nick bahnte sich einen Weg durch die Zombies, die vom Make-up-Wagen auf der Zufahrt zum Stallhaus hinüber zum Hauptgebäude schlenderten. Dort standen sie dann am Rande des Sets herum, wo Mace eine »Tabu-Zone« ausgewiesen hatte, zu der lediglich Regisseur, Schauspieler, Kameraleute und sonstiges unbedingt notwendige Personal Zugang hatten. Nick gehörte nicht dazu, und die Zombie-Horden offenbar ebenso wenig. Brooke allerdings hatte es irgendwie hinter das unsichtbare Absperrseil geschafft.

Einer der Crew, ein hagerer Kerl in schwarzem T-Shirt und kunstvoll zerrissener Jeans mit – ungelogen – der Kappe eines Zeitungsjungen auf dem Kopf laberte sie zu. Er war die Art von Typ, die ausschließlich Craft-Bier bestellte, das nur in kleinsten Mengen gebraut wurde und dessen Geschmack mit Eicheln von echten Waldfeen verfeinert war, und der herablassend über Musik sprach, deren reiner Klang nur auf authentischen Grammofonen voll zur Geltung kam. Nick hätte ihm am liebsten die Fresse mit der Nase voraus in den Staub gedrückt.

»Schön, Sie hier zu treffen«, sagte Daisy, die plötzlich neben ihm auftauchte.

Zumindest glaubte er, dass sie es war. Graue Haut, ein Auge auf die Wange hängend und nur ein paar Haarbüschel auf dem bluttriefenden Schädel.

»Daisy?«

»Wie sie leibt, aber nicht lebt.«

»Sie sehen zum Fürchten aus.«

»Danke.« Sie grinste ihn an und präsentierte ein Gebiss mit nur wenigen gelben Zähnen. »Schauen Sie sich mal Rileys Herz an.«

Sein Blick wanderte zu dem Riesen neben Daisy, bevor sein Gehirn ihn warnen konnte. Riley sah im Großen und Ganzen genau wie Daisy aus, nur grauer und schleimiger. Was Nick aber den Magen umdrehte, war der Batzen Haut und Muskel, der ihm an der Brust fehlte und ein fauliges Herz im offenen Brustkorb sehen ließ.

»Die Maskenbildner wissen, was sie tun.«

»Es hat eine Ewigkeit gedauert, aber wie hätten wir uns das entgehen lassen können?« Daisy nahm Riley bei der Hand. »So was hat Bowhaven noch nicht erlebt.«

Tja, seit man ihn hier festgesetzt hatte, hatte sich wahrlich einiges geändert.

»Und wer hat jetzt den ersten Schritt getan?«, fragte Nick und grinste den großen Förster selbstgefällig an.

Riley errötete, was seiner Schminke eine rosa Färbung verpasste. Daisy hingegen lächelte nur.

»Ich natürlich«, sagte sie. »Jetzt hat man im Dorf noch

ein anderes Thema als immer nur, ob Sie und Brooke mehr sind als nur Erbe und Sekretärin.«

»Darüber wird geredet?« Wie magisch angezogen wanderte sein Blick wieder zu Brooke und dem Hänfling in der Tabuzone, der für seinen Geschmack viel zu nahe bei der Frau stand, die erst vor ein paar Stunden beim Erreichen ihres Höhepunkts seinen Namen geschrien hatte.

Höhlenmensch-Attitüde? Besitzergreifend? Eifersüchtig? Er? Allerdings. Und wie!

»Immer mit der Ruhe, John Wick«, sagte Daisy. »Sie unterhält sich bloß mit ihm.«

Er nahm nur am Rand wahr, dass auch noch andere Menschen auf der Welt waren, drehte sich aber zu dem zierlichen Zombie neben sich um, damit sie von seinen Lippen lesen konnte. »Wie bitte?«

»Nichts.« Sie kicherte, bis sich etwas Bitteres in ihre Augen schlich, das ihm zu denken gab. »Sie wissen von der Geschichte mit Reggie?«

Dieses Arschloch? Ja, die Geschichte kannte er. Gern hätte er ihn wie Ungeziefer zerquetscht. Nachdem sie ihm aber schon vorgeworfen hatte, er sei so ein primitiver »Ich Tarzan, du Jane«-Depp, sagte er lediglich: »Ja.«

»Dann lassen Sie sich eins gesagt sein.« Daisy beugte sich vor. Ihr Tonfall war dermaßen eisig, dass ihm schier das Blut in den Adern gefror. »Niemand wird ihr jemals wieder so wehtun.«

Subtil? Nicht im Geringsten, aber das war auch nicht Daisys Stil. »Ich verstehe.«

»Gut, denn ich *mag* Sie, Nick Vane, aber ich *liebe* meine Schwester.«

Da war es, das Ding, das er Brooke nicht geben konnte, weder jetzt noch in Zukunft – ein Gefühl von Beständigkeit. Er hatte keine Ahnung, was »für immer« bedeuten sollte, aber er wusste, es war eine Lüge. Jeder geht irgendwann fort, warum das Gegenteil behaupten? Brooke glaubte, wenn man die Regeln befolgte, hätte man irgendwann Erfolg, sie glaubte, richtig würde über falsch triumphieren, sie glaubte, dass »für immer« kein Märchen war – auch wenn sie sich das nicht einmal selbst eingestand, geschweige denn es ihm gegenüber zugeben würde. Wäre dem nicht so, hätte sie nie die Energie aufgebracht, sich so für Bowhaven einzusetzen, damit das Dorf an frühere, bessere Zeiten anknüpfen konnte. Und er wäre nichts anderes als ein gelegentlicher Besucher. Was anderes konnte er nicht sein – mehr konnte er nicht sein –, denn er wusste besser als andere, dass »für immer« nur ein grausames Versprechen war, nicht realer als Dornröschen oder Schneewittchen.

Er wollte gerade auf Daisys Drohung antworten, als ihn das schrille Feedbackgeräusch eines Lautsprechers zusammenzucken ließ.

»Alle Zombies begeben sich bitte zum Großen Saal«, rief eine Frau mit Baseballkappe, die, bewaffnet mit einem Megafon, durch die Menge der Untoten schritt.

Riley tippte Daisy auf die Schulter, und sie hörte auf, Nick ihren »Ich mache dich fertig«-Blick zuzuwerfen, drehte sich um und lächelte ihren Freund bewundernd an.

»Wir müssen los«, sagte dieser, als sie von seinen Lippen lesen konnte.

Sie nickte, und jetzt strahlte sie übers ganze Gesicht.
»Na gut, gehen wir ein bisschen Hirn essen.«
Riley lachte, dann zogen sie los und verloren sich in der Menge der Untoten, die nach Dallinger Park hineinströmte.

Nick blieb allein zurück und betrachtete das kontrollierte Chaos, das alle Dreharbeiten auszeichnete. Es ähnelte Baseball. Stunden der Langeweile wechselten sich mit hektischem Treiben, Schreien und Gefluche ab. Er suchte das Gelände nach Brooke ab, aber sie war nicht mehr bei dem hageren Burschen. Auch nicht am Eingang zum Herrenhaus. Nicht auf seiner Seite des abgesperrten Bereichs. Nach ein paar Minuten entdeckte er sie endlich. Sie war tief in eine Diskussion mit Mace verstrickt. Ihre Hand lag auf seinem Unterarm, beide steckten die Köpfe zusammen und betrachteten auf einem Monitor, was sich im Großen Saal abspielte.

Er kannte Mace sein ganzes Leben als Erwachsener und ein paar Jahre davor auch schon. In all der Zeit hatte er ihn noch nie erwürgen wollen. Das war allerdings, ehe Mace Brooke ein Lächeln schenkte, das normalerweise nur ein Ziel hatte: Höschen? Was für ein Höschen?

Jeder Muskel in seinem Körper spannte sich an, während er sie so beobachtete. Nur mühsam konnte er den Drang, auf seinen Freund loszugehen, beherrschen. Dann drehte Mace den Kopf in seine Richtung und warf ihm hinter Brookes Rücken einen »Zwischen euch ist doch nichts, oder?«-Blick zu. Das Arschloch. Er hatte wohl bemerkt, dass Nick auf sie zukam, und beschlossen, ihn ein bisschen zu ärgern. Nick zeigte ihm den Stinkefinger.

Mace zuckte nur mit den Schultern und schaute wieder auf das Geschehen auf dem Monitor, in das Brooke noch immer vertieft war, ließ diesmal allerdings etwas mehr Platz zwischen sich und Brooke.

Scheiße. Er musste dies – was immer das sein mochte – zurückdrehen. So ein Mann war er nicht. Er war nicht nur derjenige, den alle verließen. Auch er hatte sich aus dem Staub gemacht. Er hatte jede Freundin verlassen, seit er Jenna Hoffman in der sechsten Klasse der Middle School beim Tanzen geküsst hatte. Zum Bleiben war er nicht veranlagt. Und bald würde er ohnehin wieder nach Virginia zurückfliegen, um sein Leben für eine sechsmonatige Teilung zwischen drüben und hier auszurichten.

Natürlich minderte das seinen Wunsch, sie zu berühren, nicht im Geringsten. Und das war der Grund, weshalb er auf einem schmalen Grat wandelte. Er war der falsche Mann für sie, und trotzdem begehrte er sie. Sehr. Mehr als gut war.

»Ach, da bist du«, sagte sie lächelnd und trat auf ihn zu. »Ich habe mich schon gewundert, wo du abgeblieben bist.«

Sie kam ihm so nah, dass er den Energiefluss zwischen ihnen regelrecht hören konnte. Sie wischte ihm imaginäre Flusen vom Hemd, als wäre ihr jeder Vorwand recht, ihn zu berühren. Ohne zu überlegen, nahm er sie bei der Hand, verschränkte die Finger mit ihren, und sogleich schlugen die Funken und zuckten die Blitze. Er begehrte sie nicht einfach nur so. Er verliebte sich in sie. Und als sie zu ihm hochschaute und er die brennende Lust in ihren blauen Augen sah, als sie erwartungsvoll den Mund leicht öffnete, da wusste er, das Letzte, was sie in ihrem Leben brauchen konnte – und sei es nur vorübergehend –, war ein Mann mit emotionalem Ballast, wie er ihn mit sich herumschleppte.

Ein besserer Mensch wäre in dem Augenblick sofort gegangen. Aber Nick war kein besserer Mensch. Stattdessen machte er klar, dass sie zu ihm gehörte, beugte den Kopf und küsste sie auf eine Art, die so viel versprach, was er nicht halten konnte. Alles, was er hatte, legte er in diesen Kuss, all das Sehnen, das bittersüße Verlangen und die Aussicht auf künftige Zeiten, die ihnen nicht vergönnt waren. Es war eine herrliche Qual, die nie enden sollte.

Er hörte den Mann nicht herankommen. Erst als das Blitzlicht losging und der Mann »Oha!« rief, wurde Nick wieder klar, dass der Rest der Welt doch noch existierte. Noch ganz benommen von dem Kuss und der Verdrängung löste sich Nick so weit von Brooke, dass er mitbekam, was da vor sich ging. Ihm wurde ganz anders.

Der Mann trug Jeans und ein T-Shirt, an dem ein Presseausweis befestigt war. »Hätte nie gedacht, dass ich Reggies verklemmte Ex mal in so einer Situation erwische«, sagte er. »Wer ist denn der Junge, Brooke? Willst du es Reggie mit ihm heimzahlen? Hoffst du immer noch insgeheim, er kommt zu dir zurück, jetzt, da er der Tochter des Premierministers den Laufpass gegeben hat?«

Er schoss zwei weitere Fotos, während Nick noch zu begreifen versuchte, was da ablief. Sobald er es kapiert hatte, ließ er Brooke los und wollte den Fotografen packen, der aber entschlüpfte ihm und tauchte in einer zweiten Welle von Zombies unter, die auf ihren Kameraeinsatz warteten.

»Oh nein«, rief Brooke, die den Eindruck machte, als schrumpfe sie in sich zusammen. »Bitte nicht noch einmal!«

Wer auch immer diese Woche für Stoßseufzer zuständig war, er nahm keine Anrufe entgegen. Die ersten Fotos waren online auf Seiten mit Fußballklatsch erschienen und wärmten Brookes Erfahrungen mit diesem Arsch Reggie auf, als hätte sie nicht schon genug wegen dieses sogenannten Fußballers aushalten müssen. Nick hatte sein ganzes Leben noch nichts so Lächerliches gelesen.

»Das sind Idioten«, sagte er am nächsten Morgen und klappte den Laptop auf dem Küchentisch im Stallhaus zu.

Sie trank einen Schluck Tee aus ihrer Tasse und seufzte müde. »Warum muss das ausgerechnet jetzt passieren, wenn die Leute hier endlich glauben, ich könnte Bowhaven etwas bieten, man könnte mich tatsächlich für voll nehmen.«

»Ich nehme dich für voll.«

Sie schnaubte sehr unzitronenladyhaft. »Du willst mir doch bloß an die Wäsche.«

»Stimmt.« Er grinste. »Aber mach dir nicht zu viele Sorgen. Das geht vorüber. Das ist nur ein Pieps im Vergleich zu dem, was du für das Dorf getan hast. Die Leute in Bowhaven wissen das.«

Wäre das nur der Fall gewesen. Als Mace und die restlichen Filmleute zwei Tage später zusammenpackten, wimmelte es in Bowhaven von miesen kleinen Reportern und Fotografen. Einer der Crew – Mace konnte nicht herausfinden, wer – hatte ausgeplaudert, wen Brooke in dem Moment geküsst hatte. Mehr brauchte es nicht, um die Fotos und Spekulationen von obskuren Klatschseiten im Internet in die überregionalen Nachrichten zu befördern. Jeder wollte seinen Anteil an dem Amerikaner, dem reichen Erfinder und künftigen Earl of Englefield. Das Blatt, das er Mr Darcy zum Schreddern auf Hundeart überlassen hatte, trug die Schlagzeile: »Vom amerikanischen Kind der Liebe zum englischen Earl«.

»Nicht schon wieder dieser Depp!«, stöhnte Riley, als ein Angeber im Fernseher des Fish & Chips-Ladens auftauchte, wo sie beide gerade zu Mittag aßen.

Als der Mann anfing, über die Farce herzuziehen, dass ein Kind aus einer annullierten Ehe legitimes Mitglied des englischen Adels werden solle, drückte Riley die Stummtaste.

»Danke«, sagte Nick.

Riley gab ein Grunzgeräusch von sich, das Nick als »Gern geschehen« interpretierte, dann schaufelten sie sich wieder Fischstücke und in Essig ertränkte Pommes in den Mund. Dass er den Mund voll hatte, war wahrscheinlich der einzige Grund, warum ihm nicht der Kiefer nach unten klappte, als plötzlich der Earl höchstpersönlich in seinem Tweed-Outfit mitsamt geschnitztem Spazierstock hereinstolziert kam, die Nase hochmütig und missbilligend nach oben gereckt.

Der Earl schaute sich in dem fast leeren Lokal um und trat dann auf Nick zu. »Ich muss dich kurz sprechen.«

»Worum geht es?«, fragte Nick und wischte etwas Salz

von dem braunen Einwickelpapier, in dem er seine Fish & Chips bekommen hatte.

»Können wir irgendwohin gehen, wo wir mehr unter uns sind?« Der Earl deutete auf einen großen braunen Umschlag, den er unter den Arm geklemmt hatte. »Dies ist von eher heikler Natur.«

Nick las die Untertitel auf dem Bildschirm des zum Schweigen gebrachten Fernsehers mit. Der Dummschwätzer in seinem miesen Anzug bezeichnete Nicks Mom gerade als geldgeiles amerikanisches Flittchen. »Ich weiß nicht, ob ich noch genug Sensibilität für Heikles übrig habe.«

»Es geht um Ms Chapman-Powell.«

Jetzt hatte der Earl seine Aufmerksamkeit. »Erzähl.«

Der Earl zog den Umschlag hervor. »Und ein paar Fotos.«

»Hast du die Nachrichten gesehen?« Trotz all seiner Lässigkeit schlug ihm das Ganze inzwischen auf den Magen. »Der Kuss ist schon überall zu sehen.«

»Es gibt da ...« Der Earl hielt kurz inne, als fehlten ihm ausnahmsweise die Worte. »... noch andere Fotos.«

Als Nick nicht antwortete, warf sein Großvater Riley einen Blick zu, der Lava hätte gefrieren lassen. Der Förster zuckte mit den Schultern und wechselte an einen anderen Tisch. Der Earl setzte sich und legte den Umschlag auf die kleine, runde Tischplatte. In null Komma nichts wuchsen Nick sechs neue Magengeschwüre. Er wollte den Umschlag nicht öffnen. Was auch immer da drin war, es war übel. Trotzdem griff er schließlich danach und öffnete ihn.

Gerade als sie dachte, schlimmer könne es nicht mehr werden, war Nick in den Pub gekommen und hatte sie in den Biergarten hinausgebeten und ihr die Nacktaufnahmen von ihnen beiden letzte Nacht im Stallhaus gezeigt. Das war leicht zu erkennen, weil sie ihre Haare auf den Fotos offen trug, so wie letzte Nacht eben. Nick hatte nämlich ihren Pferdeschwanz gelöst, wodurch sie fast gekommen wäre. Jetzt wusste jemand von dem Moment, der bisher nur ihnen beiden gehört hatte.

Ihr drehte sich der Magen um.

»Woher hat er die?«, fragte sie. Sie saß zusammengekrümmt auf der am weitesten von der Tür zum Pub entfernten Holzbank. Dass der Mann, der ihnen die Kopien überreicht hatte, ihr Chef war, versuchte sie zu verdrängen.

Der Earl hatte die Fotos mit geringer Auflösung als persönlichen Gefallen von einem Medienmogul erhalten, der darauf verzichtet hatte, sie in einem seiner überregionalen Blätter zu drucken. Das war natürlich keine Garantie, dass andere Zeitungen sie nicht doch veröffentlichen würden. Sie machte sich wenige Hoffnungen, dass sie die nächste Woche überstehen könnten, ohne Brookes Hintern auf den Titelblättern zu sehen.

»Tja, es war schön, aber jetzt ist es vorbei.« Sie dachte an all ihre grandiosen Ideen für Bowhaven, die nun mit den Wolken oben am Himmel weggeweht wurden. Daraus würde nichts mehr werden, wenn die Leute erst einmal diese Fotos zu Gesicht bekommen hätten.

Die Katastrophe, die ihr Nach-Reggie-Leben war, war das eine. Damals war sie das Opfer gewesen. Aber diesmal? Sie glaubte kaum, dass jemand sie als Opfer sehen würde.

»Was war schön?«, fragte Nick, während er die Ausdrucke in Konfetti verwandelte und die Fetzen in den Umschlag zurücksteckte.

»Von den Dorfbewohnern respektiert zu werden«, antwortete sie. Die Gelegenheit zu sehen, dass einige ihrer Ideen Früchte trugen. Ihren Eltern in die Augen sehen zu können. Wenn nicht ganz Yorkshire wusste, wie sie beim Sex aussah. Nick konnte sich einen Grund aussuchen. »Jetzt bin ich nur noch die Frau, die den zukünftigen Earl gevögelt hat.«

Er zerknüllte den Umschlag. »Das ist nicht fair.«

»Wir wissen beide, dass das Leben nicht fair ist. Warum dagegen ankämpfen?« Sie wusste es besser. Dem Mann klopfte man auf die Schulter. Die Frau? War eine Schlampe. Es war nicht fair, und es machte sie fertig.

Nick lief im Biergarten des Pubs auf und ab wie ein Tier im Käfig, voller Wut und aufgestauter Energie. Die Luft um ihn herum schien elektrisch aufgeladen, und einen Moment starrte sie fassungslos den Mann an, in den sie sich verliebt hatte. Und wie! Ihn ihretwegen derart aufgebracht zu erleben, schob die letzte Barriere ihres Herzens beiseite, ihres Herzens, das ihm gehörte. Und mit Nick an ihrer Seite würde sie das Dorf wieder für sich gewinnen. Nein, aufgeben kam nicht in Frage.

Ohne ihre Gedanken zu erahnen, fuhr sich Nick mit der Hand durchs Haar. »Warum verschwindest du nicht aus Dodge City? Geh eine Weile woanders hin. Lass alle und alles hier zurück.«

Weg. Von allen. In ihrem Kopf liefen die Worte in Endlosschleife. »Ich soll fortlaufen? Schon wieder?« Er blieb vor ihr stehen und nickte mit der Überzeugung eines Heiligen in der Kirche. »Genau. Geh weg von hier. Fang irgendwo neu an. Alle machen das so.«
»Sogar du?« Ihr Hals schmerzte, als sie die Frage stellte. Sie wusste ja, dass er in einigen Monaten verschwinden würde, aber etwas zu wissen und es zu glauben, waren zwei Paar Schuhe. Sechs Monate. Mehr konnte er Bowhaven im Jahr nicht gewähren. Kein Vollzeitengagement. Sie war eine Weltklasse-Idiotin.

Nick sagte nichts – musste er auch nicht –, und in ihr zerbrach etwas so endgültig, dass sie das Echo des Knackses glatt zu hören meinte.

Wieso hörte sie nicht auf ihn? Er wollte sie doch nur beschützen, ihren Schmerz lindern. Die Leute gingen fort. Freunde zogen um. Sein Dad hatte seine Familie verlassen. Seine Mom war gestorben, und falls jemand glaubte, das sei kein »Weggehen«, dann war der- oder diejenige noch nie am Boden zerstört und allein und auf einen überforderten Staat angewiesen gewesen. Er konnte nicht verhindern, dass der Verlust Brooke bis ins Mark traf, aber er konnte ihr helfen, ihm zuvorzukommen. Wenn man sich schnell genug bewegte, konnte einen niemand verlassen.

»Ich habe dich was gefragt, Nick«, sagte sie, mit den Nerven sichtlich am Ende. »Bitte antworte mir. Das gebietet die Höflichkeit.«

Oh Gott, er wollte das nicht tun, ihm blieb nur nichts anderes übrig. Er musste sie zu ihrem Glück zwingen, auch wenn es grausam war. Sie würde ihn hassen, wäre aber besser dran. Damit konnte er leben.

Er zwang sich, die Schultern zu lockern, und nahm die träge, gelangweilte Haltung ein, die ihm als Rüstung gedient hatte, solange er zurückdenken konnte. »Hör mal zu, Brooke, ich bin nicht der Mann, den du brauchst. Ich bin nicht dazu geboren, mich lange am selben Ort aufzuhalten. Schau dir nur die Leute an, von denen ich abstamme. Jeder sucht das Weite, auch ich – ich ganz besonders.«

Die Worte wirkten wie Messer und trafen genau ins Ziel. Sie riss die blauen Augen auf, in denen sich Tränen formten, und es kostete ihn alles, nicht vor ihr auf die Knie zu fallen und sie anzulügen – dass er bleiben würde, dass er sie nie verlassen würde. Aber das würde er. Die Vanes waren so, und so gern er es verleugnet hätte, er war ein Vane durch und durch. Also zwang er sich, auf den Beinen zu bleiben und nicht nachzugeben.

Dann verwandelte sich Brooke plötzlich. Sie streckte den Rücken durch, hob das Kinn, zwinkerte die nicht vergossenen Tränen weg, holte tief Luft und strich sich mit der Hand das blonde Haar aus dem Gesicht. Als sie schließlich aufstand, war Brooke verschwunden, und die Zitronenlady hatte ihren Platz eingenommen.

»Ich gehe hier nicht fort«, sagte sie. »Hier bin ich zu Hause, und ich werde sie für mich zurückgewinnen. Man kann nicht jedes Mal aufgeben und abhauen, wenn es hart auf hart kommt.«

»Weggehen heißt nicht aufgeben. Es ist eine kluge Taktik. Eine Frage der Selbsterhaltung. Eine Frage des

Überlebens.« Allein zu sein war besser als verlassen und unerwünscht zu sein. Immer. »Du kannst dir nicht in die Tasche lügen und dir einreden, dieser ›Ich gehe fünfhundert Meilen für dich‹-Quatsch hätte was mit der Realität zu tun. Hat er nämlich nicht. Jeder geht fort und kommt nicht zurück. Warum also nicht als Erster abhauen?«

Sie schaute ihm ernst in die Augen. »Weil nicht alle zweiunddreißig Jahre alte Kinder sind.«

»Dafür hältst du mich?«

Sie zog eine Augenbraue hoch. »Du benimmst dich so.«

Und das war der Dank dafür, dass er ihr helfen wollte. Beleidigungen. »Du hast keine Ahnung, wovon du redest.« Mit dem zerknitterten Umschlag in der Hand drehte er sich um und ging zur Tür in den Pub. Hauptsache, weg von dieser Frau.

»Du verlässt mich schon so bald?«, rief sie ihm höhnisch nach, was ihren Worten eine deutliche Härte verlieh. »Was für ein Schock!«

Er riss die Tür auf, ging aber nicht sofort hinein, sondern drehte sich um zu der Frau, wegen der er eigentlich gern bleiben würde, obwohl er wusste, dass das unmöglich war. »Hast du dich je gefragt, ob es das Dorf überhaupt wert ist, sich dafür einzusetzen?«

»Nein«, antwortete sie, ohne zu zögern. »So ist Bowhaven. Es braucht Kämpfer, und wenn du keiner bist, dann solltest du lieber gehen.«

»Genau das habe ich euch erzählt, seit du zum ersten Mal Kontakt mit mir aufgenommen hast. Ich gehöre nicht hierher.«

Er hatte es die ganze Zeit gewusst. Dieser Ort. Diese Leute. Sie wollten ihn nicht, und er wollte nicht bleiben. Jetzt war es höchste Zeit, dass er seinen eigenen Rat befolgte und sich endgültig aus dem Staub machte.

22. KAPITEL

Drohend ragte Dallinger Park nach dem langen Marsch vom Dorf vor Nick auf, dunkel und schroff vor dem verblassenden Violett der von Heide bedeckten Hügel. Ausnahmsweise war er froh, das Haus zu sehen und alles, was es repräsentierte, denn er würde endlich das tun, was er sich im Flugzeug nach England versprochen hatte – dem Earl ins Gesicht sagen, er solle sich zum Teufel scheren. Am Morgen würde er dann nach Hause fliegen. Während der zwei Meilen vom Dorf hierher hatte er genügend Zeit gehabt, alle notwendigen Reisevorbereitungen zu treffen, die er so lange aufgeschoben hatte, nur um Brooke in seinen Armen halten zu können.

Er ging auf die Eingangstür zu, abgelenkt durch seine Gedanken, und trat in eine Pfütze, die vom Regen am Nachmittag übrig geblieben war und in der er bis zum Knöchel versank. Mit einem lauten Platsch zog er den Fuß heraus, war aber schon bis auf die Haut durchnässt.

Was für ein perfektes Ende eines herrlich beschissenen Tags.

Wäre er nicht so in Gedanken versunken gewesen, wäre ihm das Schlagloch voll Regenwasser aufgefallen. War er aber. Genau genommen war er seit Brookes erster E-Mail abgelenkt, als sie ihn in ihrer ganzen Pracht als

Zitronenlady aufgefordert hatte, nach England zu kommen, so als ob sie tatsächlich ihn wollte. Doch ihn wollte sie gar nicht. Sie wollte, dass Bowhaven sie mochte. Was für ein törichtes Unterfangen. Orte oder Leute, das war egal. Sie mochten einen nur so lange, bis sie bekommen hatten, was sie wollten. Und dann? Dann war man wieder auf sich allein gestellt und kam sich vor wie der letzte Trottel. Das hatte er ganz früh in seinem Leben gelernt, und trotzdem war er hierhergekommen wie der letzte Idiot, so halb in der Hoffnung, hier den Ort zu finden, wo er hingehörte.

In einem Punkt hatte Brooke recht – für ihn war es das Beste zu verschwinden.

Auf dem Fußabtreter streifte er den Schlamm von den Schuhen, die er dann aber doch auszog, als er Dallinger Park betrat. Der Teppich war alt und abgetreten, aber seine Mutter hatte ihn gelehrt, keinen Dreck ins Haus zu tragen.

Im Inneren war es still. Die wenigen Angestellten hatten frei bekommen, um sich von den Strapazen der Dreharbeiten zu erholen.

»Hallo«, rief er.

Niemand antwortete. Natürlich nicht. Warum sollte in diesem gottverlassenen Land irgendetwas planmäßig laufen? Er wollte seinem Großvater eigentlich nur sagen, er könne sich seine Grafschaft dahin stecken, wo die Sonne nicht hinscheint, dann konnte er nach Hause fliegen. Das hätte er längst tun sollen.

Nicks Schritte hallten von den mit Porträts geschmückten Wänden im Großen Saal wider, als er zu der Treppe zu seinem Zimmer ging. Er kam an einer Tür vorbei, die bisher stets abgeschlossen gewesen war, jetzt aber offen stand. Seine verdammte Neugier verleitete ihn hineinzugehen, die Schuhe noch immer in der Hand. Es war ein Arbeitszimmer. Eines, das nicht oft benutzt wurde, der Höhe des Staubs auf den Abdecktüchern über den Möbeln nach zu urteilen. Das heißt, auf den meisten Möbeln. Am anderen Ende des Raums stand vor einem Doppelfenster ein Schreibtisch aus Eichenholz, dessen glänzende Oberfläche von Papieren übersät war. Er konnte sich unmöglich zurückziehen, ohne einen Blick darauf zu werfen. So funktionierte er nun mal nicht.

Er legte die Schuhe in den leeren Kaminschacht nahe der Tür und ging zum Schreibtisch. Die schnörkelige Handschrift auf den vielen Zetteln erkannte er sofort. Mit derselben Handschrift waren Entschuldigungen für die Schule wegen einer Erkältung geschrieben worden oder »Viel Glück« auf einen kleinen Zettel in seiner Brotdose, wenn eine Klassenarbeit anstand. Das letzte Mal hatte er die Handschrift seiner Mutter in dem Brief gesehen, den er nach ihrem Tod lesen sollte. Er hatte ihn in die erste Jugendeinrichtung mitgenommen, wo irgendein Arschloch sein Zeug durchwühlt hatte, um zu klauen, was sich verkaufen ließ, und dabei in einer jugendlichen Anwandlung von Herrschaftswahn den Brief zerrissen hatte – was ihm eine zertrümmerte Nase und einen abgebrochenen Zahn eingebracht hatte. Aber das hatte ihm natürlich weder seine Mutter noch den Brief zurückgebracht.

Die Briefe hier hatte er jedoch noch nie gesehen. Sie waren vom Alter vergilbt und vom vielen Falten zerknittert. Er nahm den ersten vom Stapel und las auf gut Glück einen Absatz:

Du würdest nicht glauben, wie sehr er gewachsen ist. Kaum komme ich vom Einkaufen ins Haus, durchsucht er schon die Einkaufsbeutel nach Süßigkeiten.

Er konnte förmlich hören, wie seine Mom über ihn kicherte, der Klang ihres leisen Lachens übertönt vom Knistern der Einkaufstaschen. Er wollte immer gleich wissen, was sie mitgebracht hatte, und gab vor, beim Einräumen der Lebensmittel mitzuhelfen. Das meiste waren gesunde Sachen, Obst und Gemüse, aber sie hatte ihm immer etwas mitgebracht, Doritos, Pizza Rolls, extra scharfen Nacho-Cheese-Dip im übergroßen Glas. So war Mama.

Er legte den Brief wieder hin und nahm den nächsten. Ein Absatz ungefähr in der Mitte sprang ihm ins Auge:

Und sein Lachen? Meine Güte, es klingt genau wie deins. Wenn ich es höre, fällt mir immer unser Kanuausflug ein, wo ich das Ding versehentlich zum Kentern gebracht habe. Gott sei Dank ging uns das Wasser nur bis zur Hüfte. Du bist aufgetaucht wie eine ertrunkene Ratte und hattest einen Fisch in der Hand. Wie du das geschafft hast, ist mir immer ein Rätsel geblieben. An den Tagen, an denen du mir am meisten fehlst, denke ich immer an diesen Ausflug, dann muss ich lächeln.

Er ließ das Blatt Papier fallen, als würde es brennen. Was hatte das zu bedeuten? Das waren offenbar Briefe an seinen Samenspender, sie klangen aber fast wie Liebesbriefe. Da stimmte etwas nicht. Er hatte sie verlassen. Ohne Bedauern. Von ihm kamen Schecks und sonst nichts. Seine Mama hätte ihm erzählt, wenn da mehr gewesen wäre. Er zog den untersten Brief aus dem Stapel hervor mit Datum nur wenige Monate vor ihrem Tod.

Manchmal mache ich mir Sorgen. Nick hat permanent so eine Wut im Bauch, und ich kenne den Grund. Er hebt alles auf, wirft nichts weg. Er hortet instinktiv alles, als hätte er Angst, er würde eines Tages aufwachen und alles sei fort. Daran bin ich schuld. Wir sind schuld. Ich wünschte, ich könnte ihm alles erzählen. Ihm erklären, warum uns keine andere Wahl blieb. Warum wir alles geheim halten mussten. Liebe. Familie. Treue. Alles Dinge, von denen ich ihm beizubringen versuche, dass sie das Wichtigste auf der Welt sind. Dinge, die im Leben wirklich zählen. Du hattest Gründe, warum du es getan hast. Und eines Tages werde ich wissen, wie ich es ihm beibringen kann.

Ihr blieb keine andere Wahl? Seinem Vater blieb keine andere Wahl? Der Boden unter seinen Füßen begann zu schwanken, der Brief fiel ihm aus der Hand, landete am Rand des Schreibtischs und flatterte anschließend zu Boden. Er schaute sich im Zimmer um. Auf dem Schreibtisch lagen Fotos. Von seiner Mutter. Von ihm als kleiner Junge. Von einem Mann, der wohl sein Vater sein musste, und einem Baby in einem rosa-blau-gestreiften Tuch, in das offenbar jedes in einem amerikanischen Krankenhaus geborene Baby gewickelt wurde. Er. Das Baby musste er sein.

»Ich nehme an, sie ist nie dazu gekommen, dir alles zu erklären.« Der Earl stand in seinem Tweedblazer in der Tür und sah ihn mit undurchdringlicher Miene an.

Nick schreckte nicht auf, zuckte nicht zusammen. Natürlich tauchte der alte Mann genau jetzt auf. Die offene Tür war eine Falle gewesen, und er war hineingetappt.

»Erklären?« Seine Stimme klang fester, als er sich momentan fühlte. »Nein, sie ist gestorben.«

Der Earl nickte. »Und du bist in ein Pflegeheim gekommen.«

»So nennst du das?« Ein grausames Lachen brach aus ihm heraus, als er an die schäbige Jugendeinrichtung mit den gesplitterten Verandabrettern und der knarzenden Treppe dachte. »Pflege? Hört sich ja irgendwie nett an, war aber alles andere als das.«

Der alte Mann rieb sich den Nacken und ging zu einem Tuch, das über ein Rechteck gebreitet war. Er zog es weg und enthüllte eine kleine Bar mit Karaffen voll bernsteinfarbener Flüssigkeit und einigen Kristallgläsern. Nachdem er eine der Karaffen entkorkt und am Inhalt gerochen hatte, goss er etwas in ein Glas, war mit der Menge anscheinend nicht ganz zufrieden und goss noch einmal nach.

»Bist du schon alt genug, um etwas zu bedauern?«, fragte der Earl, während er zu einem abgedeckten Sessel ging. Er zog das Laken weg und setzte sich. »Ich rede nicht von Dingen, wie: Ach, das hätte ich anders machen sollen, sondern von der absoluten Gewissheit, dass du einen schweren Fehler begangen hast, der durch nichts auf der Welt wiedergutzumachen ist.«

»Willst du mir weismachen, mein Samenspender hätte einen Sinneswandel durchgemacht?«, höhnte Nick. Na dann viel Glück.

»Dein Vater? Nein. Nie.« Der Earl nippte an seinem Whiskey. »Er wollte euch ja nie verlassen.«

Wäre das nicht eine so lächerliche Lüge gewesen, hätte Nick ihm ins Gesicht gelacht. So aber ging er zur Bar und goss sich zwei Finger breit Whiskey ein. Der Whiskey brannte sich seine Kehle hinunter, was ihm ganz recht kam. »Erzähl mir doch keinen solchen Blödsinn. Ich weiß, er war schwach. Er ist mit dir bei der erstbesten Gelegenheit abgehauen, ohne jemals wieder einen Gedanken an uns zu verschwenden.«

»Wirklich? Das schließt du aus den Briefen, die deine Mutter deinem Vater geschrieben hat?«

»Es ist das, was ich weiß.« Er wusste es. Hatte es immer gewusst.

»Woher? Hat deine Mutter dir das erzählt?«

»Das war gar nicht notwendig.« Er setzte das Glas auf der Bar ab, ehe er es unter seinem harten Griff zerbrach. Wütend legte er los: »Ich wusste es ab dem Tag, als ich sie das erste Mal nach ihm gefragt habe und sie mir geantwortet hat, ich würde es eines Tages verstehen. Sie würde mir erklären, warum er uns verlassen hat. Und immer kamen die Schecks. Aus Schuldgefühlen heraus oder als Schweigegeld. Es spielte keine Rolle, denn es war Blutgeld.«

Kühl, unerschütterlich, englischer Aristokrat bis zuletzt hielt der Earl mit erhobenem Kinn und steifer Haltung Blickkontakt. Nur ein kurzes Zucken – Schmerz? Schuld? – war bei der Erwähnung des Gelds zu erkennen. Kein Zweifel, der Alte wünschte sich, er könnte einen Teil von dem Geld wiederhaben.

»Du hast dir ein Märchen zusammengereimt über das, was zwischen deinen Eltern passiert ist, und deinem Vater die Rolle des Bösewichts zugeteilt.«

»Das war er auch.«

»Nein.« Der Earl schüttelte den Kopf. Sein Gesichtsausdruck schien großes Bedauern auszudrücken. »Der Bösewicht war *ich*.«

Verschwunden war der Mann, den Nick am Tag seiner Ankunft auf Dallinger Park kennengelernt hatte, der wegen des Kaminsimses und *Leuten unseresgleichen* Streit angezettelt hatte. Nun saß ein bleicher und erschöpfter Mann mit tiefen Falten um die Augen vor ihm. Er war vor Nicks Augen um zehn Jahre gealtert.

»Ich mag Veränderungen nicht«, fuhr der Earl fort. »Ich hänge an alten Sitten und Gebräuchen. Die sich bewährt haben und ihre innere Logik haben.« Er schwenkte sein Glas, sodass die letzten Tropfen Whiskey hin- und herschwappten. Dann trank er es aus. »Das soll keine Entschuldigung sein, nur eine Erklärung. Und als mein Junge und Erbe nach Amerika abgehauen ist und geheiratet hat, war ich erbost. So etwas tat man nicht. Undenkbar. Aber er hatte es getan. Damals war ich noch jünger, mir meiner selbst sicher. Ich meinte genau zu wissen, wie es auf der Welt zuging. Es gab Leute wie uns und alle anderen. Bis

zu einem gewissen Grad denke ich noch immer so. Ich bin zu alt, um mich komplett zu ändern.«
»Ja klar, du bist ein Leuchtturm der Toleranz und des modernen Denkens.« Nick trank ebenfalls aus.
»Kein Mensch würde mich je auf diese Art beschreiben, aber dein Vater war so jemand. Er entwickelte ständig neue Ideen, neue Pläne, neue Alternativen – er schien darin unerschöpflich. Einen neugierigeren Mann habe ich nie kennengelernt. Bis ich die Akte des Privatdetektivs über dich gelesen habe. Du bist ihm sehr ähnlich.«
Nick schnaubte, lief hin und her und schaute unter die über den Möbeln liegenden Abdeckplanen, um sich von seinem inneren Zwiespalt abzulenken. »Sag mir, inwiefern, und ich werde das ändern.«
»Ihr habt beide ein angeborenes Bedürfnis, anderen zu helfen.«
»Mama und mir hat er bestimmt nicht geholfen.«
Seufzend blickte der Earl auf den Schreibtisch voll alter Briefe und gerahmter Fotos einer Familie, die in Nicks Erinnerung nie existiert hatte.
»Ich habe ihm keine Wahl gelassen«, gab der Earl ermattet zu. »Geh, und deine Frau und Kind werden auf Lebzeiten finanziell versorgt sein. Bleib, und du und deine Familie werdet von allem abgeschnitten. Ich habe ihm sehr deutlich gemacht, über welche Beziehungen ich verfüge. Ich konnte dafür sorgen, dass er nirgendwo Arbeit finden und nie für seine Familie würde aufkommen können. Dann erinnerte ich ihn an seine Pflichten gegenüber Dallinger Park, seiner Familie und den Leuten von Bowhaven. Ich stellte ihn vor die simple Wahl:

nach Hause kommen, und keinem würde es an etwas fehlen, oder wegbleiben, und alle würden es büßen müssen.«

Jedes einzelne Wort des Earls traf Nick wie ein in Säure getauchter Eispickel. »Und mich hat man als Bastard beschimpft.«

»Er war erst ein Jahr wieder hier, als er bei einem Autounfall ums Leben kam.« Der Earl starrte auf sein leeres Glas, als könnte er es durch schiere Willenskraft wieder füllen. »Ich habe deiner Mutter weiterhin Schecks geschickt und ihr nie etwas von seinem Tod erzählt. Es kamen weiterhin Briefe, bis es eines Tages aufhörte. Ich dachte, so wäre es für alle einfacher.«

»Und als meine Mutter starb, hast du dir gedacht, du bist noch mal gut davongekommen.«

Der Earl zuckte unverbindlich mit den Schultern. »Und jetzt bin ich an einem Punkt meines Lebens, an dem die Liste meiner eklatanten Fehler und Fehleinschätzungen länger ist als die Zeit, die mir noch bleibt, um sie zu korrigieren. Aber ich dachte, wenn ich dich hierherlocken und dir erklären könnte, was sich wirklich zwischen deinen Eltern zugetragen hat, dann ...«

»Würde ich dir alles vergeben?« Die Frage kam heraus wie zerriebenes Glas, das in seinem Inneren eine blutende Wunde zurückließ.

»Ja, so in etwa. Dich als meinen Erben einzusetzen war nur eine Ausrede, dich hierherzuholen. Der wahre Grund war, dass ich dich zu meinem Enkel machen wollte. Offenbar noch immer der egoistische Drecksskerl, der ich immer gewesen bin.«

Nick bemühte sich, das soeben Gehörte zu verarbeiten, aber sein Gehirn war wie Matsch. Alles, was er gedacht hatte – was er *gewusst* hatte –, wurde ihm weggerissen wie die Laken von den Möbeln im Raum, der wohl das Arbeitszimmer seines Vaters gewesen war. Der sie gar nicht hatte verlassen wollen. Der ... Es war alles zu viel für ihn, deshalb kam ihm die aufsteigende Wut, die seine Verwirrung überlagerte, gerade recht.

»Morgen früh fliege ich zurück.«

Der Earl nickte, als hätte er nichts anderes erwartet.

»Kommst du zurück?«

»Nein.«

»Ich verstehe.« Der Earl stand auf und ging zum Schreibtisch. »Ms Chapman-Powell wird enttäuscht sein.«

Brookes Bild, wie sie ihm im Biergarten gesagt hatte, er solle verschwinden, tauchte vor seinem geistigen Auge auf. »Das bezweifle ich.«

»Schmerz und Angst lassen uns manchmal schreckliche Dinge sagen.«

»Die Frau hat vor nichts Angst.« Egal was, sie ging ihren Weg, ohne auch nur einen Millimeter nachzugeben.

»Ach was, wir haben alle vor etwas Angst. Das weißt du sehr gut.« Der Earl machte einen Stapel aus den Briefen, die auf dem Schreibtisch lagen, und reichte ihn Nick. »Die gehören jetzt dir. Nimm sie mit.«

»Was soll ich damit?«, fragte er wütend, packte die Briefe aber so fest, dass das Papier raschelte.

»Sie lesen. Verstehen, dass das düstere Märchen, das du dir als verletzter und verwirrter Junge als Erklärung zurechtgelegt hast für das, was zwischen deinen Eltern vorgefallen ist, mit der Realität nichts zu tun hat. Vielleicht verstehst du dann, William.«

Das hatte ihm gerade noch gefehlt. Die Wahrheit kannte er, das Warum spielte keine Rolle. »Ich will ihn gar nicht verstehen.«

»Wen?«, fragte der alte Mann, der sich mit unsicher wirkenden ruckartigen Bewegungen umschaute.

»William.« Nick wurde immer wütender.

»Hör mit dem Unsinn auf!«, rief der Earl so laut, dass seine Stimme das ganze Zimmer füllte. »Du bist William.«

Das war nun der letzte Mensch, der Nick je werden wollte. »Von ihm habe ich die Hälfte meiner DNA, aber ich bin nicht er.«

Eine Sekunde lang stand der alte Mann einfach nur da, ohne sich zu rühren, völlig verwirrt, mit weit aufgerissenen Augen. Dann zwinkerte er einige Male und atmete mühsam aus. »Natürlich nicht.«

Dann, ohne ein weiteres Wort oder eine Erklärung, ging er hinaus, etwas langsamer und unsicherer als sonst. Nick blieb zurück mit der Bombe, die in seinem Kopf gerade explodiert war. Die Geschichte, die der Alte ihm erzählt hatte, konnte nicht stimmen. Er schaute auf die Beweise in seiner Hand und tat dann das, was ihm in solchen Situationen immer am besten geholfen hatte: Er hörte auf seine innere Stimme, die ihm riet: nichts wie weg.

23. KAPITEL

Eingezwängt zwischen zu vielen Menschen, saß Nick im Flughafen von Manchester und wartete darauf, in eine Metallröhre zu gelangen und endlich über den Atlantik nach Hause fliegen zu können. Sein Platz war beengt, die alte Dame neben ihm hörte nicht auf zu quasseln, und er hatte vergessen, die Kopfschmerztabletten ins Handgepäck zu legen. Das hieß, bis seine Maschine aufgerufen wurde, würde er nicht, wie erhofft, schlafen und alles vergessen können – schon gar nicht, wenn Mrs Damerschmidt aus Rahway, New Jersey, ihm wirklich sehr ausführlich erzählte, wie ihr Enkel schon mit elf Monaten das Alphabet meisterte.

»Der Junge ist ein Wunderkind. Man sagt A, und er nimmt den richtigen Klotz und steckt ihn sich in den Mund. Er ist zu groß, als dass er ihn verschlucken könnte, man braucht sich deswegen keine Sorgen zu machen, aber es wird dann schon ein bisschen hektisch. Der kleine Racker gibt nämlich die Holzklötzchen nicht mehr gern her, wenn er sie einmal im Mund hat. Die Farbteilchen können ihm doch nicht schaden, oder?«

Erwartungsvoll schaute sie ihn an.

»Ich glaube nicht, dass heutzutage auf Kinderspielzeug noch Farbe auf Bleibasis verwendet wird«, antwortete er eher automatisch als mit tatsächlichen Kenntnissen, ob jemand noch giftige Farben verarbeitete.

»Oh gut, jetzt geht es mir gleich viel besser«, sagte sie erleichtert. »Sie sind wirklich sehr nett. Ich kann Ihnen gar nicht sagen, wie froh ich war, als ich festgestellt habe, dass Sie Amerikaner sind. Ich vermisse, wie man zu Hause spricht, Sie wissen schon, was ich meine.«

»Sicher, Ma'am.« Zuhause. Das Wort rief in ihm nicht mehr wie selbstverständlich das Bild von dem See in Virginia hervor, und das war ein Problem.

»Und dann erst Ihre Manieren. Ihre Mama muss so stolz auf Sie sein. Hören Sie nur, wie ich drauflosplappere, als wären Sie ein kleiner Junge, wenn Sie wahrscheinlich schon selbst einen Jungen haben.«

Ein flachsblondes Baby mit blauen Augen kam ihm kurz in den Sinn. »Nein, Ma'am.«

»Ja, man kann es nicht erzwingen. Ihre Mutter sagt Ihnen das bestimmt auch des Öfteren.« Sie beugte sich über das kleine Tischchen zwischen ihren Sitzen und betrachtete das Hundehalsband, das er dorthin gelegt hatte. »Was ist denn das für ein Ding, an dem Sie da andauernd rumfummeln? Sieht aus wie ein Hundehalsband, aber da steckt bestimmt mehr dahinter.«

»Das ist nur etwas, an dem ich arbeite.« Und worauf er sich jetzt wieder voll konzentrieren konnte, da er nicht mehr von Brooke, Bowhaven und dem Earl abgelenkt wurde.

»Ach kommen Sie, warum so geheimnisvoll? Ich bin eine Fremde. Wir begegnen uns nie wieder, warum sollten Sie mir da nicht einfach alles erzählen?«

»Es ist nichts Besonderes, nur ein Hundehalsband mit Stimm-Aktivierung. Es misst die Nervosität eines Hunds anhand seines Pulses, und bei Bedarf spielt es Stimmaufnahmen des Besitzers ab, um den Hund zu beruhigen.« Mrs Damerschmidt nickte. »Aber es macht die Köter fuchsteufelswild?«
»Leider ja.«
»Man hat den Eindruck, es seien simpel gestrickte Wesen, aber sie wissen immer Bescheid, nicht wahr?«
»Wie bitte?«
Ihr Gesicht nahm einen weichen, versonnenen Ausdruck an. »Ich hatte vor einigen Jahren eine französische Bulldogge namens Rufus, bis er von einem Bus überfahren wurde.« Sie bekreuzigte sich. »Der arme Kerl, seine Neugier war immer größer als seine Intelligenz. Jedenfalls, er kannte das Auto meines Manns, seine Fußabdrücke, sogar seinen Atemrhythmus. Er wusste genau, wann mein Mann eingeschlafen und es sicher war, aufs Bett zu springen und sich an ihn anzukuscheln, ohne Gefahr zu laufen, runtergescheucht und ins Hundebett vertrieben zu werden. Er hätte sich durch einen Trick nie täuschen lassen. Selbst dumme Hunde können Echtes von Falschem unterscheiden. Sie spüren es. Es ist Liebe. Ob Mensch oder Hund, wir erkennen sie, wenn wir sie erst einmal erfahren haben. Wissen Sie, was ich meine?«

Wusste er es? Sein Magen zog sich zusammen, wenn er an Brooke dachte, wie sie ihn im Fox angelächelt hatte. Der Klang ihres Lachens. Wie selbst in ihrer Rolle als Zitronenlady ihre Kraft und Energie durchschienen. Ihre wilde Entschlossenheit, aus Bowhaven einen schöneren und besseren Ort zu machen. Notfalls auch gegen den Willen der Dorfbewohner. Wusste er, was Liebe war? Seine Brust schmerzte. Ja, er wusste es. Und er war trotzdem fortgegangen. Ihm war nichts anderes übrig geblieben. Sie hatte gesagt, er solle gehen, und er war gegangen.

Irgendwie musste ihn seine Miene verraten haben, denn die Frau tätschelte seinen Arm. »Wie heißt sie, und was haben Sie angestellt, um es zu vergeigen?«

»Wie kommen Sie darauf, dass es an mir lag?« Er? In der Defensive? Niemals.

»Ich weiß, man sieht mir jedes meiner sechsundsechzig Jahre an, Junge, aber versuchen Sie gar nicht erst, mir ans Bein zu pinkeln und mir einzureden, es würde regnen. Das habe ich von einem Fernsehrichter geklaut. Ich liebe diesen Spruch. Mein Jerry bekommt ihn andauernd zu hören. Jetzt rücken Sie schon raus mit der Sprache.«

Und weil sie demnächst in ein Flugzeug steigen, in dreißigtausend Fuß Höhe den Atlantik überqueren und Stunden in einer Kabine verbringen würden mit gedimmtem Licht und leisem Schnarchen als einzigem Geräusch, erzählte er ihr die ganze Geschichte, angefangen von den E-Mails und Textnachrichten über das Kennenlernen der Zitronenlady am Flughafen bis zum Hochzeitsball der Zombies und alles dazwischen. Als er fertig war, schüttelte Mrs Damerschmidt den Kopf.

»Sie brauchen dringend Hilfe«, sagte sie so, dass es nicht beleidigend klang. »Mein Jerry ist genauso. Ich glaube, das hängt irgendwie mit dem Y-Chromosom zusammen, das ihr habt.«

»Und wieso ist das mein Fehler?«, wehrte sich Nick.
Sie lächelte ihn mitleidig an. »Vergessen Sie Fehler, denken Sie an das Resultat. Ist das das Ergebnis, das Sie wollen?«

»Hundertprozentig. Ich wollte ja von Anfang an nicht auf diese Insel.«

»Lustige Art, das zu zeigen, indem Sie in ein Flugzeug steigen und herfliegen.« Mrs Damerschmidts Stimme triefte vor Sarkasmus.

»Sie hat mich mürbe gemacht.« All die Nachrichten. Die E-Mails. Die schiere Willenskraft, zu bekommen, was sie wollte.

Die alte Frau nickte. »Eine gute Frau tut das, bis Sie die Wahrheit erkennen.«

»Und welche Wahrheit wäre das?« Langsam wurde es lächerlich.

»Das wissen Sie besser als ich.«

Die Wahrheit? Seine einzige Gewissheit war jetzt, dass jeder seine Geheimnisse hatte. Sein Großvater hatte sie weggesperrt in einen Raum mit alten Briefen und Fotos einer Familie, die er auseinandergerissen hatte. Brooke? Auch sie hatte welche. Sie wollte es Bowhaven danken, dass man ihr in größter Not beigestanden hatte. Sie würde alles dafür tun, das Dorf zu retten – selbst wenn sie dafür einen sturen Amerikaner überreden musste, in ein Flugzeug nach England zu steigen. Die Geheimnisse seiner Mutter hatte er noch nicht verarbeitet. Die Frau, die die Briefe geschrieben hatte, hatte ihn geliebt. Daran hatte er keinen Zweifel. Aber sie hatte ihm die Wahrheit über seinen Vater verschwiegen, über das, was passiert war. Er war der Einzige ohne Geheimnisse. Er war er selbst. Allein und vollkommen zufrieden damit. Er brauchte keine Familie. Kein Dorf. Keine Brooke. Er konnte gut allein sein. Wie immer.

Er öffnete den Mund, um Mrs Damerschmidt genau das mitzuteilen, tatsächlich heraus kam jedoch etwas anderes, nämlich das Geheimnis, das er vor sich selbst geheim gehalten hatte.

»Ich habe ein Zuhause gesucht.« Das war die Wahrheit, die er instinktiv schon längst gewusst hatte. »Ich habe Leute gesucht, die mich gernhaben. Ich habe einen Ort gesucht, wo ich erwünscht bin.«

»Klingt für mich, als hätten Sie ihn schon gefunden. Darüber hinaus haben Sie jemanden gefunden, der Sie liebt wie Jerry mich … wie ich ihn liebe.« Sie hob die linke Hand, und ein winziger Diamant funkelte im Licht der kleinen Deckenlampe auf. »Vierzig Jahre.« Sie klopfte ihm auf die Schulter. »Sich verlieben ist schrecklich, wenn es einem passiert. Ein paar Tage lang würde man am liebsten die Beine in die Hand nehmen und so schnell davonrennen wie möglich. Aber das ist es wert, wenn man den Mumm hat, dazu zu stehen und es einzufordern.« Sie tippte mit dem Finger auf das Hundehalsband. »Sogar Rufus wusste das.«

Er nahm das Halsband und steckte es in die Tasche. »Da irren Sie sich.«

Sie musste sich irren. Denn sonst hätte er einen dieser nicht wiedergutzumachenden Fehler begangen wie sein Großvater. Der Alte konnte nicht recht haben. Nicht in dem Punkt.

Mrs Damerschmidt drehte sich so, dass sie ihn direkt anschauen konnte. »Reden Sie sich das Märchen nur lange genug ein, vielleicht glauben Sie es irgendwann sogar.«
Nick erwiderte nichts mehr. Eine Durchsage verkündete, dass sein Flugzeug nun zum Boarding bereitstand. Er sollte aufstehen, sein Handgepäck nehmen und zum Gate marschieren. Aber er blieb sitzen und spürte die Erkenntnis, dass die alte Lady recht hatte, wie einen Kinnhaken. Das Hundehalsband drückte gegen seinen Schenkel. Es passte nicht in seine Hosentasche, aber im Moment konnte er das blöde Ding nicht mehr sehen. Wahrscheinlich würde es ohnehin nie funktionieren. Mrs Damerschmidt hatte recht. Sogar Köter erkannten Liebe, wenn sie ihnen direkt vor der Schnauze hing. Er versuchte sich vorzustellen, dass es wenigstens halb so schön wäre, Brookes Stimme zu hören, wie sie bei sich zu haben. Das Gefühl war nicht annähernd das gleiche. Die Einsicht ließ ihn schwer und unbewegt auf seinem Sitz verharren.

Hund oder Mensch. Wir erkennen Liebe, wenn wir sie erst einmal erfahren haben. Sogar Trottel wie Nick Vane.

Nick sprang auf. »Ich muss nach Bowhaven.«

Mrs Damerschmidt riss die Augen auf und grinste ihn an. »Braver Junge. Holen Sie sie sich zurück.«

Wie sich herausstellte, brauchte Brookes nackter Hintern gar nicht bis zur nächsten Woche auf seine landesweite Präsentation zu warten. Dank den Vorzügen des Internets war ihr Po in 300-dpi-Auflösung schon zwei Tage später pünktlich zum Tee zu besichtigen. Irgendein Blödmann hatte sogar eine GIF-Datei daraus gebastelt, sodass die Fotos in einem Zwanzig-Sekunden-Video ineinander übergingen.

»Toll«, murmelte sie vor sich hin, als sie ihr Handy im Pub auf den Tresen legte, damit sie es nicht quer durch den ganzen Raum schleuderte. »Einfach toll.«

»Probleme, Schätzchen?«, fragte ihr Dad und stellte eine Tasse Tee vor sie hin, so herrlich wie himmlisches Manna.

»Jede Menge.« Aber nichts, was man mit seinem Vater besprechen könnte, schon gar nicht im Fox, wo das halbe Dorf versammelt war, um den neuen Ruhm als Drehort zu feiern. Zum Glück waren alle damit beschäftigt, sich mit ihren Kumpels zu unterhalten, sodass sie weder auf sie noch auf ihren Dad groß achteten.

Ihr Vater nahm die Brille ab und putzte mit dem Hemdzipfel die ohnehin sauberen Gläser. »Ist es wegen Nick?«

War es wegen Nick? Nein. Ja. Vielleicht. Unbedingt, denn hätte sie sich nicht in dieses große Kind verliebt, hätte sie nicht vergessen, die Vorhänge zuzuziehen, und der perverse Fotograf hätte keine Fotos machen können, wie sie den Enkel ihres Chefs vögelte.

»Wie kommst du denn auf die Idee?« Die Frage klang nicht einmal in ihren eigenen Ohren überzeugend.

Phillip setzte die Brille wieder auf, die auf dem rechten Glas einen deutlich sichtbaren Schmierfleck aufwies, und goss sich ebenfalls eine Tasse Tee ein. »Weil ich Augen habe und meinen Verstand, und weil ich meine Tochter kenne.«

»Dann weißt du auch, dass sie nichts richtig machen kann.«

»Davon ist mir nichts bekannt.«
Sie legte die Hand um die warme Tasse und blinzelte die Träne weg, die sich in ihr Auge gestohlen hatte. Das war nett von ihm, aber als ihr Dad musste er das ja sagen. Doch sie kannte die Wahrheit. Sie hatte es übertrieben. Wieder einmal. Sie versuchte mit so viel Härte, alles so zu regeln, wie es ihrer Meinung nach sein sollte, dass sie Stolpersteine übersah, die anderen sofort ins Auge stachen.

»Ich hätte es wissen müssen. Es ist ja nicht das erste Mal, dass ich es zu weit treibe.« Sie plapperte drauflos, erzählte alles, was sie in eine dunkle Schublade weggesperrt hatte. »Manchester hätte mir eine Lehre sein sollen. Schuster, bleib bei deinem Leisten. Ich bin die Tochter eines Wirts. Keine Gemeinderätin. Kein Stadtkind. Keine standesgemäße Freundin für den zukünftigen Earl.«

Er gab Milch in seinen Tee und rührte um. »Und was ist falsch daran, die Tochter eines Pub-Wirts zu sein, wenn ich fragen darf?«

»Nichts.« *So ist es recht, Brooke. Nett, wie du es geschafft hast, dass sich dein Vater wie der letzte Dreck vorkommen muss.*

»Der Meinung bin ich auch. Und was den Rest betrifft: Deine Zeit wird kommen. Was ich so höre, ist sie schon da. Brian Kaye hat dich doch gebeten, für den Gemeinderat zu kandidieren, oder?«

»Das wird sich ändern, wenn er erst mal die neuesten Fotos gesehen hat.« Ihre Wangen fühlten sich jetzt heißer an als die Tasse Tee.

»Was für Fotos?«

Oh Gott, wie sollte sie ihm das beibringen? Zur Stärkung trank sie noch einen Schluck Tee und beschloss, die Sache auf die britische Art zu erledigen – es hinter sich bringen und kein großes Tamtam zu veranstalten. So machte sie es dann auch. Und als sie fertig war, starrten sie und ihr Dad stumm auf ihre leeren Tassen und vermieden aus Angst, man könnte dem anderen ansehen, wie peinlich das alles war, jeden Blickkontakt. Schließlich hielt sie es nicht länger aus und linste zu ihm hin. Ihr Dad betrachtete gar nicht den Bodensatz in seiner Tasse, sondern schaute sie direkt an, so wütend, wie Phillip Chapman-Powell nur schauen konnte. Brooke hatte diesen Blick bei ihrem Vater nur ein einziges Mal gesehen, damals, als einer der Brieftaubenfans versucht hatte, seine schnellste Taube Cecil bei einem Wettbewerb disqualifizieren zu lassen.

»Die Bilder sind nicht wichtig«, sagte er im Brustton der Überzeugung.

Wenn es doch nur so wäre. »Sie bezeichnen mich als Flittchen.«

»Ein paar vielleicht, aber das sind Trottel.« Er lächelte sie schief an. »Wer dich kennt, wird ihnen den Kopf schon zurechtrücken. Nick zum Beispiel.«

»Der ist endgültig nach Amerika zurück.« So eine große Sache, und sie brachte kaum mehr als ein Quieken hervor.

»Ach, Schätzchen.« Ihr Vater seufzte. »Das tut mir leid.«

Ihr Kinn zitterte, sie reckte es dennoch ein wenig vor. »Mir nicht. Hätte es ihn und meine Reaktion auf ihn nicht gegeben, wäre das alles nicht passiert. Ich hätte es mir denken können – vor allem nach dem, was mit Reggie war. Als ich nach dieser Geschichte mit eingekniffenem Schwanz hierher zurückgekommen bin und alle mich nett aufgenommen haben, war das mehr, als ich erhofft hatte.« Aufgewühlt schaute sie sich erneut um, aber niemand lauschte. »Ich wollte mich ja nur für ihre Freundlichkeit revanchieren und Bowhaven helfen, so wie die Leute hier mir geholfen haben. Deshalb habe ich den Job beim Earl angenommen, den sonst keiner haben wollte. Deshalb habe ich so auf Veränderungen gedrängt. Deshalb habe ich mich dagegen gewehrt, dass ich mich in Nick verliebe. Passiert ist es trotzdem, und jetzt ist er fort, weil ihm alles egal ist. Bowhaven ist ihm egal. Ich bin ihm egal. Er sagt, er glaubt nicht, dass alles gut wird wie in einem Märchen.«

Sie holte Luft und drängte die Tränen zurück, denen sie keinen freien Lauf lassen wollte. Sie hatte sich nie als »Prinzessin« auf der Suche nach einem edlen Ritter, der ihr in ihrem Kampf zur Seite steht, betrachtet. Aber ihr Herzschmerz bewies, wie sehr sie sich etwas vorgemacht hatte.

»Bin ich darauf hereingefallen?«, fragte sie. »Auf eine Fantasie? Hätte ich das aus dem Debakel mit Reggie lernen müssen? Dass Happy Ends nur in Kinderbüchern vorkommen?«

Ihre Gefühle überwältigten sie. Sie brachte kein Wort mehr heraus, aber was wäre auch noch zu sagen gewesen? Ihre ganzen Bemühungen in den letzten Jahren hatten nichts als ein Happy End zum Ziel gehabt. Erst mit diesem Ekel Reggie. Dann ihr Versuch, Bowhaven wieder auf die Beine zu helfen. Dann mit Nick. Alles war gescheitert. Vielleicht wurde es Zeit, dass sie ihre Lektion endlich lernte, erwachsen wurde und das Märchenbuch ein für alle Mal zuklappte.

»Hier ist dein Zuhause, und das wird auch so bleiben.« Ihr Dad legte die Hände auf ihre. Sie spürte seine Schwielen, Zeichen eines Lebens voll stolzer, harter Arbeit, nicht voll überspannter Vorstellungen. Er drückte beschwichtigend ihre Hände. »Auch wenn die Leute deine Art, sie zu bedrängen, nicht immer gutheißen, so respektieren sie dich doch – viel mehr, als den Fotografen eines Klatschblatts, der in Schlafzimmern herumspioniert. Wir wissen, was du für uns getan hast, indem du den Earl in die richtige Richtung geschubst hast. Die Leute im Dorf mögen altmodisch und festgefahren sein, das stimmt schon, aber sie wissen auch, was sie an dir haben, und der Sitz im Gemeinderat ist dir so gut wie sicher. Und was Mr Vane anbelangt …« Seine Stimme wurde hart, als er den Namen des Erben aussprach. »Wenn Mr Vane nicht sieht, wie glücklich er sich schätzen könnte, dich an seiner Seite zu haben, dann ist er ein rechter Trottel, der sich sein Bier künftig woanders kaufen kann.«

Brooke wusste nicht, was sie sagen sollte – oder ob es überhaupt etwas zu sagen gab. Dies war die ergreifendste und tröstlichste Rede, die ihr Dad ihr jemals gehalten hatte. Dass er die schlimmsten Dinge im Leben nicht einfach still hinnahm, war so untypisch für einen Mann aus Yorkshire, dass sie wirklich nicht wusste, wie sie reagieren sollte. In dem Moment kam Brian Kaye mit einem

Stapel Papieren auf sie zu und rettete sie und ihren Dad aus dieser Lage, über die sie nie wieder ein Wort verlieren, die sie aber beide in Ehren halten würden.

»Da bist du ja, Brooke«, sagte Brian und legte die Papiere auf den Tresen. »Ich habe dir alle Formulare mitgebracht, die du für die Kandidatur ausfüllen musst.« Und schon löste sich das weich-flauschige Gefühl in Luft auf. »Ich weiß nicht recht, ob das so eine gute Idee ist.«

Brians Lächeln erstarb. »Jetzt sag mir bitte nicht, dass du es dir anders überlegt hast.«

»Ich dachte eher, du könntest es dir demnächst anders überlegen«, sagte Brooke und wappnete sich für das, was da kommen sollte. »Es gibt da ein paar Fotos ...«

Brian hob beschwichtigend die Hand. »Spielt keine Rolle. Jeder weiß Bescheid. Und wenn wir hier noch einmal einen Fotografen erwischen, machen wir mit ihm kurzen Prozess, das kannst du mir glauben.«

Dies war einer der seltenen Momente in Brookes Leben, wo sie sprachlos war. Sie konnte nichts als blinzeln, was sehr schnell sehr peinlich wurde. »Ich weiß gar nicht, was ich sagen soll.«

»Das glaubt mir kein Mensch, wenn ich das erzähle.« Brian lachte über seinen Scherz und schob ihr die Papiere hin. »Ich lasse sie dir hier, aber sieh zu, dass sie bis Ende der Woche im Rathaus sind.«

Nachdem ihr Dad ihr ermutigend zugezwinkert und ihr einen Kugelschreiber gegeben hatte, machte er sich wieder daran, Pints zu zapfen für die Stammgäste, die dank einer Reihe von Anrufen von Film- und Fernsehproduzenten so optimistisch in die Zukunft blickten wie lange nicht mehr. Brooke schaute sich um und sah etwas, das seit Längerem gefehlt hatte: Hoffnung. Der Glaube, dass es wirtschaftlich aufwärtsging. Sie überflog die Formulare, und ihre Begeisterung wuchs, weil sie nun dazu beitragen würde, Bowhaven über den Berg zu helfen. Sie konnte es gar nicht erwarten, es Ni ... Sie biss die Zähne fest zusammen und verbat sich den Gedanken an ihn.

Er, dessen Name unerwähnt bleiben sollte, war fort. Sie musste die Erinnerung an ihn in den Schrank unter der Treppe sperren und sie dort verrotten lassen, als hieße sie mit Nachnamen Dursley. Sie biss sich kräftig innen in die Wange, um nicht in Tränen auszubrechen, und gab sich das Versprechen, genau das zu tun.

Mr Harleson hielt an der Hauptstraße und ließ Nick aussteigen, der lediglich mit Hoffnung und einem Gebet ausgerüstet zurückkam. Viel mehr stand ihm nicht zur Verfügung. Aber das würde reichen. Das musste reichen. Er ging an den Läden vorbei, die Punkt fünf Uhr schlossen, weiter zum Fox. Hier würde sie sein. Und wenn nicht, würde er sie suchen.

Die Tür zum Pub ging leicht auf, aber hindurchzukommen erwies sich als deutlich schwieriger. Die Bude war gerammelt voll, weil hier ein neuer Film gedreht werden sollte und die Leute das entsprechend feierten. Der Earl hatte ihm während der Fahrt vom Flughafen nach Bowhaven davon erzählt. Dallinger Park schien das nächste Downtown Abbey zu werden. Ein Crew-Mitglied des

Zombie-Films hatte einen Freund, der den perfekten Drehort für ein aufwändiges Historiendrama suchte, das auf sechs Staffeln ausgelegt war. Und sie wollten die gesamte Serie in Bowhaven drehen.

Endlich entdeckte er Brooke am anderen Ende des Tresens, umrahmt wie von zwei Buchstützen von Daisy und Riley. Die beiden warfen ihm nicht gerade freundliche Blicke zu, als er sich näherte, aber das machte nichts, denn ihretwegen war er nicht gekommen.

Brooke würdigte ihn kaum eines Blicks, ehe sie sich wieder auf das Pint Ale vor ihr konzentrierte und auf den Zettelhaufen neben ihr, auf dem *Anmeldung zur Wahl* stand. »Ich dachte, du wärst zurück nach Amerika.«

Okay, nicht die Begrüßung, die er sich erhofft hatte, aber bestimmt die, die er verdient hatte. »Das hatte ich vor, aber ich konnte nicht weg.«

Das Bierglas stoppte auf halbem Weg zu ihrem Mund, und ohne ihn anzuschauen, setzte sie es wieder ab. »Warum nicht?« Jetzt drehte sie sich zu ihm um und warf ihm einen arktischen Blick aus ihren blauen Augen zu. »Hier gibt es nichts für dich.«

Aua, das schmerzte wie ein Schlag mit dem Vorschlaghammer auf den kleinen Zeh. Aber kampflos würde er sich nicht ergeben. »Da liegst du völlig falsch.«

Er zog das Hundehalsband aus der Hosentasche, wo es die Fahrt nach Bowhaven über zusammengedrückt worden war, und knallte es auf den Tresen, direkt vor Brookes Nase. Die Frau war nicht die Einzige, die auf das rot-weiße Nylonteil, ausgestattet mit Mini-Sensoren und Mini-Lautsprecher, starrte. Jeder im Pub schaute her, als wäre dies die Reality-Show, auf die sie ihr ganzes Leben gewartet hatten, ohne es zu wissen. Wenn es Brooke peinlich war, im Zentrum des Interesses zu stehen, ließ sie es sich jedenfalls nicht anmerken. Das war sein Mädchen. Mutig und entschlossen bis zum Schluss.

Sie verschränkte die Arme und kniff die Augen zusammen. »Was ist das?«

»Ein Hundehalsband mit Stimmaktivierung.«

Fragend zog sie die Augenbrauen hoch. »Ist jemand hier im Pub ein Hund?«

Er nickte. »Ja, ich.«

»Endlich«, sagte sie und verzog den Mund zu einem alles andere als freundlichen Grinsen, »sind wir uns in einem Punkt einig.«

Wieder Aua, nur hatte der Vorschlaghammer weiter nach oben gezielt und seine Eier gestreift. Die Frau hatte echt was drauf, wenn es darum ging, verbal auszuteilen. Aber er war nicht so weit gekommen, um jetzt den Schwanz einzuziehen und das Weite zu suchen – nie wieder.

»Weißt du, wie lange ich an dem Halsband gearbeitet habe?« Er fingerte an dem Ding herum, kannte jeden Millimeter wie seine Westentasche. »Fünf Jahre lang habe ich versucht, es so hinzukriegen, dass sich Fido, wenn er wütend oder traurig ist, weil sein Herrchen sich woanders herumtreibt, durch die Stimme seines Besitzers beruhigen lässt. Als wäre Herrchen zu Hause.«

»Und natürlich hast du, schlau wie du bist, die Lösung des Problems gefunden«, unterbrach sie ihn mit nicht ganz so fester Stimme wie zuvor. Das Zittern war nur ganz leicht, aber vernehmbar. »Wenn du mich jetzt entschuldigst, ich habe was zu erledigen.«

»Nein, ich habe noch keine Lösung gefunden.« Er ließ das Halsband los und trat einen Schritt auf sie zu, sodass er ihre Körperhitze spüren und den Blütenduft ihres Shampoos riechen konnte. Schlagartig beruhigte sich sein Puls, und seine Welt wurde klar. Im Zentrum der Welt? Brooke. Immer nur Brooke. »Ich habe alles versucht, was mir eingefallen ist, aber es hat nicht funktioniert. Jedes Mal, wenn der Hund die Stimme seines Herrchens hörte, machte das die Sache nur noch schlimmer, weil der Hund wusste, dass die Person, die er am meisten liebte, nicht da war.«

»Und die Erkenntnis, dass ein Wesen so fühlen würde, war für dich eine Offenbarung?« Sie gab ein wütendes, verächtliches Schnauben von sich, rückte aber nicht von ihm weg.

Ganz instinktiv strich er ihr eine Haarsträhne hinter das Ohr und ließ die Finger ein wenig dort verharren. Als sie in freudiger Erwartung erschauerte, gab ihm das den Mut weiterzumachen.

»Mir wurde jedenfalls klar, wie es sich anfühlt, wenn der Mensch, den man am meisten auf der Welt liebt, nicht bei einem ist, sodass man sein Lächeln nicht sehen, sein seidenweiches Haar nicht durch die Finger gleiten lassen kann.«

Sie blinzelte, einmal, zweimal, dreimal, bevor sie leise sagte: »Tja, dann gratuliere ich dir, dass du den Fall geknackt hast. Wenn du mich jetzt entschuldigen würdest.«

Aber sie machte keine Anstalten zu gehen.

»Ich bleibe hier.«

»Wie schön für dich«, krächzte sie. »Da wird der Earl erleichtert sein.«

»Wie es ihm damit geht, interessiert mich einen Scheiß«, antwortete er wie aus der Pistole geschossen. »Warte. Das stimmt nicht. Es interessiert mich schon, aber er ist nicht der Grund, warum ich in Bowhaven bleibe, auch nicht das Dorf oder der Adelstitel. Ich bleibe deinetwegen.« Sie holte tief Luft, in ihren Augen spiegelte sich ein Funken Hoffnung. Das war es. Jetzt kam es darauf an. Er konnte sich umdrehen, weggehen und nie mehr einen Gedanken an hier verschwenden, oder er konnte bleiben, sich dieser Frau versprechen und aufhören wegzulaufen. Für immer. Als ob ihm eine Wahl bliebe. Das Schicksal hatte entschieden, und zwar an dem Tag, als die Zitronenlady ihn aufforderte, er solle sich in Dallinger Park blicken lassen. »Ich will nicht der Hund sein, der den meist geliebten Menschen sucht, wenn ich *genau* weiß, wo du bist. Deshalb bleibe ich. Ich lege alles vor Gott und den Menschen offen und erkläre hiermit: Ich brauche dich. Ich liebe dich. Ich kann mir nicht vorstellen, auch nur einen Moment, geschweige denn mein ganzes Leben ohne dich zu verbringen. Die Aufteilung, sechs Monate hier, sechs Monate drüben, kann nicht klappen, weil schon sechs Minuten von dir getrennt zu sein, bereits zu lange wäre. Ich bleibe hier, auch wenn du mich nicht ebenfalls liebst, denn es gibt keinen Ort auf der Welt, wo ich lieber wäre, als da, wo du bist.«

»Und wenn ich gehe?«, fragte sie so leise, dass er sie kaum verstand, obwohl alle im Pub den Atem anhielten.

Gott, er wollte das alles nicht. Sein Selbsterhaltungstrieb sagte ihm, alles stehen und liegen zu lassen und abzuhauen, aber das konnte er nicht. Mit Brooke zusammen zu sein war wichtiger als sein Ego oder seine Angst, als alles außer Atmen. Und sogar darüber ließe sich diskutieren.

Er musste gar nicht lange nachdenken. »Ich würde dir folgen.«

»Und auf der falschen Straßenseite fahren?« Ihre Stimme zitterte ganz leicht, aber ihr stures Zitronenladykinn war weiter hochgereckt.

»Das lerne ich.« Wie schwierig konnten Kreisverkehre schon sein?

Um ihren Mund deutete sich ein Lächeln an. Mehr brauchte es nicht, die Angst, die ihm die Brust zugeschnürt hatte, lockerte ihren Griff.

»Essig auf Pommes?« Sie stand auf und kam ein wenig auf ihn zu.

»Schon dran gewöhnt.«

Das Bedürfnis, sie zu berühren, sie an sich zu ziehen, den Kopf zu senken und sie leidenschaftlich zu küssen, wurde beinahe übermächtig, aber er beherrschte sich. Den Schritt musste Brooke machen. Er würde sie nicht drängen. Er würde sie anbetteln, falls nötig, aber die Zitronenlady ließ sich von niemandem bedrängen.

Sie schaute sich um. Alle Gäste warteten gespannt. Nächste Frage: »Nackte im frei empfangbaren Fernsehen?«

»Der Schock hat nachgelassen.« Fast. Puritanische Wurzeln et cetera.

»Bohnen auf Toast zum Frühstück?«

»Gib mir noch ein paar Jahre.« Das war mehr, als ein Amerikaner ertragen konnte, wenigstens am Anfang. »Aber wenn mich jemand umstimmen kann, dann du.«

Sie verschränkte die Arme und schaute ihn an, wie sie ihn angeschaut hatte, als er aus dem Flugzeug gestiegen war. »Ich lasse mich hier nicht zum Narren halten.«

»Das ist okay, denn ich bin mehr als bereit, alles zu tun, nur um dir zu beweisen, wie sehr ich dich liebe, Brooke.« Er fuhr sich mit den Fingern durch das Haar, ihm wurde wieder flau im Magen. Jetzt konnte er allerdings nicht mehr zurück. Es war auch an der Zeit, von seinen Geheimnissen abzulassen. »Ich habe mein ganzes Leben damit verbracht, vor Leuten wegzulaufen, bevor sie mich verlassen konnten. Damit ist jetzt Schluss. Ich bin endlich zu Hause angekommen, weil mein Zuhause da ist, wo du bist.«

Und um zu beweisen, dass er wirklich vor nichts zurückschreckte, drückte er den Play-Knopf seines Handys. Die Musik füllte den nahezu mucksmäuschenstillen Raum, der Song war leicht zu identifizieren. Sobald der Leadsänger an die Stelle kam, wo er versprach, fünfhundert Meilen zu gehen, um zu seiner Liebsten zu kommen, sang Nick mit, anfangs noch ein wenig wacklig, dann aber immer sicherer mit jedem Satz, jedem Versprechen, jedem Ehrenwort der Zuneigung. Als schließlich der Schlussvers erklang, fieberten alle im Pub mit, die Augen aller waren erwartungsfroh auf sie beide gerichtet. Brookes Kinn zitterte, und als das Lied zu Ende war, füllten sich ihre Augen mit Tränen.

Aber sie sagte nichts. Nicht ein Wort. Sein Rachen brannte, seine Brust schmerzte. »Brooke, ich …«
Sie hob die Hand und legte sie ihm auf sein wild pochendes Herz. »Halt die Klappe!«
Der Gedanke, sie zu verlieren, löste Panik in ihm aus. »Brooke, wenn du mir doch bitte zuhör…«
Lächelnd schlang sie ihm die Arme um den Nacken. »Halt die Klappe, du aufdringlicher Amerikaner, und küss mich, denn ich liebe dich auch.«
Das brauchte sie Nick nicht zweimal zu sagen. Er küsste sie so, dass alles gesagt war, wofür er keine Worte gefunden hatte, was die Dorfbewohner hinter ihnen mit wüstem Jubel quittierten.
»Du bist ganz schön herrisch, was, Zitronenlady?«
Sie grinste. »Auf immer und ewig.«
Und für ihn klang das wie das perfekte Happy End.

EPILOG

Es war einmal in einem fernen, fernen Land (okay, Yorkshire), da begab es sich, dass der amerikanische Erbe einer Grafschaft sich nichts sehnlicher wünschte, als in Ruhe gelassen zu werden, eine Engländerin hingegen war felsenfest überzeugt, genau zu wissen, wie sie ihr geliebtes Dorf Bowhaven retten konnte. Die beiden machten viel Aufhebens um sich und wehrten sich gegen die Zuneigung zum jeweils anderen. Doch manche Dinge lassen sich nicht abstreiten. So erkannten sie nach einer Weile, dass sie mehr verband, als sie zunächst einsehen wollten. Und während die Dorfbewohner und der Earl sich das Ganze anschauten, verliebten sie sich nach einigen Bieren, einigen Streitereien und sogar ein oder zwei Zombies ineinander. Hochzeit feierten sie im Stammsitz der adligen Vorfahren, den sie gemeinsam renoviert hatten, und ein paar Jahre später kam ein Baby zur Welt, dann noch eins und schließlich die Zwillinge.

Und alle lebten glücklich bis an ihr Lebensende, weil manchmal Märchen wahr werden – nur nicht ganz so, wie man es geplant hatte.

DANKSAGUNG

Wie viele Leute braucht es, um ein Märchen wahr werden zu lassen? Das ganze Team von Entangled Publishing. Ihr seid die Besten und ich liebe euch alle.

Xoxoxoxo Xoxoxoxo

LIEBE LESERIN, LIEBER LESER,

danke, dass Sie einen kleinen Verlag unterstützen! Entangled hat es sich auf die Fahnen geschrieben, Ihnen die hochwertige Romance zu liefern, die Sie von uns erwarten, was wir ohne Ihre kontinuierliche Unterstützung nicht leisten könnten. Wir lieben Romance, und wir hoffen, dieses Buch zaubert Ihnen ein Lächeln auf die Lippen und wärmt Ihnen das Herz.

Xoxo
Liz Pelletier, Verlegerin

LESEPROBE

Heartbreaker

AVERY FLYNN

1. KAPITEL

»Ich werde dich umbringen, Hudson. Langsam. Mit einem Löffel.«

Sawyer Carlyle marschierte zwischen seinem Schreibtisch und dem Sitzbereich seines Büros im obersten Stockwerk des Carlyle Tower hin und her. Normalerweise war sein Arbeitszimmer mit seiner kühlen, modernen Einrichtung und den Panoramafenstern mit Blick auf Harbor City sein Rückzugsort, aber heute war es eher sein Versteck.

Als ihm seine Assistentin Amara Grant den ersten geheimnisvollen Jobanwärter gemeldet hatte, war er noch verwirrt gewesen. Nachdem der zehnte aufgetaucht war, hatte er gewusst, dass ihm sein Bruder einen Streich gespielt hatte.

»Du kannst mich gar nicht umbringen. Und du solltest lieber aufhören, Filme zu zitieren, sonst erzähle ich jedem, dass du auf Schnulzen stehst.« Hudsons Lachen drang laut und klar aus dem Lautsprecher. »Außerdem brauchst du mich. Ich bin der Einzige, der Mom von ihrer Mission abbringen kann.«

Oh ja. Operation Bringt Sawyer unter die Haube. Helene Carlyle hatte die dreijährige Trauerphase um ihren verstorbenen Gatten mit einem einzigen Gedanken hinter sich gelassen: die perfekte Frau für ihren ältesten Sohn zu finden. Sawyer hatte keine Ahnung, wie es Hudson gelungen war, dem ganzen Spaß zu entgehen, aber Mom hatte die Anstrengungen bezüglich ihres Erstgeborenen verdoppelt. Bis jetzt waren alle Kandidatinnen sich kaum voneinander unterscheidende Versionen der gleichen Frau gewesen. Alter Geldadel. Keine Persönlichkeit. Sagte immer das Richtige und kannte die Gepflogenheiten der feinen Gesellschaft von Harbor City. Des Weiteren hatte jede von ihnen den gleichen leicht gequälten Gesichtsausdruck von jemandem gehabt, der einen Pups unterdrückte. Es war dieses ganze falsche Getue, für das Sawyer absolut keine Zeit hatte, wenn Carlyle Enterprises weiter wachsen sollte, während der internationale Bauboom implodierte.

Er blieb an seinem Schreibtisch stehen und starrte auf die lächerliche Anzeige auf seinem Computermonitor, die Hudson überall verbreitet hatte.

GESUCHT: PERSÖNLICHER PUFFER

Oft mürrische, arbeitssüchtige und anspruchsvolle Führungskraft sucht kurzfristig »Puffer« für lästige äußere Ablenkungen alias Menschen. Aufdringliche Freigeister mit übertriebenen Marotten oder genereller Überempfindlichkeit werden nicht eingestellt. Bewerber sollten rund um die Uhr verfügbar sein.

Gehalt verhandelbar. Diskretion obligatorisch.

Mürrisch. Arbeitssüchtig. Anspruchsvoll. Na und? Er war, wer er war, und er würde sich nicht dafür entschuldigen. Sawyer trommelte mit den Fingern auf dem Schreibtisch herum, der bis auf seinen Computermonitor, eine Funkmaus und das Telefon frei war. »Diese verdammte Anzeige ist ein einziger Witz.«

»Und trotzdem ist der ganze Vorraum voll mit Kandidaten, bei denen ich vorab bereits überprüft habe, ob sie beim ersten lauten Wort von dir zu heulen anfangen, also hör mit dem Rumgetue auf.«

Sawyer war nicht »mürrisch«. Er war beschäftigt. Verstand denn keiner den Unterschied?

Er drehte sich um und starrte aus den Fenstern auf die exklusive Aussicht. Mühelos fiel sein Blick auf die Hochhäuser von Carlyle Enterprises. So war es in allen Großstädten der Welt. Ihr Vater Michael hatte seine Spuren hinterlassen, und jetzt war es an Sawyer, dafür zu sorgen, dass die Erinnerung an seinen alten Herrn nicht befleckt wurde. Auf dem heutigen Markt war das keine leichte Aufgabe, und es war auch keine, die er schon so früh zu übernehmen erwartet hätte.

Mit zweiunddreißig war er der jüngste Carlyle, der das vor vier Generationen gegründete Familienunternehmen leitete. Doch diese Ehre hätte er, ohne zu zögern, dafür eingetauscht, seinen Vater wiederzubekommen. »Ich habe nie darum gebeten.«

»Doch, das hast du«, erwiderte Hudson, der Sawyers Bemerkung missverstand. »Ich glaube, es war, nachdem Mom dich bei der Museumsspendengala mit drei potenziellen Ehefrauen umzingelt hatte. Und wie es jeder gute kleine Bruder in einer solchen Situation tun würde, habe ich dir zur Flucht verholfen und dich betrunken gemacht, damit du mir dein Herz ausschüttest. Du bist derjenige, der mir gesagt hat, dass du einen Puffer für Mom brauchst.«

Der Scherz über einen menschlichen Puffer war witziger gewesen, als Sawyer noch eine halb leere Flasche Scotch in der Hand gehalten hatte.

»Nachdem du also jahrelang alles ignoriert hast, was dein großer Bruder dir dein ganzes Leben lang gesagt hat, entscheidest du dich dafür, dieser einen Sache Beachtung zu schenken?« Sawyer fuhr sich mit den Fingern durch sein dichtes Haar und drehte sich wieder zum Telefon um, als ob Hudson seinen finsteren Blick sehen könnte. »Alles, was ich wollte, war, dass du dich ein bisschen einmischst und einige der Kandidatinnen von mir weg und in dein Bett lockst.«

»Da neunundneunzig Prozent von allem, was aus deinem Mund kommt, mit der Firma zu tun hat, sollte dich die Tatsache, dass ich das meiste von dem, was du sagst, ignoriere, nicht weiter schockieren. Außerdem dachte ich, die Anzeige wäre ziemlich lustig.«

»Das glaube ich dir sofort.« Sein Bruder, der Komiker.

»Und was willst du jetzt tun?«

Sawyer sah zu der geschlossenen Doppeltür auf, hinter der Amara über das Vorzimmer herrschte. »Sie nach Hause schicken.«

»Ohne auch nur über die Idee nachzudenken, deinen eigenen Puffer zu haben?«, fragte Hudson. »Komm schon. Wir wissen doch beide, dass es dir am liebsten wäre, wenn du dich einzig und allein auf die Liebe deines Lebens konzentrieren könntest: Carlyle Enterprises.«

Einen persönlichen Puffer. Es war idiotisch. Er konnte die meisten Leute hervorragend allein vergraulen. Na ja, jeden außer ihrer Mutter. Sie ließ sich weder abschrecken noch vergraulen, egal wie mürrisch er sich gab. Helene Carlyle war genauso sehr daran gewöhnt, ihren Willen zu bekommen wie er. Das führte zu interessanten Familienessen.

»Eigentlich solltest du es sein, der den Leuten da draußen sagt, dass es keinen Job gibt. Das würde dir recht geschehen.«

»Tja, so ein Pech, großer Bruder. Ich bin in der Hütte.«

Sawyer hätte es wissen sollen. Hudson liebte sein Wochenendhaus – in das er noch nie jemanden eingeladen hatte – über alles. Er hatte zwar ein Büro im Carlyle Tower, aber das bedeutete nicht, dass er es öfter benutzte, als nötig war. »Es ist Donnerstag.«

»Im Gegensatz zu dir«, sagte Hudson gedehnt, »weiß ich, wann ich eine Pause machen und die Schönheit bewundern muss, die die Welt mir zu bieten hat.«

»Wie heißt sie diesmal?«

»Wer sagt, dass es nur eine ist?«

Sawyer musste lachen. Sein Bruder steckte genauso in seinen Gewohnheiten fest wie Sawyer in seinen. »Bei dir ist wirklich Hopfen und Malz verloren.«

»Nein, ich weiß nur, dass es wichtig ist, auch mal die Seele baumeln zu lassen.«

»Du hörst dich an wie jemand, der vor lauter Wald die Bäume nicht mehr sieht.«

»Geht das Sprichwort nicht andersherum?«
»Nicht in deinem Fall.«
Dann hatte er eben immer das große Ganze im Blick. Na und? Das war vielleicht nicht die beste Aussicht, aber die einzige, die zählte. »Hudson, du bist eine furchtbare Nervensäge.«
»Gleichfalls. Viel Glück heute Abend.«
Das unangenehme Gefühl, etwas Wichtiges vergessen zu haben, ließ ihn sich zu seinem Monitor umdrehen und einen Blick in seinen Terminplaner werfen. Unter den Notizen zu dem Singapur-Deal, über den er gerade verhandelte, befand sich ein Vermerk, dass heute Abend um acht die Spendengala des Harbor City General stattfinden würde. Das Krankenhaus benannte sein neues Herzzentrum nach seinem Vater. Die Kardiologen und Chirurgen hatten alles in ihrer Macht Stehende getan, um Michael Carlyle zu retten, doch es war ihnen nicht gelungen. Die Belegschaft war unglaublich, und sie verdiente das neue Zentrum mit seiner topmodernen Einrichtung.
»Verdammt«, sagte er und ignorierte den Stich in seinem Herzen, den er immer verspürte, wenn er an seinen Dad dachte. »Das hatte ich total verdrängt.«
»Mach dir nicht die Mühe, eine Begleitung mitzubringen«, scherzte Hudson. »Ich bin sicher, dass Mom schon zwei bis drei für dich in petto hat.«
Mit dieser letzten Spitze verabschiedete sich sein Bruder, und das Geräusch des Auflegetons erfüllte Sawyers Büro und hallte von schlichten Metall- und Glasoberflächen wider. Er drückte auf einen Knopf, um das Telefonat zu beenden, und warf einen erneuten Blick auf die

Stadt zu seinen Füßen, bevor er zur Tür ging, um zu tun, was getan werden musste – alle nach Hause zu schicken, weil es keinen Job gab.

Clover Lee war am falschen Ort. Das musste sie sein. Das Büro im obersten Stockwerk des Carlyle Tower war voller breiter Männer in dunklen Anzügen, die einen entweder vor den Handlangern der bösen Jungs beschützten oder selbst die Handlanger der bösen Jungs waren. Sobald Clover aus dem Aufzug gestiegen war, hatte sie bemerkt, wie die Männer sie kurz gemustert hatten, um dann wieder ausdruckslos vor sich hin zu starren.

Denk dran, warum du hier bist, Clover.

Denn jeder Tag war ein Abenteuer, und die meisten armen Trottel hockten mit einer Tüte Chips auf der Couch – aber nicht sie. Abenteuer. Romantik. Neue Orte. Interessante Leute. Spaß. Spannung. Schönheit. Leid. Ekstase. Lust. Liebe ... Na gut, das Letzte nicht – wer wollte schon sesshaft werden? –, von den übrigen Sachen allerdings bitte eine doppelte Portion mit extra viel Pommes. Als sie also die seltsame Stellenanzeige für einen persönlichen Puffer entdeckt hatte, war sie ihr sofort ins Auge gesprungen. Genau das brauchte sie, um ihr nächstes Abenteuer zu finanzieren.

Ja. Genau deshalb war sie hier. Trotzig hob sie ihr Kinn und durchquerte das Meer aus Testosteron und Einschüchterung, um zu der afroamerikanischen Frau zu gelangen, die in einem klassischen Hosenanzug am einzigen Schreibtisch im Raum saß. Die Frau sah nicht mal auf, als Clover vor ihr stehen blieb. Auf dem Namensschild am Schreibtisch stand: Amara Grant, Assistentin der Geschäftsführung.

»Guten Morgen, Ms Grant. Ich bin hier wegen des Bewerbungsgesprächs.«

»Noch eines?« Die Frau seufzte, doch ihre langen Finger hörten nicht auf, über die Tastatur zu fliegen. »Okay, nehmen Sie Platz, wenn Sie einen finden.« Sie nickte mit ihrem Kinn auf den allgemeinen Bereich des vollen Vorzimmers.

Jemand musste ein paar zusätzliche Stühle herangeschafft haben, um all die Leute unterzubringen. Es war die naheliegendste Erklärung, die Clover zu dem Mischmasch an lederbezogenen Clubsesseln und gewöhnlichen Bürodrehstühlen, die die Wände säumten, einfiel. Die einzige verfügbare Option für sie war ein Stuhl mit lilafarbenem Sitz, der fast zwischen zwei Männern verschwand, die beide aussahen, als könnten sie einen Bus schieben.

Wer A sagt, muss auch B sagen. Auch wenn das heißt, eingequetscht zu sitzen.

Sie ging zu dem leeren Stuhl. »Entschuldigen Sie«, sagte sie zu den beiden Männern.

Die Männer stießen unverbindliches Brummen aus, rückten jedoch beiseite.

Sie setzte sich schnell, presste ihre Handtasche auf ihren Schoß und atmete tief ein. Dann musterte sie unauffällig die Konkurrenz. Die Anzüge und Haarfarben variierten von Mann zu Mann, aber dennoch strahlten sie alle die gleiche Härte aus. Wenn sie versuchen würde, sich an einem von ihnen vorbeizuschleichen, um Sawyer Carlyle

zu nerven, würde man sie wie eine Fliege zurückscheuchen.
Aber das würde sie nie tun. Während des ersten Bewerbungsgesprächs mit Hudson Carlyle hatte er ihr versichert, dass die Anstellung keine Muskelkraft erforderte. Tatsächlich hatte er sogar erwähnt, dass ein scharfer Verstand für den Job am besten war. Das im Hinterkopf überlegte sie, wie sie sich von den anderen Bewerbern noch stärker absetzen konnte, abgesehen davon, dass sie eine 1,65 Meter kleine Frau mit einem Hello-Kitty-Tattoo auf ihrem Hintern war. Denn mit ihrem Lebenslauf würde sie garantiert keinen Eindruck schinden.

Sie hatte sich bereits als Schlangenmelkerin verdingt – fragen Sie besser nicht –, als bezahlte Brautjungfer für Fotos gelächelt, Hundefutter gekostet – stellen Sie sich altbackene Kekse mit komischem Nachgeschmack vor –, als professionelle Schlangesteherin den wahren Wert orthopädischer Schuheinlagen kennengelernt – immer im Regen, der Kälte oder glühender Hitze – und die Geheimnisse des Universums als Glückskeksautorin zusammengefasst. Clover hatte sich als alles Mögliche versucht, um ihre Rechnungen zu bezahlen, ein paar unvergessliche Abenteuer zu erleben und sich so weit von dem kleinen Städtchen Sparksville fernzuhalten, wie es ihr möglich wäre. Doch bis vor ein paar Tagen hatte sie noch nicht mal vom Berufsbild eines persönlichen Puffers gehört.

Ihr kamen tausend Ideen. Sie könnte ihre abenteuerlichen Geschichten als internationale Erfahrungen in unbekannter Umgebung verkaufen. Sie arbeitete gut mit anderen zusammen. Sie war loyal, entschlossen und – sie warf einen Blick auf die Männer in dunklen Anzügen, die Assistentin, die so aussah, als würde sie jetzt schon jeden bemitleiden, der ihr heute querkam, und die große Doppeltür gegenüber dem Aufzug, die fest verschlossen war – vollkommen überfordert.

Unsicherheit ergriff Clover und schnürte ihr die Kehle zu. Mist. Wenn sie nervös war, kam nie etwas Gutes dabei heraus. Sie redete dann ohne Punkt und Komma. Sie schloss die Augen und atmete tief durch.

Wenn jemand da draußen zuhört, bitte lass mich dieses Bewerbungsgespräch überstehen. Ich brauche diesen Job. Mir läuft wegen Australien die Zeit davon.

Das Klicken einer Tür riss Clover aus ihrer leichten Panikattacke, und sie öffnete die Augen.

In der offenen Tür seines Büros stand Sawyer Carlyle. Ihre Google-Bildsuche wurde dem Mann eindeutig nicht gerecht.

Das Gesamtpaket war … wow. Er war über 1,80 Meter groß und muskulös genug, dass die anderen Männer im Vorzimmer nicht mehr ganz so einschüchternd aussahen. Oder vielleicht lag es auch an der Art, wie er sich benahm – so selbstsicher, fast arrogant –, dass gegen ihn jeder andere ein wenig in den Hintergrund rückte. Das sexy Gesamtpaket wurde komplettiert von einer dunklen Designerbrille, braunem Haar, das ein klein wenig zu lang war und das er zur Seite gekämmt hatte, und einem Grübchen im Kinn. Er musterte die Personen im Vorzimmer, und als er bei Clover angekommen war, hielt er inne und ließ seinen Blick um die erforderlichen zwanzig Zentimeter sinken, um sie zwischen den beiden Schränken neben ihr ansehen zu können. Eine seiner dunklen Augenbrauen hob sich über den schwarzen Rahmen seiner Brille. Für den Bruchteil einer Sekunde verzogen sich seine Mundwinkel, bevor seine Lippen wieder zu einer ausdruckslosen geraden Linie wurden. Sein Blick richtete sich auf den Mann links neben ihr und wanderte weiter.

Ihr wurde ganz flau im Magen, und der schien zu rufen: Pass bloß auf, Clover! Doch dieses Gefühl ließ nach, nachdem er nun in die Runde schaute.

»Meine Herren.« Sawyer machte eine Pause und sah wieder zu ihr. »Und meine Dame. Ich befürchte, es handelt sich um ein bedauerliches Missverständnis ...«

In diesem Moment öffnete sich der Aufzug, und eine hochgewachsene Frau um die sechzig marschierte wie eine Königin heraus, begleitet von zwei Frauen, die aussahen, als seien sie dem Cover einer Modezeitschrift entsprungen. Plötzlich wirkte das Haargummi, mit dem Clover den Knopf ihrer geborgten schicken Hose um ein paar zusätzliche Zentimeter zum Luftholen erweitert hatte, noch erbärmlicher. Eines der Models blieb in der Aufzugtür stehen, um sie offen zu halten. Das andere stolzierte mit der älteren Frau ins Vorzimmer.

»Sawyer, du wirst mich nicht wieder vertrösten«, sagte die offensichtliche Anführerin. Ihre kultivierte Aussprache ließ an Country Clubs und Urlaube in den Hamptons denken. »Wir haben zum Mittagessen bei Filipe's reserviert. Du kannst die Welt schließlich nicht mit leerem Magen erobern.«

Er seufzte. »Mittagessen ist in meinem Tagesplan nicht vorgesehen.«

Die Frau ließ nicht locker. »Ein Nein lasse ich nicht gelten.«

Sawyer tippte mit seinem Mittelfinger gegen seinen Daumen, ließ den Kopf sinken und rollte seinen Kopf von einer Schulter zur anderen. Es war offensichtlich, dass er keine Lust hatte, das allerdings aus irgendeinem Grund nicht geradeheraus sagen konnte.

Niemand bewegte sich. Die anderen Pufferkandidaten taten gar nichts.

Das ist meine Chance.

Wenn sich Clover positiv von den anderen unterscheiden wollte, musste sie es jetzt tun. Sie stand auf, ging ein paar Schritte auf die drei Frauen zu und setzte ihr bestes »Mach mich nicht an, dann mach ich dich auch nicht an«-Lächeln auf.

»Entschuldigen Sie, Ma'am, aber es ist ziemlich offensichtlich, dass Mr Carlyle kein Interesse an einem flotten Vierer mit Ihnen hat, und« – sie senkte die Stimme zu einem Bühnenflüstern – »ganz ehrlich, Sie scheinen ein bisschen zu alt für ihn zu sein.«

Der Mann, um den es ging, stieß ein Geräusch aus, das wie das Niesen einer gebärenden Elefantenkuh klang. Nicht dass sie eine Ahnung hatte, wie sich so etwas anhörte, aber so übersetzte ihr Hirn das halb gequälte, halb überraschte Geräusch, in das sich außerdem noch ein kleines Auflachen geschlichen hatte. Clover schob den Gedanken beiseite, als die ältere Frau ihren eiskalten Blick auf sie richtete.

»Um es ganz klar zu sagen«, fuhr Clover fort. »Sie bauen kein prestigeträchtiges Unternehmen wie Carlyle

Enterprises auf, indem man seine Tage mit Frauen vertrödelt, die einen abgebrochenen Fingernagel schlimmer finden als eine Überflutung am Jangtse, also verschwinden Sie jetzt besser, bevor ich den Sicherheitsdienst rufen lasse. Mr Carlyles Zeitplan ist heute gerammelt voll, aber rufen Sie doch einfach das nächste Mal vorher an, wenn Sie mit ihm essen gehen wollen.«

»Und für wen genau halten Sie sich?«, fragte die andere Frau und betonte jedes Wort voller Missbilligung.

»Für genau die, die ich bin.« Sie lächelte mit genauso viel Wärme, wie in der Stimme der anderen Frau lag. »Clover Lee.«

Die Frau blinzelte, sah zu Sawyer und drehte sich wieder zu Clover um. »Wollen Sie damit etwa sagen«, begann die Frau, und jedes Wort kam so langsam und deutlich heraus, als ob sie unglaublich wütend, aber gleichzeitig zu wohlerzogen war, um zu schreien, »dass mein Sohn lieber arbeitet, als mit seiner Mutter essen zu gehen?«

Sohn? Sohn? SOHN?!?

Oh scheiße.

Und genau darum sollte Clover nichts tun, wenn sie aufgeregt war. Denn wenn sie sich von ihrer Nervosität überwältigen ließ, kam einfach nie etwas Gutes dabei heraus. Sie musste etwas sagen. Sich entschuldigen. Ein Loch finden, das groß genug war, um sie komplett zu verschlucken.

Doch sie brachte kein einziges Wort heraus.

Der Mund der Frau – der Mund von Sawyer Carlyles Mutter – verzog sich zu einem falschen Lächeln, und ihre Augen wurden zu schmalen Schlitzen, aber ihr eiskalter

Blick wanderte von Clover zu ihrem Sohn. »Sawyer, das ist noch nicht vorbei.«

Ohne ein weiteres Wort wirbelte eine der mächtigsten Frauen der feinen Gesellschaft von Harbor City herum und marschierte zu der Frau, die immer noch die Aufzugtüren aufhielt.

»Analisa, überlassen wir Sawyer und seine ... Person ihrem ›gerammelt vollen‹ Zeitplan«, sagte sie.

Die Frau, die mit Mrs Carlyle ins Vorzimmer gekommen war, zwinkerte Sawyer zweideutig zu und gesellte sich dann zu den anderen beiden. Vielleicht waren es ihre himmelhohen High Heels, vielleicht nur ihr Gang. Aber was immer es war, das langsame Hin- und Herwiegen ihres Beckens, als sie sich zum Aufzug bewegte, erregte die Aufmerksamkeit jeder Person im Raum. Selbst Amara hörte lange genug mit dem Tippen auf, um den Kopf zu schütteln.

Aufsteigende Panik rauschte in Clovers Ohren, als sich die Aufzugtüren schlossen und der Lift die drei Frauen die dreiundsechzig Stockwerke nach unten in die Lobby beförderte. Ihre Wangen brannten. Die Scham über das, was sie getan hatte, ließ ihr das Herz in die Hose rutschen.

Sie drehte sich zu Sawyer um, der nach wie vor in seiner offenen Tür stand und sie anstarrte, als wäre sie eine Außerirdische und als würde er nicht wissen, was er mit ihr anstellen sollte. Sie hoffte, dass er E.T. nur nach Hause schicken würde, anstatt ihn zu sezieren oder Schlimmeres. »Das war Ihre Mutter?«

Wow. Du bist echt ein Kommunikationstalent, Clover.

Sawyer nickte und begann, auf sie zuzugehen. Dank seiner langen Beine war er in wenigen Schritten bei ihr. »Ganz genau.« Sein Blick war immer noch starr auf sie gerichtet, und sein Gesichtsausdruck sagte alles. Er würde sie sezieren. Oder Schlimmeres.

Sie musste schlucken, und das Geräusch hallte im Vorzimmer wider, das, wie Clover jetzt auffiel, unheimlich still war. Selbst Amara hatte zu tippen aufgehört und starrte Clover an, als ob sie ein Kaninchen in der Falle wäre, das gleich sterben würde.

»Ich bin also gefeuert, noch bevor ich überhaupt angefangen habe, was?« Sie zwang sich zu einem wackligen Lächeln, aber er schien den Scherz nicht zu verstehen. Wer brauchte schon Australien? Die vom Aussterben bedrohten Kängurus, denen sie dort geholfen hätte, konnten sich bestimmt auch allein retten. »Okay, dann haben Sie mal ein schönes Leben und viel Glück mit Ihrer wütenden Mutter.«

Er blieb bloß eine Armlänge von ihr entfernt. Sie meinte in seinem Blick so etwas wie Neugier zu sehen, als ob sie ein Rätsel wäre, das er zu lösen entschlossen war. »Tja, das war mal was anderes.«

»Was denn? Gefeuert zu werden, bevor man überhaupt angefangen hat?« Sie lachte gequält auf. »Wissen Sie, das passiert mir dauernd. Einmal habe ich mich bei einem dieser Gewichtsverlustzentren beworben und der Frau am Telefon gesagt, dass sie perfekt sei, wie sie ist, und der Abteilungsleiter ist vollkommen ausgerastet …«

»Nein.« Er schüttelte den Kopf. »Niemand hat meine Mutter je zum Rückzug bewegt.«

»Ich bin sicher, dass Sie übertreiben.« Sie musste erneut schlucken und umklammerte den Tragegurt ihrer Handtasche, während sie vor ihm zurückwich und hinter ihrem Rücken nach dem Knopf für den Aufzug herumtastete. »Dann werde ich mal gehen. Viel Spaß noch dabei, einen etwas weniger vorlauten persönlichen Puffer zu finden.«

Endlich fand sie den Knopf und drückte ihn hektisch. Jetzt hätte sie sich umdrehen und auf die geschlossenen Türen starren sollen, bis der Aufzug kam, während sie gleichzeitig so tat, als ob niemand hinter ihr wäre. Doch sie konnte es nicht. Es lag nicht daran, dass es unhöflich wäre – sie hatte schließlich gerade eben noch bewiesen, dass sie es mit der Höflichkeit nicht immer allzu genau nahm. Sondern an ihm.

Sawyer Carlyle mochte einen Anzug tragen, der so teuer war, dass sie davon ihr Abenteuer in Australien und Dutzende weitere finanzieren konnte, aber das bedeutete nicht, dass er zivilisiert war. Oh nein.

Etwas in seinem intensiven Blick versprach andere Dinge, gefährliche Dinge, zu gut, um wahr zu sein.

Mit nur wenigen entschlossenen Schritten war er neben ihr, dieses Mal blieb er allerdings nicht auf Armlänge. Stattdessen legte er ihr die Hand auf den unteren Rücken, was in ihrem Inneren ein Feuerwerk explodieren ließ und Schauer über ihre Haut sandte.

»Amara, bitte sagen Sie alle Termine für die nächste halbe Stunde ab.« Er begann, sie in Richtung seines Büros zu schieben. »Meine Herren, vielen Dank für Ihre Zeit, aber die Stelle ist leider bereits vergeben.«

Vergeben? Oh Gott, was hatte sie getan?

Sein Unternehmen ist seine Welt – bis ein Kuss alles verändert ...

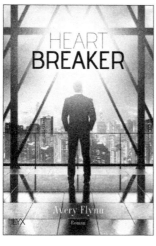

Avery Flynn
HEARTBREAKER
Aus dem amerikanischen
Englisch von
Stephanie Pannen
352 Seiten
ISBN 978-3-7363-1098-8

Sawyer Carlyle regiert sein Unternehmen mit eiserner Hand. Ein Privatleben kennt er nicht, und für die Liebe hat er keine Zeit. Umso mehr nervt es ihn, dass seine Familie alles daransetzt, ihn zu verkuppeln und ihm eine potenzielle Freundin nach der anderen präsentiert. Um dem einen Riegel vorzuschieben, engagiert der CEO Clover Lee. Die junge Frau soll seine Verlobte spielen und ihm die heiratswilligen Damen – und seine Familie – vom Hals halten. Doch dann stellt ein Kuss Sawyers Welt auf den Kopf, und aus dem Spiel wird schnell etwas ganz anderes ...

»Von der ersten Seite an ein echter Hit.« BOOKS I LOVE A LATTE

LYX

Feindschaft auf den ersten Blick

Kristen Callihan
SWEET ENEMY
Aus dem amerikanischen
Englisch von
Anika Klüver
496 Seiten
ISBN 978-3-7363-1577-8

Emma erlebt den schlimmsten Tag ihres Lebens. Nicht nur wurde ihre Rolle in der Serie *Dark Castle* gestrichen, nein, sie findet auch heraus, dass ihr Freund sie betrügt. Am Boden zerstört zieht sich die Schauspielerin für einen Neuanfang auf ein Anwesen in Kalifornien zurück und trifft dort auf Lucian. Er ist verschlossen, abweisend und scheint nichts an ihr zu mögen. Und doch fühlt Emma sich von ihm angezogen, denn sie spürt, dass er ebenso verletzt ist wie sie. Kann sie Lucians Schutzmauern einreißen?

»SWEET ENEMY ist eine zuckersüße, humorvolle und gleichzeitig unglaublich emotionale Geschichte.« CHARLEEN von CHARLIE_BOOKS

Die Community für alle, die Bücher lieben

★ In der Lesejury kannst du Bücher lesen und rezensieren, die noch nicht erschienen sind

★ Gemeinsam mit anderen buchbegeisterten Menschen in Leserunden diskutieren

★ Autoren persönlich kennenlernen

★ An exklusiven Gewinnspielen und Aktionen teilnehmen

★ Bonuspunkte sammeln und diese gegen tolle Prämien eintauschen

Jetzt kostenlos registrieren: www.lesejury.de

Folge uns auf Instagram & Facebook:
www.instagram.com/lesejury
www.facebook.com/lesejury